Alexander Hartung

Wenn alle Hoffnung vergangen

EDITION M

Das Buch

Der dritte Fall für Jan Tommen und sein Team.

Kommissar Tommens Kneipenaufenthalt wird jäh beendet, als er zu einem Tatort gerufen wird. Der Pharma-Manager Isak Neumann ist über die Brüstung seines Penthouses in den Tod gestürzt. Am Tatort entdeckt Jan auf den Überwachungsbändern einen Eindringling: Bernard Durand, der wegen Körperverletzung an Isak Neumann eine zweijährige Haftstrafe absitzen musste. Die Fahndung nach Durand ist nur wenige Stunden alt, als sich der Gesuchte auf der Wache stellt – er bestreitet jedoch, der Mörder zu sein.

Die Ermittlungen werden ausgeweitet, und es tauchen immer mehr Spuren auf, die zu einem mysteriösen Projekt namens PERV9 führen. Als Jan die finsteren Hintergründe dieses Projekts aufdecken möchte, gerät er selbst in die Schusslinie.

Und dann erreicht Chandu auch noch der Hilferuf eines verschollenen Mitglieds des Ermittlerteams.

Der Autor

Alexander Hartung wurde 1970 in Mannheim geboren. Schon während seines Volkswirtschaftsstudiums begann er mit dem Schreiben und entdeckte seine Liebe zu Krimis. Mit »Bis alle Schuld beglichen« (Band 1) und »Vor deinem Grab« (Band 2) eroberte er die Kindle-Bestsellerliste. Nun liefert er mit »Wenn alle Hoffnung vergangen« (Band 3) neuen Stoff für Fans der Jan-Tommen-Reihe.

Aktuell lebt Alexander Hartung mit Frau, Kind und Hund in seiner Geburtsstadt Mannheim.

ALEXANDER HARTUNG

WENN ALLE HOFFNUNG VERGANGEN

EIN JAN-TOMMEN-THRILLER

EDITION M

Deutsche Erstveröffentlichung bei
Edition M, Amazon Media EU S.à r.l.
38, avenue John F. Kennedy, L-1855 Luxembourg
Februar 2020

Umschlaggestaltung: bürosüd° München, www.buerosued.de
Umschlagmotiv: © mexrix / Shutterstock; © maxstockphoto / Shutterstock; © phiseksit / Shutterstock; © Adrian Britton/ ArcAngel
Lektorat: Kanut Kirches
Satz: Monika Daimer, www.buch-macher.de
Gedruckt durch:
Amazon Distribution GmbH, Amazonstraße 1, 04347 Leipzig / Canon Deutschland Business Services GmbH, Ferdinand-Jühlke-Str. 7, 99095 Erfurt /
CPI books GmbH, Birkstraße 10, 25917 Leck

ISBN 978-2-49670-461-7

www.edition-m-verlag.de

Für Mannheim, Käfertal
und den grünen Winkel.
Heimat und Zuhause.

Und das einzige was bleibt,
ist die Kälte des Dezembers.

(Torsten Hirsch/Agrypnie – Dezember)

PROLOG

Etwas hatte sich verändert. Kaum wahrnehmbar. Ein Geräusch, ein sanfter Windzug. Nicht mehr als ein Flüstern und doch stark genug, um Isak aus seiner Konzentration zu reißen.

Er saß auf dem weißen Teppich seines Wohnzimmers, hatte die Augen geschlossen und die Hände vor seiner Brust gefaltet. Die Tür des Wintergartens war weit geöffnet und ließ die kühle Brise der Nacht ein. Sein Penthouse lag hoch genug, dass weder die Geräusche des Verkehrs noch das Licht der Straßenlampen zu ihm drangen. Durch den Neumond war die Dunkelheit fast perfekt. Einzig einer weißen Kerze erlaubte er, Licht zu spenden.

Das Wohnzimmer war spartanisch eingerichtet. Ein großer Bildschirm an der Wand mit einer Le-Corbusier-Liege davor. Die bodenlangen Fenster nach Westen erlaubten den Blick auf die Terrasse hinaus, über die Häuser von Friedrichshain.

Isak stand auf und drehte sich einmal um die eigene Achse. Was immer ihn gestört hatte, war nicht im Wohnzimmer. Seine Füße machten kein Geräusch, als er über den weichen Teppichboden in den Gang zur Küche lief. Er schaltete das Licht an und ließ den Blick über den kalten, hellen Marmorboden schweifen. Vielleicht war etwas aus einem Regal gefallen oder er hatte vergessen, eine Maschine auszuschalten. Er betrachtete jedes Detail des Raums, als müsste er es sich für die Ewigkeit einprägen. Die chromfarbenen Beschläge der Schubladen glänzten im Schein des LED-Lichts. Der große Herd blitzte, als wäre er noch nie benutzt worden. Der Hahn tropfte nicht. Die Küche war nach Isaks Vorstellung. Sauber, geordnet, reduziert auf das Wesentliche. Kein unnützer Ballast.

Isak ging zum Eingang und kontrollierte die Tür. Er rüttelte am Griff, aber sie war verschlossen. Er legte seine Hand auf das Bedienfeld neben dem Eingang und aktivierte das Übersichtsmenü des elektronischen Schlosses. Nach einem Augenblick fand er den gewünschten Eintrag. Die Tür war zuletzt um 22.49 Uhr geöffnet worden. Vor drei Minuten.

Isak erstarrte. Jemand war hier.

Er war um 19.56 Uhr nach Hause gekommen. Danach war er nicht mehr nach draußen gegangen. Das Schloss war eines der modernsten auf dem Markt. Unmöglich zu knacken, also musste der Eindringling eine Schlüsselkarte haben. Seine beiden Karten lagen in der Schale auf einem kleinen Tisch neben dem Eingang. Außer diesen beiden gab es noch eine für die Putzfrau, die sich niemals hier hereinschleichen würde.

Isak atmete tief ein und versuchte, sein rasendes Herz zu beruhigen.

Neben der Schale lag eine faustgroße Amethystdruse, ein Geschenk seiner Schwester. Die einzige Sentimentalität, die er sich erlaubte. Das glitzernde Lila passte nicht in seine Wohnung, es wirkte kindisch und billig, aber vielleicht konnte es jetzt von Nutzen sein. Er nahm den Stein in die Hand und schloss die Finger darum. Eigentlich hätte er den Portier rufen können, doch das war nicht sein Stil. Sein Vater hatte ihm beigebracht, ohne Hilfe durchs Leben zu gehen. Menschen waren unzuverlässig und wankelmütig. Je weniger man von ihnen abhängig war, umso besser.

Isak war einundfünfzig Jahre alt, aber gut in Form. Tägliches Training und eine Vergangenheit als Karateka hatten ihn bei körperlichen Auseinandersetzungen meist als Sieger vom Platz gehen lassen. Die letzte Schlägerei war viele Jahre her, doch manche Dinge verlernte man nicht. Für den Einbrecher sollte es genügen.

Der anfänglichen Angst wich Vorfreude. Wer immer in sein Reich eingedrungen war, würde dafür bezahlen. Der Polizei könnte er jegliche Gewaltanwendung als Notwehr verkaufen. Sein Puls beschleunigte sich wieder, als er weiter durch die Wohnung streifte. Er musste nicht lange suchen. Isak war im Schlafzimmer, als er ein Rascheln im Flur vernahm.

»Guten Abend«, sagte der Fremde mit dunkler, rauchiger Stimme.

»Ich hätte es wissen müssen.« Er konnte den Mann nicht sehen, aber seine Stimme würde er niemals vergessen können. »Der gute Samariter«, bemerkte Isak spöttisch.

»Du hast doch nicht wirklich geglaubt, dass du davonkommen würdest.«

»Ich bin längst davongekommen.« Isak lachte abfällig. »Habe ich Ketten an meinen Handgelenken? Sieht das hier aus wie ein Gefängnis? Gerechtigkeit gibt es nicht. Es ist ein Traum der Schwachen, um ihr klägliches Dasein erträglicher zu machen, eine romantische Vorstellung, die Einzug in idiotische Filme und Bücher gehalten hat.« Isak schüttelte den Kopf. »Ich hätte dich für schlauer gehalten. Herzukommen war ein Fehler.« Seine Finger krampften sich um den

Amethyst. Sein Herz begann in Aussicht auf den bevorstehenden Kampf zu rasen. Wie oft hatte er von diesem Moment geträumt. Das Schicksal war ihm wohlgesonnen.

»Beenden wir es«, sagte der Mann.

»Ein für alle Mal«, ergänzte Isak und stürzte sich auf ihn.

KAPITEL 1

Bergman hasste Kneipen wie diese. Die Musik war zu laut, es waren zu viele Menschen auf engem Raum und niemand hielt sich an das Rauchverbot. Die kleinen Tische waren zu nah beieinander und wirkten abgenutzt. Statt Stühle mit Lehnen waren halbhohe Barhocker aufgestellt, als wollte man die Besucher vom gemütlichen Beisammensitzen abhalten. Die Bodenfliesen waren in dunklem Braun gehalten, wobei Bergman nicht erkennen konnte, ob dies die ursprüngliche Farbe war oder ob sie im Laufe der Zeit so geworden waren. Nichts in dieser Kneipe würde ihn von der Straße hier hineinlocken und doch beneidete er die Leute, die an einem Freitagabend ihren Feierabend genießen konnten, das ruhige Wochenende vor Augen.

Es war nach Mitternacht, und statt zu feiern, hatte er im Büro gesessen und eine Vorlage zur Polizeireform in Berlin durchgearbeitet. Ein Ordner mit mehr Seiten als die gesammelten Werke der Gebrüder Grimm, nur langweiliger. Am Montag kam der Kontrollausschuss zusammen, und bis dahin musste er jedes einzelne Wort verinnerlicht haben, damit die Polizisten nicht als Verlierer vom Platz gingen.

Als die Bedienung mit einem Tablett voller Bier an ihm vorbei kam, war er geneigt zuzugreifen, aber sein geschulter

Blick hatte längst erfasst, dass er nicht der einzige anwesende Polizist war. Die meisten Gäste beachteten ihn nicht weiter, doch manche stellten sofort das Reden ein, versteckten die harten Getränke und versuchten möglichst unauffällig zu wirken, in der Hoffnung, dass der Chef der Kripo Berlin nicht wegen ihnen hier war.

In Momenten wie diesen wünschte sich Bergman zurück auf Streife. Mit einem Partner durch Berlin zu fahren, war eine verlockendere Vorstellung als Berichte zu schreiben, Anfragen zu beantworten und Mitarbeiter zu beurteilen. Er hatte den Posten des Kripo-Chefs angenommen, um mehr Einfluss auf die Polizeiarbeit nehmen zu können. Unter seiner Kontrolle sollten die Überstunden abgebaut und der harte Job mehr entlohnt werden. Anfänglich hatte er einiges erreicht, doch mit der Zeit hatte er sich mehr und mehr von seinem ursprünglichen Ziel verabschieden müssen. Er war zu einem Diplomaten verkommen, zu einem Schönredner, der die Öffentlichkeit mit hohlen Phrasen hinhalten konnte, wenn wieder ein Wahnsinniger Berlin in Atem hielt. Statt an Fällen zu arbeiten, saß er in Ausschüssen und Gremien, stritt sich mit Politikern, die nur ihre Pension im Blick hatten und für die sein Anliegen bestenfalls eine Lästigkeit war. Früher hätte er sich zu den Kollegen gesetzt, mit ihnen getrunken und über die Arbeit lamentiert. Die Zeiten waren vorbei. Die Distanz war zu groß geworden.

Bergman schüttelte den Kopf, als wollte er die verlorene Zeit aus seinem Gedächtnis verbannen. Er war nicht zum Spaß hier, also strebte er weiter in die Mitte der Kneipe. Sein Ziel war über die Köpfe der Besucher gut zu erkennen. Er stand auf einem wackeligen Tisch, hielt ein Weizenbier in der Hand und beglückte die Umstehenden mit seinen Sangeskünsten.

»Oh, shit! Frau Schmidt!«, sang Jan, wobei er das »I« bei Schmidt unangenehm lang zog. Seine hellbraunen Haare fielen ihm viel zu lang über die Stirn. Er hatte sich seit Tagen nicht mehr rasiert und sein weißes Hemd hatte Bier abbekommen, was seiner Laune keinen Abbruch zu tun schien. Auch seine weibliche Gesellschaft rund um den Tisch störte sich nicht daran, doch Jan würde die Kneipe heute Abend ohne Begleitung verlassen.

Er hatte einen neuen Fall.

Die frische Luft verdarb Jans Partystimmung. Die Musik war vor der Kneipe kaum noch zu hören, und die kühle Nachtbrise verwehte den leichten Alkoholrausch. Der letzte Fall hatte sein sowieso schon kärgliches Privatleben für Wochen unmöglich gemacht, daher wäre es fair gewesen, wenn er dieses Wochenende nicht hätte arbeiten müssen. Offensichtlich war Bergman anderer Meinung.

»Wie spät ist es?«

»Kurz vor ein Uhr.«

Jan seufzte. Zu früh, um die Party zu beenden. Der DJ hatte auf die Neunzigerjahre umgeschwenkt und die Gäste waren in Feierstimmung. »Sie sind nicht gekommen, um mitzutrinken«, stellte Jan fest.

»Das schätze ich so an dir. Du erfasst eine Situation immer sehr schnell.«

Bergman war ein humorloser Knochen. Sarkasmus war das Endstadium seiner schlechten Laune. Außerdem war sein dunkelbrauner Seitenscheitel in Unordnung geraten, was ein Zeichen für zu viel Arbeit oder Ärger war. Oder beides.

Jan betrachtete das halbvolle Weizenglas in seiner Hand. Der Abend war wohl gelaufen, wenn sein Chef ihn persönlich aus der Kneipe holte. Mit Bedauern schüttete er das Bier in den Rinnstein. »Was ist passiert?«

»Möglicherweise ein Mord.«

»Möglicherweise?«

»Ein gewisser Isak Neumann liegt platt auf einer Straße in Friedrichshain. Da er zur besseren Gesellschaft Berlins gehört hat, ermitteln wir in alle Richtungen. Vielleicht ist er vom Dach seines Penthouses gesprungen, aber ich habe dem Polizeichef versprochen, dass die Kripo mit einsteigt.«

»Hätte nicht ein Kollege von der Bereitschaft übernehmen können?«

»Spreche ich Chinesisch? Neumann war ein Wirtschaftsboss, der viel Geld … gespendet hat, daher werden eine Menge Leute traurig sein.«

»Meinen Sie mit gespendet, Bestechung?«

»Offiziell nicht.«

»Und wer wird traurig sein?«

»Wichtigtuer, die meine Nummer haben.«

»Also die Spendenempfänger?«

»Quatschen können wir später. Beweg deinen Bierbauch nach Friedrichshain und schau dir die Sache an. Zieh dich um, bevor du mir morgen früh Bericht erstattest«, sagte Bergman mit abfälligem Blick auf Jans Kleidung.

»Das ist top-stylish«, rechtfertigte sich Jan. Alleine das Iceberg-Hemd hatte ihn zweihundert Euro gekostet. Die Armani-Jeans und die Bikkembergs Sneaker gab es nicht im Discounter.

»Und voller Bier. Außerdem riechst du wie eine Räucherhütte voller verwester Aale, also schieb vor dem Kleiderwechsel noch eine Dusche ein.« Bergman drehte sich um und hob die Hand zum Abschied.

»Und was machen Sie?«

»Ich gehe nach Hause und lege mich ins Bett. Das ist jetzt dein Fall.«

»Danke, Bergman«, murmelte Jan und ging zu seinem Auto. Die Fäkalworte verkniff er sich. Dafür hatte sein Chef ein zu gutes Gehör.

Die Straße vor dem Hochhaus war mit rotem Band abgesperrt. Polizeiautos mit Blaulicht blockierten die Zufahrt. Große Scheinwerfer beleuchteten den Bürgersteig, auf dem ein improvisierter Sichtschutz aus Plastikplanen aufgebaut war.

Das Haus daneben ragte fünf Stockwerke in die Höhe. Die Fassade glänzte in einem dunklen Weiß. Große Fenster erlaubten den Blick zur begradigten Spree. Das Ufer bestand aus einem schmalen Grünstreifen, der an der kaum befahrenen Straße lag. Was immer eine Wohnung in dieser Gegend kosten würde, Kripo-Beamte würde man hier nicht finden.

An der Leiche angekommen, verstand Jan den Sinn der Plastikplane. Isak Neumann schien mit dem Kopf auf das Pflaster geschlagen zu sein. Sein Schädel war regelrecht explodiert. Selbst an der Tür zum Eingangsbereich des Hauses waren noch Spritzer von Blut und wahrscheinlich seinem Gehirn zu finden. Sein Genick war unnatürlich zur Seite gedreht. Arme und Beine ragten grotesk vom Körper weg. Jeder Knochen schien gebrochen zu sein.

Laut Jans Unterlagen war Isak Neumann einundfünfzig Jahre alt. Er war gut durchtrainiert. Seine Fingernägel waren gepflegt. Er trug eine helle Yoga-Hose und ein weit geschnittenes T-Shirt, beides aus feinem Leinen. Vermutlich war sein Kühlschrank voller teurer Bio-Produkte und Mineralwasser für zehn Euro.

Jan wandte sich von der Leiche ab. »Morgen, Walter«, grüßte er den leitenden Rechtsmediziner. Vorschriftsmäßig hatte dieser einen weißen Overall übergestreift, der nur das Gesicht freiließ. Die Plastik-Schutzbrille war viel zu breit für seinen ovalen Kopf. Er kniete über dem Opfer und sammelte mit der Pinzette Teile der Schädeldecke ein.

»Nicht zu nah«, fuhr Walter auf. »Hier ist alles voller Spuren.«

»Was für Spuren? Meinst du die Schädelstückchen, das Hirn oder das Blut?«

»Wir kennen die Todesursache noch nicht.«

Jan hob die Augenbraue. »Ich hätte gesagt, dass sein Kopf abrupt vom Gehweg gebremst wurde.«

»Möglich wäre es, vielleicht soll der Sturz aber über die wahre Todesursache hinwegtäuschen.«

Jan seufzte. Er vermisste Zoe. Sie war so launisch wie eine Kobra mit Migräne, aber sie konnte einen Tatort mit einem Blick erfassen und kannte die Todesursache, bevor die Absperrung stand. Mit Walter würde er keinen Krieg gewinnen. Jan erinnerte sich mit Schrecken an einen Fall, bei dem Zoe im Urlaub gewesen war. Damals hatte Walter Tage gebraucht, bis er sich auf eine Todesursache festgelegt hatte, und selbst dann war sein Bericht voll mit Worten wie »wahrscheinlich« und »eventuell« gewesen.

Jan ging zum nächsten Tatortermittler. Das jungenhafte Gesicht des Mannes erinnerte eher an einen Schüler als an einen ausgebildeten Polizisten. Er hatte eine Kamera in der Hand und machte Fotos vom Tatort.

»Guten Morgen, Romir«, grüßte Jan. Die Augen des jungen Manns waren gerötet und er unterdrückte ein Gähnen. Wahrscheinlich war er auf einer ähnlichen Party wie Jan gewesen. »Walter ist nicht sehr gesprächig, während er über einer Leiche kniet. Habt ihr etwas herausfinden können?«

Romir kniff das linke Auge zu und knipste einen Kotflügel mit Blutspritzern. »Isak Neumann ist tot.« Er hörte auf zu fotografieren und gluckste kurz, als würde er sich über seine Bemerkung amüsieren.

Jan schloss die Augen und atmete tief ein. Erst die Luftpumpe Walter, dann noch ein angetrunkener Witzbold. Er unterdrückte den Drang, Romir in die Spree zu werfen und zwang sich zu einem Lächeln. »Mich interessiert mehr, ob er gesprungen ist oder gestoßen wurde.«

»Er ist sehr nah am Gebäude aufgeschlagen. Daher können wir einen Stoß ausschließen.«

»Also Selbstmord?«

»Bisher haben wir keinen Hinweis auf Fremdeinwirkung.«

Jan richtete den Blick nach oben. Das Penthouse konnte man von seiner Position aus nicht sehen, aber er fragte sich, was einen Menschen wie Isak Neumann dazu brachte, sich das Leben zu nehmen. Er war wohlhabend, einflussreich und schien sich bester Gesundheit erfreut zu haben.

»Haben wir eine Krankenakte vom Toten?«

»Wieso das?«

»Ich will den Selbstmord verstehen. Vielleicht war er todkrank.«

»Darum kümmere ich mich, wenn die Spuren ausgewertet sind.«

Jan runzelte die Stirn. Wenn die Tatortermittler so schnell arbeiten würden wie Walter, würde er noch eine Weile darauf warten müssen. Morgen früh würde er Max darauf ansetzen.

»Apropos Spuren. Gab es Einbruchspuren?«

»An der Leiche?«

»An der Eingangstür zum Penthouse.« Ganz offensichtlich hatte Romir heute zu viel gefeiert.

»Da ist ein Kollege dran, aber ich glaube nicht.«

»Habt ihr die Aufzeichnungen überprüft?«

»Welche Aufzeichnungen?«

Jan deutete auf eine kleine Kamera im Eingangsbereich. Sie war kaum größer als ein Handy und gut verborgen über der Tür, aber sein geschultes Auge hatte sie sofort gesehen. Anscheinend war er der Einzige, dem sie aufgefallen war.

»Oh«, rechtfertigte sich Romir. »Wir haben heute nur eine kleine Besetzung, weil zwei Kollegen krank sind und ein anderer in Urlaub ist, daher …«

»Kein Problem.« Jan winkte ab. Er hatte um diese Uhrzeit keine Lust auf Diskussionen. »Ich kümmere mich darum.« Wenn es ein Selbstmord war, war die Ermittlung nicht eilig. Und solange es keine Hinweise auf einen Täter gab, würde er nicht von Mord ausgehen.

Jan schlenderte müde zur Eingangshalle. Bei solch exklusiven Wohnhäusern gab es einen Nachtportier, der ein Auge auf das Haus hatte. Bald würde er wissen, ob Isak gesprungen war oder ob jemand nachgeholfen hatte.

Der Eingangsbereich war einladend. LED-Lichter erhellten das dunkle Parkett, welches einen angenehmen Kontrast zu dem weißen Kalkstein an den Wänden bildete. Die linke Seite wurde von einer eleganten Couch in hellem Beige eingenommen. Auf einem Glastisch stand eine Blumenvase mit dunklen Rosen, deren schwerer Duft eine willkommene Abwechslung zum Blutgestank bot. Am Ende des Eingangsbereichs war ein schmaler Fahrstuhl. Daneben stand ein kleiner Tresen, hinter dem normalerweise ein Portier zu sitzen schien. Doch statt an seinem Platz zu sein, lief der Mann unruhig hin und her, als wäre er gerade an jedem Ort auf dieser Welt lieber als hier, ein paar Meter entfernt von Isak Neumanns Leiche. Jan schätzte ihn auf Ende fünfzig. Er hatte kurze, graue Haare, einen dünnen Oberlippenbart und auffallend grüne Augen. Das weiße Hemd unter dem dunkelblauen Anzug war durchgeschwitzt. Wahrscheinlich war es das erste Mal, dass er es mit einem Toten zu tun hatte.

»Kommissar Tommen, Kripo Berlin.« Jan zeigte seine Marke.

»Joseph Heser.« Der Mann schüttelte Jan die Hand. Sie war feucht und zitterte vor Aufregung. »Ich bin der Nachtportier des Hauses.«

»Haben Sie den Vorfall gemeldet?«

Heser nickte. Statt hin und her zu laufen, trippelte er jetzt auf der Stelle wie ein Kind, das auf die Toilette musste.

»Herr Heser«, versuchte Jan ihn zu beruhigen. »Gibt es einen Ort, an dem wir uns hinsetzen und in Ruhe reden können?« Er deutete auf die Couch. »Hier ist es mir zu öffentlich.«

Heser unterbrach sein Gezappel, als würde er nachdenken. »Ich habe ein kleines Büro hinter dem Empfang. Nicht viel Platz, aber es müsste noch Kaffee da sein.«

»Kaffee hört sich gut an.«

Heser ging an dem Tresen vorbei und öffnete eine kleine Tür. Der stickige Nebenraum war kaum größer als Jans Badezimmer. An der hinteren Wand war ein kleiner Tisch mit drei Monitoren. Der erste zeigte den Eingangsbereich, vor dem sich jetzt die Tatortermittler aufhielten. Auf dem zweiten war eine kleine Metalltreppe in einer Seitengasse zu sehen. Wahrscheinlich der Lieferanteneingang. Der mit *Tiefgarage* beschriftete dritte Monitor war schwarz. Neben den Bildschirmen standen ein Laptop, ein kleiner Drucker und ein dunkelgraues Telefon. Daneben war ein Regal mit Aktenordnern, die nach Jahren sortiert waren. Die Luft war abgestanden. Jan vernahm den Geruch von Salami, doch widmete er seine Aufmerksamkeit der kleinen Kaffeemaschine auf einem Beistelltisch, deren Behälter noch halb voll war. Zu seiner Freude holte Heser zwei Tassen unter dem Tisch hervor und füllte sie mit Kaffee. Der war zwar genauso abgestanden wie die Luft, enthielt aber genug Koffein, um ein Murmeltier aus dem Winterschlaf zu holen.

Jan seufzte zufrieden und setzte sich auf einen Klappstuhl. »Fangen wir von vorne an. Wann haben Sie Isak Neumann gefunden?«

»Es war nach elf. Ich saß vorne am Empfang, als ich dieses Geräusch hörte.« Die Stimme des Portiers war leise, und er hatte den Blick zu Boden gesenkt. Heser hatte sichtlich Mühe, über diesen Moment zu sprechen. »Es lässt sich schwer beschreiben. Wenn man etwas Schweres aus einem Fenster wirft, dann gibt es einen lauten Knall, aber in dem Fall war es mehr ein Knirschen, als würden tausend Stöcke brechen.« Er trank einen Schluck Kaffee. »Ich habe so etwas noch nie gehört, daher konnte ich es nicht zuordnen. Ich bin aufgestanden, habe meine Taschenlampe genommen und bin hinausgegangen. Im ersten Moment dachte ich, dass jemand betrunken auf der Straße liegt, dann sah ich das Blut und den zerschmetterten Kopf.« Heser hielt die Hand vor den Mund, als versuchte er, nicht zu erbrechen. Sein Gesicht war bleich.

»Lassen Sie sich Zeit. Wenn Sie eine Pause brauchen, komme ich später wieder.«

Der Portier schüttelte den Kopf, als wollte er signalisieren, dass es ihm gut ginge. »Ich habe es bis zum Ufer geschafft, damit ich mich nicht auf die Straße übergebe«, fuhr er fort. »Dann bin ich hineingerannt und habe den Notruf gewählt.«

»Sind Sie zur Leiche zurück?«

»Ich habe mich hingesetzt und gewartet. Die Vorschriften verpflichten mich eigentlich, Erste Hilfe zu leisten, aber Teile von Isak Neumanns Kopf sind bis an die Scheibe geflogen. Ich konnte nicht mehr nach draußen.« Er schluckte hörbar. »Das war meine erste Leiche, Kommissar Tommen. Manche Kollegen können damit umgehen, aber ich bin gelernter Schlosser und musste wegen eines Unfalls vor vier Jahren umschulen. Trotz meiner einundfünfzig Jahre bin ich quasi ein Neuling.«

»Laut meinen Informationen haben sie um 23.15 Uhr den Notruf gewählt. Wie viel Zeit ist zwischen dem Sturz von Isak Neumann und ihrem Anruf vergangen?«

»Zwei Minuten.«

»Wie gut kannten Sie das Opfer?«

»So gut wie man einen Menschen aus der Entfernung kennenlernen kann. Außer ›Guten Tag‹ und ›Auf Wiedersehen‹

haben wir nicht viel gesprochen. Isak Neumann war … reserviert, wenn man es höflich ausdrücken möchte. Er wollte mit Menschen unter seinem Stand nichts zu tun haben.«

»Wie kommen Sie darauf?«

»Er redete nur das Nötigste. Kein Smalltalk. Er gab nichts über sich preis, noch interessierte er sich für uns.«

»Wen meinen Sie mit uns?«

»In erster Linie meine Kollegen vom Sicherheitsdienst und mich, aber auch die Reinigungskräfte oder den Hausmeister. Von jedem Bewohner könnte ich Ihnen Privates erzählen. Wie es den Kindern geht, welche Wehwehchen der Hund hat oder welchen Arzt sie bei einer Erkältung aufsuchen. Einzig Herr Neumann unterließ diese Art Gespräche.«

»Vielleicht war das seine Art?«

»Könnte man vermuten, aber Sie hätten seine Augen sehen sollen, wenn er mit uns reden musste. Da war ein abfälliges Zusammenpressen, als verachte er einfache Leute.«

»Waren Sie einmal in seiner Wohnung?«

»Niemals. Herr Neumann erlaubte nur der Putzfrau Zugang zur Wohnung, wenn er nicht anwesend war. Und das zu ganz bestimmten Zeiten. Handwerker durften nur in seiner Begleitung hinein, was Reparaturen schwierig gemacht hat, weil er um sieben Uhr morgens die Wohnung verließ und erst spät abends wieder nach Hause kam.«

»Hatte Isak Neumann öfters Besuch von Freunden oder einer Freundin?«

»Eine Frau habe ich nie gesehen. Ab und zu kam ein Mann zu ihm. Groß, hager. Hatte etwas von einem zerstreuten Wissenschaftler. Er hieß Grein oder so ähnlich. Ich habe ein schlechtes Namensgedächtnis, aber ich kann im Besucherprotokoll nachsehen.«

Jan machte sich eine Notiz. Er konnte sich nicht vorstellen, dass ein solch wohlhabender Mann keine Freundin oder einen Freund hatte. Auch diesen Grein würde er sich vorknöpfen. »Ist Ihnen am Abend irgendetwas aufgefallen? Ein Streit oder ungewöhnliche Besucher?«

»Die Wohnungen sind gut gedämmt. Einen Streit würde ich nur hören, wenn ich direkt vor der Tür stände. Verdächtige Besucher gab es keine. Ich beginne meine Schicht um 20.00 Uhr. In dieser Zeit sind zwei Bewohner nach Hause gekommen. Sonst niemand, auch kein Lieferservice. Weder im Haus noch für Herrn Neumann.«

»Und vor Ihrer Schicht?«

»Mein Kollege hat bei der Übergabe von keinen ungewöhnlichen Vorkommnissen berichtet, aber vielleicht sollten Sie mit ihm reden. Ich gebe Ihnen die Telefonnummer.« Heser zog sein Handy aus der Tasche.

»Später«, winkte Jan ab. »Widmen wir uns den Kameras.« Er deutete auf die Bildschirme auf dem Tisch.

»Warum sind die Monitore im Zimmer und nicht am Empfang?«

»Wir sind kein Hotel mit Laufkundschaft, daher halten wir uns überwiegend hier auf. Die meiste Zeit muss ich mich um Sonderwünsche der Bewohner und die Dienstleister im Haus kümmern. Dazu gehören Wäscheservice, Bring- oder Reinigungsdienste. Dafür muss ich viel telefonieren. So schön der Eingangsbereich ist, der Hall ist fürchterlich.«

Jan ging näher an die Monitore heran. »Zeichnen Sie das auf?«

Heser nickte. »Drei Tage lang. Dann löscht der Computer die älteste Datei.«

»Der linke Monitor zeigt den Bereich vor der Eingangstür«, bemerkte Jan. »Der mittlere eine Art Lieferanteneingang, aber was zeigt der rechte?«

»Die Tiefgarage.«

»Ich erkenne nichts.« Jan deutete auf den schwarzen Bildschirm.

»Das Licht geht nur an, wenn das Gatter hochfährt oder eine Person die Garage betritt.«

»Ansonsten ist es dunkel?«

»Bis auf ein Notlicht.« Heser ging näher an den Monitor heran. »Das müsste genügen, dass man die Schemen der geparkten Autos erkennen kann.« Er drückte auf ein paar Knöpfe und stellte den Kontrast heller. Dann zog er den Monitor vor und überprüfte die Kabel. »Da stimmt was nicht.«

Jan seufzte. Es würde wohl kein Selbstmord bleiben.

Die Tiefgarage war mehr ein Showroom als eine Parkmöglichkeit. Der graue Betonboden ließ die üblichen Reifenspuren und Ölflecken vermissen. Die Garage war hell erleuchtet und die Parkbuchten waren mit den Namen der Mieter versehen. Die Lüftung vertrieb den Geruch nach Benzin und abgestandener Kellerluft. Jan vernahm sogar einen Hauch von Tannennadeln. Die abgestellten Autos passten zur Garage. Jan erkannte eine S-Klasse, drei 7er, zwei F-Type-Jaguar, einen 911er und einen Maserati.

»Bescheidenheit ist hier nicht verbreitet.« Jan gab sich keine Mühe, den Spott zu verbergen.

»Sie sollten die Wohnungseinrichtung sehen«, bemerkte Heser. »An manchen Wänden hängen Gemälde, die mehr wert sind als der ganze Fuhrpark hier.«

Jan brummte mürrisch, verkniff sich einen Kommentar über die Bezahlung von Kriminalbeamten und wandte sich der Kamera zu, die über dem Eingang hing. Auf den ersten Blick erkannte er, dass die Linse schwarz übersprayt war.

»Verdammt«, fluchte Heser, als er die Farbe sah.

»Können Sie sich erinnern, wann Sie das letzte Mal ein Bild von der Tiefgarage gesehen haben?«

»Das war gegen 21.45 Uhr. Da sind Albert und Dolores Jorna nach Hause gekommen. Ein älteres Ehepaar. Ihnen gehört der Maserati.«

»Sind Sie bezüglich der Uhrzeit sicher?«

Heser nickte. »Ich habe kurz vorher mit einem 24-Stunden-Wäscheservice telefoniert und einen Termin notiert. In unserem Aktivitäten-Protokoll muss ich neben Zweck und Ansprechpartner immer die Uhrzeit des Telefonats festhalten.«

»Und danach ist kein anderes Fahrzeug hineingekommen?«

»Ich habe keines bemerkt.«

»Vielleicht war die Farbe bereits auf der Linse und Sie haben es deshalb nicht gesehen.«

Heser senkte unsicher den Blick. Diesen Aspekt schien er nicht bedacht zu haben.

Jan ging zur Einfahrt in die Tiefgarage, die von einem metallenen Gatter versperrt war. »Wie funktioniert die Zufahrt?«

»Jeder Mieter hat einen Fernauslöser, mit dem er das Gatter öffnen kann. Es schließt sich nach dreißig Sekunden wieder.«

»Also könnte ein Einbrecher die Zeit zwischen der Ausfahrt und dem automatischen Herunterfahren nutzen, um in die Garage zu kommen?«

»Prinzipiell ja, aber sobald er einen Parkplatz erreicht, wird er von der Kamera erfasst. Weiterhin benötigt er eine Schlüsselkarte, um den Fahrstuhl zu aktivieren oder die Tür zu öffnen. Schließlich kann er ohne Fernauslöser das Gatter nicht hochlassen, daher käme er hier nicht mehr hinaus, wenn das Gatter unten ist.«

»Welcher Wagen gehört Isak Neumann?«

»Der 911er.«

Jan ging zu dem Auto. Die letzten Tage hatte es geregnet, aber der Porsche sah aus, als wäre er frisch vom Produktionsband gerollt. Der Innenraum war gesaugt und auf der Ablage war kein Körnchen Staub zu sehen. Die Schlösser des 911er waren unversehrt. Was immer der Sprayer in der Garage gewollt hatte, an Isak Neumanns Auto war er nicht interessiert gewesen.

Jan ging in die Mitte der Tiefgarage. »Fällt Ihnen was Ungewöhnliches auf? Ist irgendetwas nicht, wie es sein soll?«

Heser ließ den Blick umherschweifen. »Auf den ersten Blick nicht, aber wir können kontrollieren, ob sich jemand an den Autos zu schaffen gemacht hat.«

Jan schüttelte den Kopf. Er glaubte nicht, dass es hier um einen Autodiebstahl ging. »Gehen wir nach oben und schauen uns die Aufzeichnungen an. Ich bin gespannt, wer unser Sprayer ist.«

Zurück im engen Hinterraum des Portiers, stellte sich Jan vor die drei Monitore. »Kann ich die Aufzeichnungen der letzten Stunden sehen?«

Heser kratzte sich am Kopf. »Eigentlich ja.« Er wirkte unsicher. »Ich kann auf die Bilder zugreifen, aber ich habe das noch nicht versucht.«

Jan unterdrückte ein Stöhnen. Er vermisste Max, doch der Hacker feierte eine StarCraft Party, wie jeden letzten Freitag im Monat. Er hatte zwar keine Ahnung, was das war, aber es war sicher anders, als Jans Art zu feiern.

Heser nahm ein Handbuch aus dem Regal. Nach einer Minute hektischen Blätterns schien er die Lösung gefunden zu haben. Er drückte ein paar Tasten auf dem Steuerfeld eines Monitors. Die Uhr auf dem Display stoppte. Nach einem weiteren Drücken lief sie rückwärts und schließlich synchronisierten sich die anderen Monitore.

Der Portier wandte sich lächelnd zu Jan um. »Ich habe zehnfache Rücklaufgeschwindigkeit eingestellt.«

Jan ging zur Kaffeemaschine und füllte seine Tasse mit dem Teufelsgebräu. Er setzte sich auf den Stuhl und versuchte, alle drei Monitore im Blick zu behalten. Nach zwanzig Minuten hatte er gefunden, was er gesucht hatte.

»Stopp!« Jan sprang von seinem Stuhl auf. Heser ließ erschrocken seine Tasse fallen, hastete zum Monitor und schlug auf einen Knopf. Das Bild blieb eingefroren.

»Spulen Sie die Kamera des Hintereingangs wieder zwei Minuten vor und lassen Sie es weiterlaufen.«

Heser drückte einen Knopf, dann erschien eine Gestalt auf dem Bildschirm. Er war von durchschnittlicher Größe und hatte ein breites Kreuz. Er trug eine alte Jeans, schwarze Militärstiefel und einen zerschlissenen Parka, dessen Kapuze er über den Kopf gezogen hatte. Ein Rucksack hing über seiner rechten Schulter. Da er gerade das Gebäude verließ, konnte man sein Gesicht nicht erkennen.

»Wer ist das?«

»Keine Ahnung.«

Jan sah auf den Zeitcode. »23.18 Uhr. War das einer der Bewohner?«

»Nein. Keiner hat so heruntergekommene Kleidung, außerdem benötigt man für den Hintereingang einen gesonderten Schlüssel.«

»Und Sie haben niemanden bemerkt?«

Heser schüttelte den Kopf.

»Spulen Sie weiter zurück. Der nächtliche Besucher muss irgendwann hineingekommen sein. Beschränken wir uns auf die Kamera am Hintereingang.«

Heser drückte wieder eine Taste und die Aufnahme raste zurück. Zuerst passierte nichts, bis um 22.38 Uhr die Gestalt an der Hintertür erschien. Heser stoppte die Aufnahme und zoomte heran. Das Bild war gestochen scharf. Der Mann hatte ein kantiges Gesicht, mit dünnen Lippen und einer schmalen Nase. Jan schätzte ihn auf Ende vierzig. Er war unrasiert und die braunen Haare waren zurückgekämmt. Entlang der rechten Augenbraue zog sich eine weiße Narbe bis zum Haaransatz hoch. Jan fiel die Ruhe des Mannes auf. Er sah sich nicht um und war nicht nervös, als würde er nicht zum ersten Mal einbrechen.

»Niemand, dem man im Dunkeln begegnen will«, bemerkte Heser.

»Wissen Sie, wer das ist?«

»Nein. Aber er hat sich illegal Zutritt verschafft.«

»Was meinen Sie?«

Heser ließ die Aufnahme weiterlaufen. Der Unbekannte hielt eine Schlüsselkarte an einen Kartenleser, öffnete die Tür und ging ins Gebäude.

»Es gibt sechs Zutrittskarten für den Hintereingang. Meine Kollegen und ich haben drei. Dazu die beiden Putzfrauen und der Mann vom Hausmeisterdienst. Alle anderen müssen an der Tür klingeln und werden von mir hereingelassen.«

»Also hat er eine Karte gestohlen?«

»Meine nicht.« Heser holte eine blaue Schlüsselkarte heraus, auf der die Adresse aufgedruckt war.

»Können Sie herausfinden, welche Karte der Unbekannte benutzt hat?«

»Anhand der Aufnahme nicht. Wenn ich herumtelefoniere, weiß ich es in ein paar Minuten.«

»Gut«, sagte Jan. »Drucken Sie mir vorher die Aufnahme des Mannes aus. Ich gebe sie an die Kollegen der Kripo weiter. Vielleicht kennen die unseren Eindringling.«

Heser spulte an die entsprechende Stelle zurück und vergrößerte das Bild, bis das Gesicht des Unbekannten den Monitor ausfüllte. Dann sprang der Drucker an.

Jan würde die Kollegen der Spurensicherung zum Hintereingang schicken. Mit den Fingerabdrücken an der Tür würden sie den nächtlichen Besucher identifizieren können. Jan nahm sein Handy aus der Tasche und machte ein Foto von dem Ausdruck. Es war Zeit, dass Max seine Party beendete.

Sein T-Shirt war nassgeschwitzt, er musste dringend auf die Toilette und seine Tastatur war kurz davor, den Geist aufzugeben, doch Maximum gab sich nicht geschlagen. Die terranische Liga verließ sich auf ihn. Es ging um Leben und Tod. Der entscheidende Moment war gekommen.

»Die Zerglings von rechts«, brüllte er in sein Headset. »Schick die Marauder rüber oder unsere Bunker sind platt.«

Sein rechter Zeigefinger war kurz davor, die Maus zu durchbohren, während seine linke Hand über die Tastatur flog. Auf dem Bildschirm bekämpften sich unzählige Figuren in einem stroboskopischen Licht auf einem Schlachtfeld der Zukunft.

»Becker, wo ist der Battlecruiser?«

»Der hält uns die Mutalisken vom Hals«, kam die Antwort über sein Headset. Wo auch immer der besagte Becker saß, nach seiner hysterischen Stimme zu schließen, stand er kurz vor einem Herzinfarkt.

»Die Roaches haben unsere Siege-Tanks gekillt«, schrie eine andere Stimme.

Max' Handy vibrierte. Das Display zeigte Jans Nummer. »Nicht jetzt«, schrie er.

»Was nicht jetzt?«, fragte Becker.

»Nicht du.«

»Wer dann?«, fragte die dritte Stimme.

»Labert nicht, sondern schützt unsere Basis. Zieh die SCVs vom Gas zur Reparatur ab, oder …« Mit einem lauten Knall verabschiedete sich das Command Center.

»Scheiße.« Max riss sich frustriert das Headset vom Kopf. »Das ist das dritte Mal heute Nacht.« Er gab dem Stuhl einen

Tritt und fluchte ausgiebig. Der junge Hacker wischte sich den Schweiß von der Stirn, atmete tief durch und nahm das Handy vom Tisch.

»Was gibt's?«, meldete er sich.

»Hab ich dich geweckt?«, fragte Jan.

»Quatsch. Es ist zwei Uhr.«

»Dann muss ich kein schlechtes Gewissen haben. Ich hätte was für dich.«

»Ich mache alles, Hauptsache keine Zerg.«

»Keine was?«

»Vergiss es. Um was geht's?«

»Ich schicke dir etwas rüber. Vielleicht findest du zu dem Mann auf dem Foto einen Namen.«

»Geht klar.«

»Eventuell hat die Spurensicherung noch einen Fingerabdruck. Dann müsste es leichter gehen.«

»Okay.« Max beendete das Telefonat und nahm das Headset.

»Bin AFK. Hab was zu tun. Das wird nichts mit dem Trainingscamp dieses Wochenende. Melde mich.«

Mit einem Mausklick loggte er sich aus dem Battle.net aus.

»Verfluchte Zerg«, murmelte er, als er die Kripo-Datenbank startete.

Da Heser telefonierte, setzte sich Jan auf den Stuhl und ergänzte seine Notizen. Um 22.38 Uhr kam der Unbekannte über den Hintereingang hinein. Er verließ das Haus um 23.18 Uhr. Der tödliche Sturz war um 23.13 Uhr. Zwei Minuten später hatte Heser den Notruf gewählt. Also lagen fünf Minuten zwischen dem Tod von Isak Neumann und der Flucht des Fremden. Genug Zeit, um das Opfer vom Penthouse hinunterzustoßen, nach unten zu laufen und das Haus zu verlassen.

Die Theorie mit dem Selbstmord war Geschichte. Jetzt lief das volle Programm an. Befragung der Bewohner, Spurensicherung in der Wohnung und Durchleuchtung des Hintergrunds möglicher Beteiligter. Parallel dazu die Fahndung nach dem Unbekannten. All die Dinge, die das Wochenende versauten und für wenig Schlaf sorgten. Jan verfluchte den Tag, an dem er Bergman von seiner neuen Lieblingskneipe erzählt hatte.

Die Kamera-Aufzeichnung war ein Anfang. Er hoffte, dass der nächtliche Besucher Fingerabdrücke auf dem Türknauf hinterlassen hatte. Auf dem Video hatte er keine Handschuhe getragen.

Heser legte den Hörer des Telefons auf die Gabel. »Meine beiden Kollegen, den Mann vom Hausmeisterdienst und eine Putzfrau habe ich erreicht. Sie haben ihre Karten noch. Nur die zweite Putzfrau nimmt nicht ab.«

»Um wen handelt es sich?«

»Nomi Conradi. Sie hat diesen Monat die Nachtschicht. Sie reinigt den Eingangsbereich und die Flure. Um diese Uhrzeit läuft niemand herum, und die Geräte sind leise genug, dass kein Bewohner im Schlaf gestört wird.«

»Wann fängt Sie normalerweise an?«

»Um 23:00 Uhr.«

»Sind Sie sicher, dass Sie nicht im Haus ist?«

Heser nickte. »Auf dem Video ist sie nicht und den Haupteingang hat sie nicht benutzt, sonst hätte ich sie gesehen. Außerdem beginnt sie immer mit der Eingangshalle.«

»Wie lange arbeitet sie schon hier?«

»Drei Jahre. Der Hausverwalter ist streng. Wenn sie unzuverlässig wäre oder schlechte Arbeit machen würde, wäre sie längst ersetzt worden.«

Heser rückte näher zu Jan, als befürchtete er, belauscht zu werden. »Glauben Sie, dass Frau Conradi mit dem Mann unter einer Decke steckt?«, flüsterte er verschwörerisch.

»Momentan habe ich mehr Fragen als Antworten, deshalb will ich nicht spekulieren, aber offensichtlich ist der Unbekannte mit ihrer Schlüsselkarte ins Gebäude gelangt. Dass Frau Conradi nicht zur Arbeit gekommen ist, macht sie verdächtig.« Jan klappte den Block zu. »Haben Sie außer der Nummer noch ihre Adresse?«

Heser nickte.

»Geben Sie mir ihre Anschrift. Ich schicke eine Streife hin.«

Heser kritzelte die Adresse auf ein Stück Papier, als Jans Handy klingelte. »Kommissar Tommen«, meldete er sich.

»Walter hier. Komm bitte vor das Gebäude zum Tatort. Wir haben eine Besucherin, die du sicher sprechen willst.«

»Wer ist es?«

»Eine gewisse Nomi Conradi.«

Romir ging vor der Tür in die Hocke und zog einen Pinsel aus der Tasche. Die schwarzen Federn waren flauschig und groß – ideal, um das Pulver aufzutragen. Er unterdrückte ein Gähnen, als er den Türknauf mit den kleinen schwarzen Körnchen bearbeitete. Der Geburtstag seines Bruders war gerade in die feucht-fröhliche Phase übergegangen, als er den Anruf von der Kripo bekommen hatte. Wie immer wurden die Mörder und Selbstmörder nicht am Montagmittag aktiv, sondern spät in der Nacht oder am Wochenende. Er rieb sich die Augen und versuchte, sich auf seine Arbeit zu konzentrieren.

Normalerweise war der Türknauf ein Albtraum zum Sichern von Fingerabdrücken. Unzählige Menschen berührten die kleine Stelle. Abdrücke überlagerten sich oder verwischten, aber als Romir das nicht haftende Pulver weggeblasen hatte, stach ein Abdruck klar hervor, als hätte die Person mit aller Kraft auf den Knauf gedrückt, um eine Botschaft zu hinterlassen. Romir holte seine Lupe heraus. Schleifen, Bögen und Windungen waren perfekt zu erkennen.

Zufrieden kramte er ein Stück durchsichtige Folie aus seinem Koffer und pauste den Abdruck ab. Er wünschte sich, dass es ihm die Täter immer so leicht machen würden. Er legte die Folie auf ein Stück weißes Papier, fotografierte den Abdruck und schickte ihn per Mail an Jans Partner Max. Er fragte sich, wer die E-Mail-Adresse *incredible-max@berlin.de* genehmigt hatte, aber der junge Hacker hatte durchaus Vorteile. Er konnte parallel Datenbanken durchsuchen wie kein anderer in der Kripo. Max würde keine zwei Minuten brauchen, bis die Fingerabdruck-Datenbank einen Namen ausspuckte.

Nomi Conradi lehnte an einem Streifenwagen. Sie hielt ein Taschentuch in den Händen und trocknete sich die Tränen. Jan schätzte die Frau auf Anfang vierzig. Sie trug schmale, verwaschene Jeans, rote Slipper und eine dünne Regenjacke über einer verblichenen, gelben Bluse. Ihre Haare waren schlecht blondiert. Am Haaransatz zeigten sich die ersten dunklen Strähnen. Conradis ungeschminktes Gesicht war schmal, mit einer kleinen Nase und auffallend hohen Wangenknochen.

Ein Streifenpolizist kam auf Jan zu. »Wir haben die Frau nicht weit von hier in einem Hinterhof gefunden. Sie war geknebelt und mit Kabelbindern an einen Müllcontainer gebunden. Sie wurde auf dem Weg von der S-Bahn zur Arbeit überfallen.«

Jan nickte dem Beamten zu. »Danke für die Info. Ich kümmere mich um sie.« Er ging zu der Frau und zeigte seine Kripo-Marke. »Frau Conradi, mein Name ist Jan Tommen. Ich bin der leitende Ermittler.«

Die Frau wischte sich mit dem Taschentuch über die Augen. Ihre Hand zitterte und ihr Gesicht war bleich. »Das ist doch eine ruhige Gegend«, begann sie schluchzend. »Wie konnte das passieren?«

»Frau Conradi«, sprach Jan beruhigend auf sie ein. »Sie brauchen sich keine Sorgen zu machen. Sie sind hier sicher. Ich verspreche Ihnen, dass wir den Täter fassen. Warum fangen Sie nicht von vorne an?«

»Ich bin wie jeden Abend um kurz vor 22.00 Uhr aus dem Haus gegangen, habe die S-Bahn genommen und bin am Treptower Park ausgestiegen. Den Rest des Weges laufe ich immer. Normalerweise begegne ich Spaziergängern mit Hund oder Radfahrern, nie ein Grund sich zu fürchten.« Die Frau wischte sich wieder eine Träne aus dem Auge. »Es ging alles so schnell. Ich bin die Straße entlanggegangen, als mich jemand am Arm gepackt und in einen Hinterhof gezogen hat. Ich wollte schreien, bekam aber ein Stück Stoff in den Mund gestopft und wurde an die Wand gedrückt. Ich habe versucht, mich zu wehren, aber der Angreifer war unglaublich stark. Einen Augenblick später war ich an die Mülltonne gefesselt.«

»Haben Sie den Mann erkennen können?«

»Er hatte eine schwarze Strumpfmaske auf.«

»Beschreiben Sie ihn mir. Was hatte er an? Wie war seine Statur? War etwas auffällig an ihm?«

»Das Erste war sein Geruch«, begann Conradi. »Er roch nach Schweiß, als würde er die Kleidung schon lange tragen. Er war normal groß, hatte auffällig breite Schultern, trug einen zerschlissenen Parka, der an den Ärmeln aufgescheuert war und schwere Stiefel.«

»Hat er etwas gesagt?«

»Kein Ton oder du bist tot!«, wiederholte die Frau.

»Sonst noch etwas?«

Conradi schüttelte den Kopf. »Nachdem er mich gefesselt hat, hat er meine Handtasche durchsucht und die Schlüsselkarte herausgenommen. Dann hat er mir die Tasche vor die Füße geworfen und ist weggegangen.«

»Sonst hat er nichts gestohlen?«

»Nein. Weder meine Uhr noch mein Handy oder meinen Geldbeutel.«

Jan schürzte nachdenklich die Lippen. Wer immer der Mann war, er war gut vorbereitet. Er hatte gewusst, dass die Putzfrau eine Schlüsselkarte für die Hintertür hatte, wann sie zur Arbeit gehen und welchen Weg sie nehmen würde. Der anfängliche Selbstmord verwandelte sich in einen perfekt geplanten Mord.

Ein Blick auf die zitternde Nomi Conradi zeigte Jan, dass er heute Nacht nicht mehr viel aus ihr herausbekommen würde. Fürs Erste wusste er genug. Jetzt musste er sich um den Mörder kümmern.

»Vielen Dank, Frau Conradi. Mein Kollege fährt Sie nach Hause. Versuchen Sie, etwas zu schlafen. Kommen Sie morgen aufs Präsidium.« Er reichte ihr eine Visitenkarte. »Dann nehmen wir Ihren Fall auf.«

Die Frau nickte dankbar und steckte die Karte ein. Jan gab dem Polizisten ein Zeichen und ging zurück in die Eingangshalle. Er brauchte noch Kaffee. Heute Nacht war an Schlaf nicht zu denken.

Die Jagd auf den Mörder hatte begonnen.

KAPITEL 2

Jan betrachtete das Polizeifoto von Bernard Durand. Es war über zwei Jahre alt, aber im Vergleich zur Aufnahme an der Hintertür hatte er sich nicht verändert. Seine dünnen Lippen waren zusammengepresst und die Augen zu schmalen Schlitzen verengt, als hätte Durand Mühe, sich zu beherrschen. Die Narbe, die sich entlang der rechten Augenbraue bis zum Haaransatz hochzog, gab ihm etwas Dämonisches wie einem Bösewicht aus einem Superhelden-Comic. Jan fragte sich, welche Art von Verletzung eine solche Narbe verursacht und wie man diese überleben konnte.

»Morgen, Jan«, unterbrach Bergman seine Grübeleien.

Jan sprang vor Schreck vom Stuhl auf. »Sind Sie schon wach?«

»Natürlich«, sagte der Kripo-Chef. »Ich stehe samstags immer um sechs auf und gehe mit einem Lächeln zur Arbeit.«

Jan sah auf die Uhr. Sieben Uhr. Hesers Kaffee hatte ihn die ganze Nacht wach gehalten. Da Bergman nichts von Höflichkeitsbesuchen hielt, wollte er wahrscheinlich einen Bericht über den Fall. »Gut, was haben wir.« Jan ging an eine Pinnwand und deutete auf ein Foto des Toten auf der Straße. Er hatte absichtlich eine etwas zu dunkel geratene

Aufnahme gewählt, bei der die unappetitlichen Details unscharf waren.

»Um 23.13 Uhr fiel Isak Neumann von seinem Penthouse auf die Straße. Wir gehen davon aus, dass der Aufprall die Todesursache war, aber Walter prüft die Leiche nach möglichen Wunden vor dem Sturz und macht einen Tox-Screen. Zwei Minuten später hat der Wachmann des Gebäudes, Joseph Heser, den Notruf gewählt. Bis zu dem Zeitpunkt sind wir von Selbstmord ausgegangen.«

Jan ging zum nächsten Bild. »Das Haus verfügt über Überwachungskameras an den Eingängen. Die Aufzeichnungen habe ich noch in der Nacht eingesehen und bin auf einen unbekannten Besucher gestoßen, der das Haus um 22.38 Uhr über den Hintereingang betreten hat.« Er deutete auf die Aufnahme der Kamera mit dem Gesicht des Eindringlings. »Nachdem ich Max das Foto und die Fingerabdrücke vom Knauf der Hintertür geschickt habe, sind wir auf Bernard Durand gestoßen. Er ist in der Datenbank wegen schwerer Körperverletzung und Hausfriedensbruchs.«

»Wie ist er in das Haus gekommen?«

»Er lauerte Nomi Conradi auf, die als Reinigungskraft im Haus arbeitet, und raubte ihr die Schlüsselkarte.« Jan deutete auf das Foto der Frau. »Wir haben sie zwei Stunden nach der Tat in einem Hinterhof gefunden, wo sie von Durand an eine Mülltonne gefesselt worden war.«

»Damit ist er bei Isak Neumann hineingekommen?«

»Jetzt wird es kompliziert«, begann Jan. »Im Keller gibt es einen Bereich, in dem sich die Putzfrauen umziehen, der Hausmeister seine Werkzeuge aufbewahrt und Ersatzteile gelagert werden. Dort ist ein gesicherter Kasten mit den Zweitschlüsseln aller Wohnungen, einerseits für den Fall, dass die Bewohner ihren Schlüssel vergessen haben, aber auch für Reinigungskräfte und Hausmeister, die in die Wohnung müssen.«

»Wieso ist das so umständlich?«

»Für den Fall, dass ein Mitarbeiter die Karte verliert. So würde ein Einbrecher nur in das Haus, aber nicht in die Wohnungen kommen.« Jan zeigte auf ein Foto eines offenen Schlüsselkastens. »Öffnen kann sie nur die Schlüsselkarte des Portiers.« Der Kasten war kaum größer als eine Aktentasche, wirkte aber sehr stabil. Teile der Klappe waren aufgebohrt. »Der Safe ist in die Wand eingemauert. Von seiner Existenz wissen nur die Bewohner und die Mitarbeiter. Da er klassisch hinter einem Bild verborgen ist, stößt man nicht zufällig darauf.«

»Also hat jemand Durand von dem geheimen Schlüsselkasten erzählt.«

Jan nickte. »Wie man auf dem Foto erkennen kann, wurde das Schloss mit einem Diamantbohrer aufgebohrt. Laut unserer Forensik müssen sowohl Maschine und Bohrer hochwertig gewesen sein. Nichts, was man im Supermarkt kaufen kann oder das man zufällig bei sich trägt.«

»Wissen wir, wer Durand mit der Information versorgt hat?«

»Noch nicht. Ich habe gestern mit Joseph Heser und mit Nomi Conradi geredet. Das finde ich noch heraus.«

»Wie ist die Verbindung zum Opfer?«

»Perfekt.« Jan deutete auf eine Akte auf dem Tisch. »Durand hat vor gut zwei Jahren Isak Neumann bei der Arbeit abgepasst und ihm die Nase gebrochen. Die Sicherheitskräfte in der Firma haben wohl Schlimmeres verhindert. Ich habe das Protokoll noch nicht fertig gelesen, aber Durand hat sich bei dem darauffolgenden Prozess danebenbenommen, den Richter beleidigt und Neumann mit einem grausamen Tod gedroht. Am Ende fuhr Durand ein und ist erst vor zwei Monaten rausgekommen.«

»Sieht nach einem wasserdichten Fall aus.«

»Die Fahndung nach Durand läuft. Wir müssen nur beweisen, dass er bei Neumann in der Wohnung war, aber da er nachlässig mit seinen Fingerabdrücken war, wird die Spurensicherung etwas finden. Bis heute Mittag sind sie fertig.«

»Gute Arbeit.« Mit einem Nicken verließ Bergman das Büro.

Jan atmete hörbar aus. Er war selbst überrascht, wie weit sie in den paar Stunden gekommen waren. Mit ein wenig Glück konnten sie den Fall morgen abschließen. Zufrieden ging er zurück zu seinem Schreibtisch und öffnete Durands Akte. Er war neugierig, warum dieser Isak Neumann vor zwei Jahren angegriffen und gestern vom Hausdach geworfen hatte.

Polizeimeister Nils Finke ging gerne zur Arbeit. Vor vier Jahren hatte er den Streifenwagen ein letztes Mal auf dem Parkplatz abgestellt und sich in den Innendienst versetzen lassen. Er hatte Verwaltungsaufgaben bekommen, aber die meiste Zeit war er am Empfang, half Kollegen mit Formularen und wies Besuchern den Weg. Seine Lieblingsschicht war das Wochenende, wie dieser Samstagmorgen. Kaum Betrieb, wenig Kollegen und noch weniger Besucher. Zeit, gemütlich zu frühstücken, Zeitung zu lesen und die Monate bis zu seiner Pensionierung abzusitzen. Seine Tochter hatte ihm ein winziges, tragbares Radio geschenkt, kaum größer als eine Kreditkarte. In ruhigen Momenten nahm er die schmalen weißen Ohrhörer, wählte einen Lokalsender und ließ sich von Johnny Cash, Willie Nelson und Waylon Jennings den Tag verschönern.

Die Kollegen hatten gestern Nacht einen neuen Mordfall bekommen. Irgendein wichtiger Industrieller war vom Hochhaus gestoßen worden. Nils klickte sich durch die Fahndungsliste und betrachtete das Foto des potenziellen Mörders. Die ungekämmten Haare, das zusammengekniffene Gesicht und die Narbe auf der Stirn ließen ihn unsympathisch wirken. Nach ersten Gerüchten aus der Kaffeeecke wäre es wohl ein wasserdichter Fall.

Die Tür ging auf und brachte kühle Luft mit sich. Ein Mann in einem verschlissenen Parka kam hinein. Er trug eine abgewetzte Hose und schwere Militärstiefel. Die Kapuze der Jacke bedeckte den größten Teil seiner braunen, lockigen Haare. Er hielt den Kopf gesenkt, als müsste er den Boden vor seinen Füßen betrachten. In der Mitte des Eingangsbereichs blieb er stehen, als wäre er unsicher, was zu tun sei. Dann ließ er sich auf die Knie, zog seine Kapuze herunter und hob seine Hände, als wollte er sich ergeben. Er richtete den Blick auf Nils.

»Mein Name ist Bernard Durand«, sagte er mit rauer, kratziger Stimme. »Ich werde wegen Mordes gesucht.«

Noch nie hatte sich ein Mörder gestellt. Es war eine kitschige Vorstellung, dass kaltblütige Killer von Reue geplagt wurden und ihre gerechte Strafe suchten. Jan konnte es immer noch nicht fassen. Eine kleine, kritische Stimme in seinem Kopf sagte ihm, dass so viel Glück einen Haken haben musste. Seit fünf Minuten betrachtete er Bernard Durand, als könnte er in dessen Gesicht die Lösung dieser Tat ablesen. Der Verdächtige saß auf dem Stuhl und starrte auf den Spiegel vor ihm. Er wirkte weder nervös noch reumütig. Sein Rücken war durchgestreckt, seine Hände lagen auf dem Tisch vor ihm, als erwarte er ein Militärtribunal, sei sich aber keiner Schuld bewusst. Nachdem Jan ihn nach Waffen durchsucht hatte, hat er ihn in den Verhörraum gesetzt und vier Kollegen um den Raum postiert.

»Irgendwas ist faul«, sagte Bergman ohne seinen Blick von Durand zu wenden. »Die Fahndung ist kaum draußen, da marschiert unser Verdächtiger durch die Tür und serviert sich auf dem Silbertablett.«

»Ich habe ihn nach Waffen durchsucht, ihm seine Jacke abgenommen und er musste die Stiefel ausziehen.«

»Ich glaube nicht, dass er gewalttätig wird, aber er wirkt zu abgeklärt«, erklärte Bergman nachdenklich. »Er zeigt nicht die geringste Gefühlsregung, keine Reue, keine Angst. Das Foto bevor er ins Gefängnis gegangen ist sprüht vor Hass auf die Polizei.«

»Es hat keinen Sinn, zu spekulieren«, sagte Jan. »Ich gehe rein und höre, was er zu sagen hat.«

Jan betrat das Besprechungszimmer. Durand drehte den Kopf zu ihm. Seine Augen folgten jedem seiner Schritte, bis er sich gesetzt hatte.

Jan legte die Fallakte auf den Tisch. Sie war dünn, was der kurzen Zeit seit dem Mord geschuldet war, aber er hatte die grausigen Detailaufnahmen von Isak Neumanns Leiche dabei.

»Ich bin Kommissar Tommen und leite die Ermittlungen im Mordfall Isak Neumann.« Jan wartete auf eine Reaktion, doch Durand sagte nichts. Er blinzelte nicht einmal. Jan gab sich Mühe, nicht auf die große Narbe zu starren. Aus nächster Nähe sah sie abstoßender aus, da man jeden Einstich um den weißen Wulst erkennen konnte.

»Warum haben Sie sich gestellt?«

»Weil ich wegen Mordes gesucht werde.« Durand hatte eine dunkle, raue Stimme. Zu viel Alkohol, dachte Jan. Er meinte, einen leichten französischen Akzent herauszuhören.

»Und deswegen kommen Sie hier vorbei und wollen ein Geständnis ablegen?«, fragte Jan spöttisch.

»Ich will mit dem Missverständnis aufräumen, dass ich ein Mörder bin.«

»In Ordnung«, sagte Jan und rieb sich müde über die Augen. »Fangen wir von vorne an. Warum waren Sie gestern Nacht im Haus von Isak Neumann?«

»Um Essen zu stehlen.«

»Bitte?«

Durand lehnte sich vor. »Wie Sie vielleicht bemerkt haben, bin ich obdachlos. Ich bettle nicht und beziehe keine Sozialhilfe, daher fische ich mein Essen entweder aus Mülltonnen oder stehle es.«

»Und rein zufällig brechen Sie in das Haus ein, in dem Isak Neumann wohnt, der dazu beigetragen hat, dass Sie ins Gefängnis mussten und dem Sie bei einer Gerichtsverhandlung mit dem Tod gedroht haben.«

»Es war tatsächlich Zufall.«

Jan seufzte. Bei der Indizienlage hatte er sich ein einfacheres Geständnis erhofft. »Versuchen wir es anders. Wann haben Sie sich entschlossen, bei Isak Neumann einzubrechen?«

»Wie bereits gesagt, wusste ich nicht, dass Isak dort wohnt. Ich habe mich die letzten Monate in Friedrichshain herumgetrieben, weil es ein paar gut verborgene Schlafplätze an der Spree gibt und die Menschen in der Gegend verschwenderisch mit Essen umgehen. Gestern war ich zu müde, die Mülltonnen zu durchwühlen, also habe ich beschlossen, in ein Haus einzubrechen. Ich habe Ausschau nach offenen Fenstern und angelehnten Türen gehalten, als ich in der Nähe eines Hintereingangs eine Schlüsselkarte gefunden habe.«

»Rein zufällig?«

»Exakt.«

»Und Sie haben die Karte nicht gestohlen, indem Sie einer Angestellten des Hauses aufgelauert und sie ausgeraubt haben?«

»Nein.«

Jan verkniff sich ein Stöhnen. Das Verhör nahm absurde Züge an. »Mit Ihrem Fund sind Sie in das Haus und haben es ausgeräumt?«

»In den Kellerräumen waren mehr Gläser und Konserven, als ich tragen konnte. Nicht der normale Kram, den man in einem Supermarkt bekommt. Nur exquisite Sachen, wie Datteln im Speckmantel, eingelegte Oliven oder belgische Schokolade. Dazu ganze Schinken und eine Weinauswahl, mit der man einen Kleinwagen kaufen könnte.«

»Das haben Sie alles eingepackt und sind abgehauen?«

»Tatsächlich hat nicht alles in meinen Rucksack gepasst, daher musste ich eine Vorauswahl treffen. Froschschenkel mögen eine Delikatesse sein, aber sie sind nicht sehr sättigend.«

Jan drehte sich zum Spiegel um und genehmigte sich ein schiefes Grinsen. Vor ihm saß ein mutmaßlicher Mörder, der seinen Einbruch mit dem Diebstahl von Konserven erklären wollte. Seine Kollegen würden noch in Wochen über den Verrückten reden und Witze auf Jans Kosten machen. Zeit, das Tempo anzuziehen. Er öffnete die Akte.

»Ich bringe Sie auf den neuesten Stand.« Jan knallte ein Foto von Isak Neumanns zerschmettertem Kopf auf den Tisch. »Das ist Isak Neumann, eben jener Isak Neumann, dem Sie vor Ihrem Haftantritt mit dem Tod gedroht haben. Die Flüssigkeit um seinen geplatzten Schädel sind Blut und Teile seines Gehirns. Grund für diese hässliche Wunde ist ein Sturz vom Penthouse, der meiner Meinung nach nicht freiwillig war.«

Jan legte das nächste Bild auf den Tisch. »Kennen Sie diesen Mann?« Das Foto zeigte Durand am Hintereingang. »Das sind Sie, wie Sie um 22.38 Uhr das Haus mit Nomi Conradis Karte betreten, eben jener Angestellten, die wir gefesselt und geknebelt in einer Seitenstraße gefunden haben.« Ein weiteres Bild folgte. »Hier verlassen Sie das Haus wieder. Wie Sie am Zeitstempel sehen können, ist es 23.18 Uhr. Fünf Minuten nach Isak Neumanns Tod.«

Jan wischte die Fotos vom Tisch. »Genug mit den Spielchen. Sie haben nicht nur ein Motiv, sondern hatten auch die Gelegenheit, Isak Neumann zu töten. Warum ersparen Sie mir nicht viel Zeit, indem sie von ihrer lächerlichen Story der Essensbeschaffung abrücken, den Mord gestehen und mir sagen, warum Sie so wütend auf das Opfer waren?«

Durand lehnte sich auf dem Stuhl zurück und faltete die Hände. Er betrachtete Jan, als würde er abwägen, wie viele Informationen er preisgeben sollte.

»Waren Sie schon einmal verliebt, Kommissar Tommen?«

»Was hat das mit dem Fall zu tun?«

»Um mein Verhältnis zu Isak Neumann zu erklären, muss ich ausholen. Wenn ich Sie besser verstehen kann, fällt es mir leichter.« Durand zog die Mundwinkel zu einem kurzen Lächeln hoch. »Sie mögen mich für einen Mörder halten, aber ich bin nicht Hannibal Lecter. Ich werde sie nicht zu manipulieren versuchen, oder andere Psychospielchen spielen.«

Jan schüttelte den Kopf. Er fragte sich, worauf Durand mit dieser Frage zielte.

»Kommen Sie, Kommissar. Seien Sie kommunikativer, dann haben Sie es bald hinter sich.«

Jan schloss die Augen und atmete hörbar aus.

»Ich rede von richtiger Liebe. Nicht die körperliche Anziehung, die man fälschlicherweise für Liebe hält und die nach ein paar Wochen wieder verflogen ist, sondern Liebe für ein Leben lang. Und vielleicht darüber hinaus.«

»Möglicherweise«, sagte Jan nach einer Pause.

»Dann verstehen Sie. Es ist das höchste Glück, was man erfahren kann. Beruflicher Erfolg, Reichtum, Macht, all das ist nichts gegen die Bindung zu einem Seelenverwandten.«

Durand senkte den Blick auf seine Hände. Es war das erste Mal, dass er Jan nicht in die Augen sah. »Mein Leben stand unter keinem guten Stern, und hätte man mich gefragt, ob ich leben will oder nicht, hätte ich Nein gesagt. Das Schicksal gab mich in die Hände illegaler Immigranten, einer Näherin und ihrem alkoholisierten Mann, der es nicht ertragen konnte, ein

Versager zu sein. Ich erspare Ihnen die rührselige Geschichte meiner kaputten Kindheit und wie ich zu einem Obdachlosen in Berlin wurde.« Durand schwieg einen Augenblick, als verlöre er sich in den Erinnerungen der Vergangenheit. »Ihr Name war Lauretta. Ich habe sie vor vier Jahren getroffen, an einem dieser kalten Dezembertage, an denen die Nacht nie zu enden scheint und man die Augen nicht zumachen will, aus Furcht, im Schlaf zu erfrieren. Ich war ein gebrochener Mann, gewalttätig und einsam. Jeden Tag spielte ich mit dem Gedanken, mich von der Brücke zu stürzen. Ich saß in einer verlassenen Unterführung und schützte mich vor dem Schnee, als sie die Treppen herunterkam. Es war ein guter Schlafplatz, den ich nicht teilen wollte, doch da war etwas an ihr, das mich schweigen ließ. Ich kann es bis heute nicht beschreiben, vielleicht ihre sanften Gesichtszüge, ihre Art zu gehen oder ihre Aura. Sie setzte sich mir gegenüber und lächelte. Dann legte sie sich hin, wickelte sich in ihre Decken und schlief ein. Dort, in dieser abgeschiedenen Unterführung, hätte ich alles mit ihr machen können. Sie ausrauben, töten oder vergewaltigen, aber ein Blick in meine Augen hatte ihr genügt, um zu wissen, dass sie sich nicht zu fürchten brauchte.«

Durand hob den Kopf. »Von diesem Moment an ist sie nicht mehr von meiner Seite gewichen, als hätte sie die Aufgabe, mich in das Leben zurückzuholen und die Wunden meiner Seele zu heilen.« Seine Stimme war ein Flüstern. »Ich hatte viel Wut in mir. Zorn, Frust, Resignation; doch wann immer ich die Faust ballte, legte sie ihre Hand auf meine und sprach beruhigend auf mich ein. Allein mit der Kraft ihrer Stimme besänftigte sie mich. Wenn es besonders schlimm war, setzte sie sich neben mich und schloss ihre Arme um mich, als wollte sie mich an diesem Ort festhalten, bis mein zorniges Herz Frieden gefunden hatte.« Durand atmete tief aus. »Ich habe sie geliebt. Mehr, als ich es je für möglich gehalten hätte.« Dann verschwand der verklärte Ausdruck aus Durands Gesicht, und er ballte die Fäuste. »Und jetzt dürfen Sie raten, wer mir Lauretta genommen hat.«

»Isak Neumann«, antwortete Jan.

Durand nickte. »Ich habe ihn nicht vom Dach gestoßen, aber als ich von seinem Tod gehört habe, war ich nicht traurig.«

»Was ist passiert?«

»Das herauszufinden, Kommissar, liegt bei Ihnen. Ich gebe Ihnen den Rat, genau hinzusehen. Lassen Sie sich nicht von der Fassade blenden.« Durand streckte sich und gähnte. »Genug fürs Erste. War nett, mit Ihnen zu reden, aber ich habe eine anstrengende Nacht hinter mir. Ich hoffe, die Kripo hat gemütliche Einzelzellen. Ein wenig Schlaf wird mir gut tun.«

Jan betrachtete das Foto, als Durand das Gebäude betrat. Er hatte einen Rucksack über der Schulter. Denselben Rucksack hatte er auch beim Hinausgehen dabei, nur war er prall gepackt. Jan nahm das Handy und drückte Patricks Kurzwahl. Nach dem dritten Klingeln nahm sein Kollege ab.

»Bist du im Keller?«, fragte Jan.

»Ja. Es ist alles so, wie Durand sagt. Die Tür zum Keller der Familie Jorna ist aufgebrochen. Hier sieht es aus wie in einem Delikatessengeschäft. Lauter hochwertige Lebensmittel und ein kleiner Weinbestand, in dem der Château Pétrus die billigste Marke ist. Ganz offensichtlich hat sich hier jemand bedient. Es fehlen Konserven, zwei Gläser mit Maronen liegen zerbrochen auf dem Boden, und ich sehe einen Fußabdruck auf einer Fliese, der zu Durands Stiefeln passen könnte.«

»Also hat er Lebensmittel gestohlen.«

»Ich lasse die Spurensicherung Fingerabdrücke nehmen, aber seine Geschichte könnte stimmen, so irre sie auch klingt.«

»Das ergibt doch keinen Sinn«, sagte Jan. »Wer begeht einen Mord und klaut danach Konserven?«

»Sehe ich genauso. Ich überprüfe noch den restlichen Keller. Wenn ich was finde, melde ich mich.«

»Danke, Patrick«, sagte Jan und legte auf. Er lehnte sich auf dem Stuhl zurück und versuchte, die Puzzlesteine zusammenzusetzen. Durand hatte ein Motiv und war zur Tatzeit am Tatort. Außerdem war er kräftig genug, um Isak Neumann zu überwältigen und vom Dach zu stoßen. Einzig der Einbruch in den Vorratsraum passte nicht. Jan glaubte nicht, dass der Einbruch in den Keller der Essensbeschaffung gedient haben sollte. Es musste einen Grund geben. Vielleicht wollte Durand etwas vertuschen. Vielleicht war es Teil eines größeren Ganzen, das Jan noch nicht erkennen konnte. Dann Durands Rat, genau hinzusehen.

Jan schob die Akten zur Seite und stand auf. Es war sinnlos, sich den Kopf über diese Absurdität zu zerbrechen, bevor nicht alle Spuren ausgewertet waren. Vor einer Stunde war Max zur Arbeit gekommen. Jan hatte ihn gebeten, sich die Aufnahmen der Überwachungskameras anzusehen. Vielleicht hatte er etwas herausgefunden. Auf dem Weg zu Max' Büro ließ Jan den gefühlt zwanzigsten Kaffee aus der Maschine, bevor er den fensterlosen Raum betrat, der eigentlich als Abstellkammer für alte Bürostühle gedacht gewesen war. Die Stühle waren bis zur Decke gestapelt und an die Wand geschoben. Max' Schreibtisch passte kaum hinein und trotzdem hatte er es sich nicht nehmen lassen, eine lebensgroße Lara-Croft-Pappfigur aufzustellen, die mit ihrer Pistole auf die Tür zielt. Der junge Hacker war voll in seinem Element. Auf drei Bildschirmen liefen die Aufnahmen der Überwachungskameras. Während Max mit der linken Hand auf der Tastatur tippte, schrieb er mit rechts eine SMS auf seinem Handy. In seinem Mund hatte er ein langes Röhrchen, das in einem großen Glas Ovomaltine-Cola endete, einer Getränkemischung, die Jans Meinung nach noch schlimmer schmeckte als Energydrinks. Auf dem Schreibtisch lag eine Sammlung von Gummibärchen, Paprika-Chips und extra großen Salzstangen, ergänzt durch eine Tüte Kekse. Ein klassisches Max-Frühstück.

»Hast du was Neues gefunden?«

Max schüttelte den Kopf. »Seit einer Stunde sehe ich mir die Aufnahmen von der Mordnacht an, aber kann nichts Neues beitragen. Durand betrat das Gebäude um 22.38 Uhr und verließ es um 23.18 Uhr. Davor, danach und dazwischen wurde er nicht von den Kameras erfasst.«

»Was ist mit unserem unbekannten Sprayer?«

»Das habe ich mir schon zehnmal angesehen.« Max legte sein Handy zur Seite. Seine Finger flogen über die Tastatur, bis alle drei Bildschirme die Tiefgarage zeigten. »Bis 22.45 Uhr war alles normal. Das Licht in der Garage war aus, aber durch ein kleines Notlicht an den Seiten konnte man die Schemen der Autos erkennen. Genau wie der Nachtportier es beschrieben hatte. Aber dann …« Max deutete auf den Monitor. Binnen einer Sekunde wurde das Bild schwarz, als hätte jemand das Licht ausgeschaltet. Max drückte eine Taste und die Aufnahme spulte zurück. »Verlangsamt kann man es erkennen.« Einen Wimpernschlag lang erschien die Spitze einer Spraydose. Max hielt das Bild an. »Leider kann man weder den Finger, noch irgendetwas anderes vom Sprayer erkennen, doch jemand hat die Kamera in der Tiefgarage bewusst ausgeschaltet.«

Max drehte sich zu Jan um. »Das hilft dir nicht weiter, oder?«

»Nein. Das macht es noch wirrer.«

»Inwiefern?«

»Durand raubt Nomi Conradis Karte, geht in das Haus und verschafft sich Zugang zu Isak Neumanns Wohnung, einem Mann, dem er mit dem Tod gedroht hat. Fünf Minuten nach dem Mord spaziert Durand hinaus. Soweit ist alles perfekt, aber jetzt wird es komisch. In dieser halben Stunde räumt er einen Keller mit Delikatessen aus und sprayt schwarze Farbe auf die Kamera in der Tiefgarage.«

»Wir wissen nicht, ob Durand der Sprayer war.«

»Wer soll es sonst sein?« Jan trank einen Schluck Kaffee. »Vergessen wir den Keller und beschäftigen uns mit der Kamera in der Tiefgarage. Warum schwärzt jemand die Linse?«

»Er will etwas in der Tiefgarage machen, ohne dass er dabei beobachtet wird«, antwortete Max.

»Was könnte das sein? Die Autos haben wir überprüft. Die sind unversehrt, weder verkratzt noch aufgebrochen.«

»Vielleicht hat er irgendwas versteckt. Eine Waffe oder einen anderen Beweis?«

»Kein schlechter Gedanke, aber unwahrscheinlich. Er ist mit einem vollen Rucksack rausmarschiert. Er hätte die Waffe mitnehmen können.«

»Vielleicht hat er jemanden reingelassen.« Max knabberte an einer Salzstange. »Zwischen der Ankunft um 22.38 Uhr und dem Schwärzen der Linse lagen sieben Minuten. Genug Zeit, sich die Zugangskarten aus dem Keller zu holen und das Gatter hochfahren zu lassen. Die Zufahrt zur Tiefgarage wird von den anderen Kameras nicht erfasst und ist vom Haupteingang aus gesehen auf der linken Seite. Der Nachtportier hätte nichts bemerkt, daher könnte Durand Leute eingeschleust oder irgendwas anderes ungesehen gemacht haben.«

Jan schüttelte den Kopf. »Vielleicht mache ich mir zu viele Gedanken. Der Hauptverdächtige ist in Haft, und wir haben ausreichend Spuren, damit er bis zum Prozess nicht rauskommt. Eigentlich können uns die Kamera in der Tiefgarage und die Konserven egal sein.«

»Ich checke die Aufnahmen der letzten drei Tage. Wenn ich noch irgendwas Auffälliges finde, rufe ich durch.«

Jan schlug ihm freundschaftlich auf die Schulter. »Ich lege mich kurz aufs Ohr. Bis dahin müssten die ersten Berichte der Spurensicherung eintrudeln.«

»Gute Nacht.« Max hob die Hand.

Jan nahm die leere Kaffeetasse und ging zurück zu seinem Büro. Er konnte kaum noch die Augen offen halten und hatte keine Lust, nach Hause zu fahren. Zusammen mit seiner alten Decke, die er für solche Fälle immer im Aktenschrank aufbewahrte, würde der Teppichboden unter seinem Schreibtisch genügen. Nur ein paar Stunden. Dann würde er nach dem Grund für Durands Hass auf Isak Neumann suchen. Lauretta.

Das Licht im Raum für Gegenüberstellungen ging an und fünf Männer traten ein. Sie reihten sich nebeneinander auf und richteten den Blick auf die verspiegelte Seite. Alle von ihnen trugen alte Hosen, Stiefel und einen Parka. In der Hand hielten sie ein Schild mit einer Nummer. Jan hatte nicht viel Zeit zur Vorbereitung gehabt. Er war gerade aufgewacht und hatte die Gerichtsakten durcharbeiten wollen, als die Kollegen vom Raubdezernat angeklopft hatten. Eilig hatten sie Männer mit ähnlicher Statur und Größe wie Durand zusammengesucht. Nicht perfekt, aber es würde reichen.

Nummer eins und zwei waren Kollegen aus dem Drogendezernat, drei ein Streifenpolizist, vier ein stadtbekannter Trinker, den sie aus der Ausnüchterungszelle geholt hatten und fünf war Bernard Durand. Wie beim Verhör wirkte Jans Hauptverdächtiger entspannt, als wäre er sich keiner Schuld bewusst und würde bald wieder auf freien Fuß kommen.

»Sie brauchen sich keine Sorgen zu machen, Frau Conradi«, begann Jan. »Die Männer können uns nicht sehen.«

»Warum bin ich bei einer Gegenüberstellung? Ich habe Ihnen doch gesagt, dass der Angreifer eine Maske getragen hat.«

»Weiß ich, aber der Mann hat zu Ihnen gesprochen. Können Sie sich an die Worte erinnern?«

»Kein Ton oder du bist tot!«

»Sonst nichts?«

»Das hat mir genügt.«

Conradis Hand begann zu zittern. Sie drehte sich zur Tür um, als halte sie nach einem Fluchtweg Ausschau.

»Ich weiß, dass eine Gegenüberstellung nicht leicht ist, aber Sie helfen uns dabei, diesen Mann aus dem Verkehr zu ziehen, damit er niemanden mehr überfallen kann. Schließen Sie die Augen und versuchen Sie, sich an die Stimme zu erinnern.« Jan ging zum Fenster. »Nummer eins. Vortreten!«, sprach er in ein Mikrofon. »Sagen Sie ›Kein Ton oder du bist tot!‹ und gehen Sie wieder zurück.«

Der Mann tat wie ihm geheißen und stellte sich wieder in die Reihe.

»Nummer zwei.«

»Kein Ton oder du bist tot!«, schrie er.

Die Frau fuhr regelrecht zusammen. »Das war er.« Sie stand auf und trat einen Schritt vom Fenster weg, als erwarte sie einen weiteren Angriff.

»Sind Sie sicher?«

»Kein Zweifel. Ich würde die Stimme aus tausenden heraushören.«

Jan seufzte. »Danke für Ihre Hilfe. Mein Kollege bringt Sie nach Hause.« Jan beugte sich zum Mikrofon. »Sie können gehen.« Er unterdrückte den Drang, den Tisch zu treten. Im Hinausgehen erhaschte er einen kurzen Blick auf Durand. Der Mann zuckte die Achseln, als wollte er andeuten: »Siehst du. Ich habe es dir doch gesagt.«

»Das war ein Rohrkrepierer«, bemerkte Bergman, der das Ganze schweigend beobachtet hatte.

»Das wird Durand nicht retten. Die Gegenüberstellung wäre ein netter Zusatz gewesen, aber es wird ohne gehen.«

»Was macht die Auswertung des Tatorts?«

»Isak Neumanns Wohnung ist groß. Die Kollegen haben alle Spuren gesichert, werten diese aber noch aus. In zwei Stunden weiß ich mehr.«

Jan sah auf seine Uhr. Kurz vor fünf. »Ich habe keine Lust, hier rumzusitzen und zu warten. Der Tatort ist freigegeben, und solange es noch hell ist, schaue ich mir Neumanns Hütte an. Wenn die ersten Ergebnisse auf dem Tisch sind, erstelle ich einen Bericht.«

»Laut meinen Quellen hat die Presse davon erfahren. Der Tod von Isak Neumann steht morgen in der Sonntagsausgabe. Da sollte ich eine gute Erklärung haben.«

»Bekommen Sie«, erwiderte Jan und ging aus dem Raum. Zeit, sich einen Eindruck vom Tatort zu machen.

Die Wohnung war luxuriös. Die Edelholzmöbel strahlten in dunklem Braun, die Küche wirkte eher wie ein steriles Labor als ein Platz zum Kochen. Der Teppichboden im Wohnzimmer war fein gewoben und doch fühlte es sich für Jan nicht wie ein Zuhause an. Er konnte es schwer an etwas festmachen, aber Isak Neumanns Wohnung war zu perfekt. Alles hatte einen vorgesehenen Platz. Kein schmutziges Geschirr in der Spüle oder Akten auf dem Tisch, keine zerwühlte Decke auf der Couch oder ein zerlesenes Buch neben dem Bett. Weder bedeckte Staub die Regale, noch verunstalteten Streifen die Fenster. Die klinische Sauberkeit wäre nicht schlimm gewesen, aber der Wohnung fehlte jegliches persönliche Element. Nirgends standen Bilder von Neumann, Freunden oder Familienmitgliedern. Weder hing ein Hertha-Schal an der Wand noch wartete die Gitarre eines Rockmusikers in der Ecke. Jan hätte sich wenigstens eine Verrücktheit gewünscht. Irgendetwas, das zeigte, dass Isak Neumann ein Mensch war. Stattdessen sterile Kunstwerke mit scheinbar willkürlich angeordneten Farbklecksen, mehrfach in sich gedrehte Vasen und eigenartige Marmorstatuen, die entfernt an die menschliche Anatomie erinnerten. Isak Neumann war ein Kontrollfreak. Perfektionistisch und ordnungssüchtig. Ein Mann ohne Leidenschaften, den nichts mehr ängstigte, als Dinge, die er nicht beherrschen konnte.

Nach seinem ersten Rundgang ging Jan zum Eingang zurück und versuchte, die Tat zu rekonstruieren. Die Tür war nicht mit Gewalt geöffnet worden. Der weiße Lack zeigte weder Kratzer noch andere Beschädigungen, also hatte der Täter eine Schlüsselkarte gehabt. Das Schließsystem hatte um 22.49 Uhr eine Öffnung registriert. Das war der Zeitpunkt, zu dem der Täter in die Wohnung gekommen sein musste. Neumann und sein ungebetener Gast waren im Schlafzimmer aufeinandergetroffen. Die dortige Vase war zu Bruch gegangen und eine Schranktür war eingedrückt, als hätte einer der Kämpfer den anderen mit Wucht dort hineingestoßen. Ein Blutfleck auf dem Boden verschandelte den makellosen Teppich.

Obwohl die Auseinandersetzung wild gewesen sein musste, hatte Jan keine Verletzungen bei Durand bemerkt, somit war Neumann wohl unterlegen gewesen. Aus dem Schlafzimmer führte eine Schleifspur, als wäre jemand zur Dachterrasse gekrochen oder gezogen worden. Entweder hatte der Täter Neumann verfolgt, während der Industrielle hatte fliehen wollen, oder er hatte den wehrlosen Neumann bis zum Rand gezogen, um ihn hinunterzuwerfen. Neben der Schleifspur fanden sich kleine Spritzer von Blut, leicht zu sehen auf dem weißen Teppich im Wohnzimmer. Sie führten weiter an dem kleinen Swimmingpool auf der Dachterrasse vorbei, bis zum Rand, von welchem Neumann heruntergestoßen wurde. Selbst am hüfthohen Geländer waren Spritzer. Auch wenn er die Tatortergebnisse nicht vorliegen hatte, war sich Jan sicher, dass es Neumanns Blut sein musste.

Er maß die Strecke vom Schlafzimmer bis zum Rand der Dachterrasse mit großen Schritten. Dreiundzwanzig Meter. Um 22.38 Uhr kam Durand in das Gebäude. Sieben Minuten später wurde die Kamera in der Tiefgarage geschwärzt. Um 22.49 kam der Täter in Neumanns Wohnung. Um 23.13 Uhr schlug er auf das Pflaster. Vierundzwanzig Minuten waren mehr als ausreichend, um Neumann niederzuschlagen, auf die Dachterrasse zu ziehen und über das Geländer zu werfen. Fast zu lange. Was hatte der Täter die ganze Zeit gemacht? Vorausgesetzt der Mörder war Durand, musste er zwischendurch nach unten gelaufen sein und die Konserven im Keller ausgeräumt haben. Danach war er wieder in Neumanns Wohnung gegangen, hatte den Industriellen übers Geländer geworfen und um 23.18 Uhr das Haus verlassen.

Jan schloss die Augen und suchte in Gedanken nach neuen Möglichkeiten. Er begann mit einem Szenario, bei dem Durand nicht der Mörder war und nur Konserven gestohlen hatte. Alles in Jan sträubte sich gegen diese Theorie, aber er wollte sie einmal durchdenken.

Durand raubt die Karte, nimmt den Hintereingang und bricht den kleinen Safe auf. Mithilfe der persönlichen Schlüsselkarte der Familie Jorna gelangt er in deren Keller und räumt die Lebensmittel aus. Die Karte nimmt er mit. Offen ist, wer die Kamera in der Tiefgarage geschwärzt hat. Einen zweiten Unbekannten konnte man ausschließen, sonst wäre dieser von einer Kamera erfasst worden. Ein Mitbewohner war unwahrscheinlich. Wenn ein Nachbar Isak Neumann ermordet hätte, wäre die Kamera in der Tiefgarage egal gewesen. Er hätte vielleicht Durands Einbruch nutzen können, um an die Zweitkarte von Isak Neumanns Wohnung zu gelangen, aber das wäre ein sehr großer Zufall. Vielleicht hatte ein Bewohner die Kamera geschwärzt, um jemanden hineinzulassen, der den Mord an Neumann begehen sollte.

Jan seufzte. Er hatte zu wenige Fakten. Solange blieb Durand sein Hauptverdächtiger. Jan zog sein Handy aus der Tasche und wählte Walters Nummer. Zeit, den Rechtsmedizinern und Tatortermittlern Druck zu machen.

Walter kaute nervös auf seinem Zeigefinger. Seine Wangen waren gerötet wie bei einem Teenager, der das erste Mal das Bild einer nackten Frau sah. Schweiß tropfte von seiner Stirn auf den chromfarbenen Seziertisch. Walters Haare, die er sich normalerweise auf die linke Seite kämmte, um seine Stirnglatze zu verbergen, hingen über sein rechtes Ohr. Seine Hände waren um die Ausdrucke des letzten Screenings gekrampft. »Das kann nicht sein«, murmelte er, als könnte er mit diesem Mantra die Ergebnisse ungeschehen machen.

Der Klingelton seines Handys ließ ihn vor Schreck zusammenfahren. Die Ausdrucke fielen zu Boden, als er sich zum Telefon umdrehte. Einen Augenblick starrte Walter das Gerät an, als sähe er es zum ersten Mal. Dann schien ihm einzufallen, wie es funktionierte und er nahm ab. »Walter Gossmann. Rechtsmedizinische Abteilung der Kriminalpolizei Berlin. Sektionsraum.«

»Jan Tommen. Kriminalpolizei Berlin. Gästetoilette.«

Walter brummte mürrisch. Kommissar Witzbold war der Letzte, mit dem er jetzt reden wollte. »Der Bericht ist noch nicht fertig.«

»Wäre ich nie alleine draufgekommen«, antwortete Jan, »aber heute Abend muss ich Bergman Ergebnisse auf den Tisch legen und da wäre es nicht karrierefördernd für dich, wenn ich den Abschnitt ›Rechtsmedizinische Untersuchungen‹ leer lasse.«

»Es ist kompliziert«, sagte Walter und kehrte in die Verzweiflung zurück. »Irgendwas stimmt hier nicht.«

»Fangen wir von vorne an. War der Sturz die Todesursache oder war Isak Neumann bereits tot, als er auf dem Pflaster aufgeschlagen ist?«

»Wahrscheinlich war es die Todesursache.«

»Wahrscheinlich?«

»Ich bin noch nicht alle Möglichkeiten durchgegangen, habe aber nichts gefunden, was auf eine andere Todesart hinweist. Der Todeszeitpunkt war entweder der Moment des Aufschlags oder kurz zuvor. Die Leiche ist durch den Sturz sehr … beschädigt, was eine genaue Untersuchung schwer macht.«

»Also könnte der Sturz dazu gedient haben, die eigentliche Todesursache zu verdecken.«

»Im Grunde ja.«

»Gab es Spuren an der Leiche, die Hinweise auf den möglichen Angreifer geben?«

»Du meinst Dinge wie Hautpigmente unter den Fingernägeln?«

»Genau.«

»Nein. Isak Neumann hatte perfekt manikürte und saubere Nägel.«

»Drogen und Alkohol im Blut? Hat er was genommen?«

»Ja und nein«, antwortete Walter zögerlich.

»Hat er was genommen, oder nicht?«

»Ich habe Alkohol und Kokain im Blut gefunden.«

»Was ist dann das Problem?«

»Isak Neumann war weder ein Trinker noch ein Kokser.«

»Hä?«

Walter sammelte die Ausdrucke vom Boden auf. »Nach der Blutprobe habe ich seine Haare untersucht, um zu sehen, wie stark seine Abhängigkeit war, aber ich habe nichts gefunden. Isak Neumann hat nie Drogen genommen. Wegen der Menge des Alkohols habe ich seine Leber untersucht, aber fand keine Anzeichen für Missbrauch.« Walter klemmte sich die Papiere unter seinen freien Arm und begann durch den Sektionsraum zu gehen. »Bei starkem Alkoholkonsum kommt es in den Zentren der Leberläppchen zur Akkumulation toxischer Metaboliten und Hypoxien. Die Leber verfettet, es folgt eine Leberzellnekrose, meist eine zytolytische Nekrose …«

»Keine Details«, unterbrach Jan seinen Redefluss. »Halte es einfach.«

Walter verkniff sich eine Bemerkung über mangelnde medizinische Grundkenntnisse der Kripo-Beamten. »Isak Neumann hat weder getrunken noch Drogen genommen, aber zum Todeszeitpunkt hatte er viel Alkohol und Kokain im Blut.«

»War Alkohol in seinem Magen?«

»Das ist das nächste Problem. Das Organ wurde beim Aufprall stark beschädigt. In den Resten habe ich nichts gefunden. Sicher sagen kann ich es nicht.«

»Also könnte Alkohol und Kokain auch injiziert worden sein?«

»Das wäre eine Möglichkeit, aber ich habe keine Einstichlöcher gefunden, was bei dem Zustand der Leiche nichts bedeutet. Ich kann nur mit Sicherheit sagen, dass er bei der Verabreichung noch gelebt hat. Der Alkohol und das Kokain waren in seinem Kreislauf und hatten ihre Wirkung bereits entfaltet.«

»Hast du die Ergebnisse überprüft?«

»Drei Mal. Ich habe sogar nochmal Blut von der Leiche genommen, weil ich der Probe vom Tatort nicht mehr getraut habe, obwohl ich sie selbst eingesammelt habe.«

»Hört sich gut an. Warum haderst du?«

»Das ergibt keinen Sinn! Der Täter wollte Isak Neumann ermorden. Warum zwingt er ihn, Alkohol und Kokain zu nehmen, wenn er ihn zehn Minuten später über die Brüstung wirft?«

»Das herauszufinden ist meine Aufgabe«, sagte Jan. »Aber das werde ich.«

Auch wenn Bernard Durand aufrecht und mit gestrafften Schultern auf dem Stuhl saß, war ein entspanntes Lächeln auf seinem Gesicht. Er hatte geduscht und sich rasiert. Der unangenehme Geruch der Straße war weg. Seine schulterlangen Haare waren gekämmt und mit einem Band im Nacken zusammengehalten. Das weiße T-Shirt war eine Nummer zu eng und spannte sich über seine kräftige Brust. Erst jetzt sah Jan die Narben auf seinen Armen. Anscheinend war die Verletzung auf der Stirn nicht die einzige.

»Sie fragen sich bestimmt, woher die Narben kommen«, begann Durand ohne Begrüßung, als hätte er Jans Gedanken geahnt.

»Durchaus.«

»Was glauben Sie?«

»Ich habe Ihre Akte gelesen. Die Aufzeichnungen darin sind lückenhaft, was an Ihrer Zeit bei der Fremdenlegion liegen dürfte.«

»Nicht alles habe ich der Armee zu verdanken«, sagte Durand. »Das ist eine Erinnerung an meinen Vater.« Er drehte den rechten Arm und deutete auf einen großen Fleck roten Narbengewebes. »Zu meinem neunten Geburtstag wollte er mir den Schädel mit einer Bierflasche einschlagen. Ich habe im letzten Moment den Arm hochreißen können, sonst würden wir hier nicht zusammensitzen.« Er legte die Hände wieder auf den Tisch. »Aber Sie sind nicht gekommen, um Kindheitserinnerungen aufzuwärmen.«

»Unser letztes Gespräch war recht kurz. Zu kurz für meinen Geschmack.«

Durand zuckte die Achseln. »Das ist das Schöne am deutschen Rechtssystem. Ich kann die Aussage verweigern, sowohl Ihnen gegenüber als auch bei einem Prozess. Niemand kann mich zwingen, mich selbst zu belasten.«

»Kommen wir doch zu Ihnen und Isak Neumann zurück«, ignorierte Jan das Gesagte.

»Ich habe vorgeschlagen, in seiner Vergangenheit rumzuwühlen. Haben Sie das getan?«

»Das Opfer ist nicht einmal vierundzwanzig Stunden tot. Da hat anderes Priorität.«

»Als Opfer kann man Neumann nicht bezeichnen.«

»So wollen Sie Ihren Mord rechtfertigen? Indem Sie Isak Neumann verunglimpfen.«

»Ich sage es nochmal, Kommissar Tommen. Ich habe ihn nicht ermordet.«

»Ich weiß.« Jan winkte ab. »Sie waren dort, um Essen zu klauen.« Er holte ein Foto aus seiner Akte, das den aufgebrochenen Sicherheitsschrank im Keller zeigte. »Woher wussten Sie vom Schrank mit den Schlüsselkarten?«

»Ach, kommen Sie. Ein Versteck hinter einem Bild? Dazu gehört nicht viel Fantasie.«

»Also haben Sie die Schlüsselkarte der Jornas genommen, den Keller ausgeplündert und sind wieder rausspaziert.«

»Sagte ich bereits.«

»Wie haben Sie den Sicherheitsschrank geöffnet?«

»Mit einem Bohrer. Dass ich vorhatte einzubrechen, habe ich schon gesagt. Mit einem Zahnstocher bekommt man Schlösser heutzutage nicht mehr auf. Warum fragen Sie mich Dinge, die Sie bereits wissen?«

»Wo haben Sie den Bohrer her? Sie waren sicher nicht in einem Baumarkt shoppen.«

»Aus dem Sperrmüll. Sie glauben nicht, was wohlhabende Leute alles wegwerfen.«

»Und wo sind Bohrer und Karte jetzt?«

»In der Spree.«

»Sie haben Ihre Spuren verwischt?«

»Natürlich«, erklärte Durand. »Wäre Neumann nicht vom Dach gefallen, wäre es nur Diebstahl gewesen.«

»Körperverletzung nicht zu vergessen.«

»Nicht von mir.« Durand winkte ab.

»Sie verwischen erst Ihre Spuren, dann kommen Sie Stunden später auf die Wache und stellen sich?«

»Mit dem Konservenklauen wäre ich davongekommen. Für so etwas hat die Polizei zu viel Arbeit. Doch Mord ist etwas anderes. Damit will ich nichts zu tun haben.«

»Wenn Sie nicht Isak Neumanns Mörder sind, warum helfen Sie mir nicht?«

»Tue ich. Ich sage Ihnen, dass ich ihn nicht vom Dach geworfen habe und Sie Ausschau nach anderen Verdächtigen halten sollten.«

Das Klingeln von Jans Handy unterbrach das Gespräch. Normalerweise schaltete er das Gerät bei einem Verhör immer aus, aber er wartete auf die ersten Ergebnisse der Tatortermittler. Er stand auf und drehte sich von Durand weg.

»Jan Tommen.«

»Hier spricht Romir von der Spurensicherung.«

»Haben Sie was?«

»Könnte man so sagen. Nur weiß ich nicht, was ich davon halten soll.«

»Wieso?«

»Wenn unsere Ergebnisse richtig sind, müssen Sie den Verdächtigen wieder gehen lassen. Irgendwas ist hier faul. Sie kommen besser zu uns.«

KAPITEL 3

»Wir haben in Isak Neumanns Wohnung drei unterschiedliche Fingerabdrücke gefunden.« Romir deutete mit einem Zeigestock auf die Wand, auf der diese stark vergrößert zu sehen waren. »Die meisten stammen von Neumann selbst.« Der Stab wanderte auf den nächsten Abdruck. »Nummer zwei stammt von Nomi Conradi. Auch das war wenig überraschend, reinigt sie doch die Wohnung. Doch jetzt wird es verrückt. Fingerabdruck drei ist von Ludwig Mentzel.«

»Wer zur Hölle ist Ludwig Mentzel?«

»Das haben wir uns auch gefragt. Der Treffer stammt aus einem Fall von Sachbeschädigung. Ludwig Mentzel hat Autos auf dem Parkplatz der Firma Ladeck Pharma zerkratzt.«

»Ladeck Pharma.« Jan schloss die Augen. »Wo habe ich den Namen schon gehört?«

»Das war der Arbeitgeber von Isak Neumann«, erklärte Romir.

Jan fluchte. Er musste mehr vom Opfer erfahren. Er wusste zu wenig, aber die ständigen Entwicklungen in dem Fall ließen ihm kaum Zeit zum Atmen.

»Was ist mit Abdrücken von Bernard Durand?«

»Nichts. Entweder hat Durand beim Einbruch Handschuhe getragen oder er war nicht in der Wohnung.«

»Was haben die anderen Spuren ergeben? Fasern, Blut, Hautpartikel.«

»Die Fasern gleichen wir noch ab, aber wir haben im Schlafzimmer Blut gefunden, das Isak Neumann zugeordnet werden kann.«

»Was ist das Problem? Wir haben einen neuen Verdächtigen. Zeit, ihn von einer Streife einfangen zu lassen.«

»Er kann den Mord nicht begangen haben.«

»Was?«

»Laut den Akten ist Ludwig Mentzel einundsechzig Jahre alt, klein gewachsen und wiegt kaum 60 kg. Seit einem Autounfall vor zwei Jahren ist er von der Hüfte ab gelähmt und sitzt in einem Rollstuhl. Erklären Sie mir, wie ein behinderter Mann einen Kerl wie Neumann über die Brüstung werfen kann.«

Walter wischte sich den Schweiß mit dem Ärmel von der Stirn. Seine Handschuhe waren blutgetränkt, während er versuchte, Isak Neumanns Schädeldecke zusammenzusetzen. Die Pinzette in seinen Fingern zitterte, nicht weil er den Anblick des zerschmetterten Kopfs als unerträglich empfand, sondern weil er seit vier Stunden versuchte, die Teile zusammenzusetzen. Der Ort des Leichenfunds war Zentimeter für Zentimeter durchsucht worden. Jedes Stück seines Schädels war aufgelesen, fotografiert und gereinigt worden. Jetzt lag alles auf dem Seziertisch und doch kam Walter kaum voran. Das erste Mal seit Wochen vermisste er seine Kollegin. Die verrückte Zoe hätte den Kopf in einer Stunde zusammengesetzt.

Walter nahm das nächste Stück mit der Pinzette auf, kaum größer als eine Cent-Münze, und versuchte es unter der großen Lupe an den Kopf anzusetzen. Das Vibrieren seines Handys ließ ihn zusammenfahren. Vor Schreck ließ er die Pinzette mit dem kleinen Schädelteil fallen.

Walter fluchte, als er den Namen auf dem Display las. »Was gibt's, Kommissar?«, meldete er sich sichtlich gereizt.

»Ich habe Langweile und suche jemanden zum Reden«, antwortete Jan.

»Wirklich?«

Ein mürrisches Brummen war die Antwort. »Ich habe eine Frage zum Alkohol und Kokain in Neumanns Körper. War die Menge groß genug, dass es ihn wehrlos gemacht hat?«

»Das ist nicht leicht zu beantworten.« Walter räusperte sich. »Ich habe die ADH-Methode verwendet.«

»Was für eine Methode?«

Walter seufzte. Warum musste immer er mit den Amateuren telefonieren? »Ich oxidiere das Ethanol im Blutserum mithilfe von Alkoholdehydrogenase, Abkürzung ADH, zu Acetaldehyd …«

»Einfach, Gossmann«, unterbrach Jan.

»Isak Neumann hatte 1,2 Promille.«

»Das ist zu wenig, um umzufallen.«

»Für einen feierwütigen Mitarbeiter der Kripo vielleicht, aber es gibt weniger trinkfeste Personen. Manche haben ein atypisches Enzymsystem, wie man es von Asiaten kennt, die Acetaldehyd sehr langsam abbauen und nach dem ersten Bier unter dem Tisch liegen. Auch können Medikamente oder Drogen den Abbau hemmen und die Wirkung verstärken. Im Fall einer Alkohol- und Kokainmischung bildet sich Cocaethylen, was die Wiederaufnahme von Dopamin …«

»Gossmann«, mahnte Jan.

»Die Mischung führte zu einer Stärkung der Vitalfunktionen, aber auch zur Minderung der Sensibilität. Zusammenfassend lässt sich sagen, dass die Menge Alkohol und Kokain ihn nicht hilflos gemacht hat.«

»Hm.« Jan schien mit der Information nicht glücklich zu sein.

»Wieso interessiert Sie das?«

»Wir haben einen neuen Hauptverdächtigen, der Neumann körperlich weit unterlegen ist. Wäre das Opfer durch Alkohol und Kokain bewusstlos oder zumindest kampfunfähig gewesen, hätte der Angreifer vielleicht eine Chance gehabt. Aber so …«

»Noch habe ich den Schädel nicht zusammengesetzt«, erklärte Walter. »Vielleicht wurde er zuvor erschlagen, doch die Wunden am Körper sind so zahlreich, dass ich den Einsatz eines Elektroschockers nicht ausschließen kann.«

»Wann haben Sie Gewissheit?«

»Morgen Mittag.«

»Das ist spät.«

»Das Opfer ist in einem schlimmen Zustand …«

»Keine Zeit für Ausflüchte«, unterbrach Jan. »Die Fingerabdrücke und die DNA wären genug für einen Haftbefehl, aber für einen Prozess brauche ich mehr.«

»Ich melde mich«, sagte Walter und legte auf. Dann schaltete er das Handy aus und räumte es in eine Schublade neben dem Seziertisch. Mit einem Seufzer kniete er sich hin und suchte das heruntergefallene Schädelstück. Es würde eine lange Nacht werden.

Ludwig Mentzel wohnte in einem Einfamilienhaus in Mariendorf mit Blick auf den Volkspark. Die einfache Bauweise zeigte Jan, dass der Wissenschaftler auf andere Dinge Wert legte als Isak Neumann. Das Dach war mit Solarzellen gepflastert, die Mauer war auffällig dick gedämmt und neben dem Mülleimer war ein eigens angelegter Komposthaufen. Jan kam über eine lange Rampe zum Eingang. Nachdem er geklingelt hatte, ließ ihn eine junge Frau ein und führte ihn durch den Flur in ein weit geschnittenes Wohnzimmer. Sie war in Weiß gekleidet und trug eine Haube. Jan fühlte sich sofort an ein Pflegeheim erinnert. Die hellen Fliesen auf dem Boden verstärkten den Eindruck. Selbst der große Geranien-Strauß im Flur konnte den Geruch von Desinfektionsmitteln nicht überdecken. Das Wohnzimmer war weiträumig, aber die wenigen Möbel und das Fehlen von Teppichen ließen es eher wie einen Warteraum wirken als einen Ort zum Entspannen. Einzig der Blick auf einen Garten mit kreisförmig angeordneten Apfelbäumen entschädigte für die Einrichtung.

Die Pflegerin deutete mit einem Lächeln auf einen Sessel. In einer Vitrine lagen Medaillen auf einem Samtkissen. Nicht die münzähnlichen Gebilde, die man als Sportler erhielt, eher die würdevollen handgroßen Scheiben für besondere wissenschaftliche Leistungen. Ein Zertifikat vom MIT vervollständigte die sicher beeindruckende Sammlung.

Jan hörte die Reifen des Rollstuhls, kurz bevor Ludwig Mentzel hereingefahren kam. Romirs erste Beschreibung hatte ihn gut getroffen. Mentzel war ein schmaler, kleiner Mann, der in dem Rollstuhl fast zerbrechlich wirkte. Die wenigen Haare standen grau von seinem Kopf ab. Sein Gesicht war faltig, mit dunklen Augen, die unter hängenden Lidern verborgen waren, als hätte er die Nacht nicht gut geschlafen.

»Guten Morgen.« Er schüttelte Jan die Hand. Seine Finger waren zart und übten kaum Druck aus. »Wie kann ich Ihnen helfen?«

»Zuerst einmal Danke, dass Sie mich an einem Sonntag empfangen.« Jan holte einen Block hervor. »Sie haben sicher vom Selbstmord in einer der feineren Gegenden Berlins gehört.«

»Sie meinen den Tod von Isak Neumann?«

»Sie wissen, wer es war?«

»Man braucht nicht viel Fantasie, um zu erraten, wer der Pharma-Manager Isak N. sein könnte.«

»Kannten Sie sich gut?«

»Natürlich. Wir haben mehr als zehn Jahre zusammengearbeitet.«

»Bei Ladeck Pharma?«

»Im Bereich der Medikamenten- und Transplantationsforschung.«

»Woran genau?«

»Wie detailliert wollen Sie es haben?«

»Dass es ein Nicht-Wissenschaftler versteht.«

Mentzel atmete aus, als überlege er, wie er ein solch komplexes Gebiet Jan erklären sollte. »Ein großes Problem bei Organtransplantationen sind Immunreaktionen gegen das Transplantat. Die T-Zellen und Antikörper des Empfängers bekämpfen das fremde Organ. Die Reaktionen können dabei von perakuter Abstoßung innerhalb von Minuten bis hin zu chronischer Abstoßung nach Monaten reichen. Der Grund für die Abstoßung ist in der unterschiedlichen Oberflächenstruktur der Zellen begründet. Würde man das in den Griff bekommen, erwiese man der Menschheit einen großen Dienst. Mein Forschungsgebiet war die begleitende Verpflanzung von körperfremden Stammzellen zur Vermeidung immunologisch bedingter Abstoßungsreaktionen.«

»Was war die Aufgabe von Isak Neumann?«

»Isak war der Organisator. Er hatte ein Gespür dafür, in welche Richtung sich der Pharma-Markt entwickeln würde und konnte innerhalb kürzester Zeit alles Notwendige besorgen, sodass Ladeck Pharma in das Rennen mit einsteigen konnte.«

»Ein klassischer Manager.«

»Mehr als das. Obwohl er Jurist war, verstand er sehr viel von Pharmazie. Für alles andere hatte er die richtigen Leute um sich. Er war eine Mischung aus Visionär und Macher.«

»Mochten Sie ihn?«

»Nein.«

»Wieso?«

»Neumann war Kapitalist. Es ging ihm um Karriere und Geld. Ich bin Wissenschaftler und will medizinische Probleme lösen. So etwas verträgt sich nie.«

»Wie haben Sie es dann zehn Jahre mit ihm ausgehalten?«

»Wenn meine Forschungen Aussicht auf Erfolg hatten, war er mein bester Freund. Wich ich von dem Pfad ab, stoppte er mich gnadenlos.«

»Also war ihre Abneigung eher persönlicher Natur als beruflicher?«

»So etwas lässt sich nie sauber trennen. Sagen wir, unsere Weltanschauungen lagen weit auseinander.«

»Wie war Isak Neumanns Weltanschauung?«

»Das zu erörtern, würde zu weit führen. Wenn Sie sich mehr mit ihm beschäftigen, werden Sie es verstehen.«

Die Pflegerin kam hinein. Sie reichte Jan ein Glas Wasser und gab Mentzel eine Tasse dampfenden Tees. »Warum sind Sie hier, Kommissar Tommen?«, fragte Mentzel, als die Frau den Raum verlassen hatte. »Die Kripo ermittelt nicht bei Selbstmord.« Er trank einen Schluck Tee, ohne Jan aus den Augen zu lassen.

»Vielleicht sind wir uns nicht sicher, ob es Selbstmord war.«

»Sie verdächtigen mich?« Er deutete mit der Hand auf seine Beine.

»Wir haben Ihre Fingerabdrücke in Neumanns Wohnung gefunden.«

»Keine Überraschung. Ich habe ihn vor zwei Tagen besucht.«

»Was war der Zweck des Besuchs?«

»Ich wollte ihn überzeugen, mir die Unterlagen meines letzten Forschungsprojekts zu geben.«

»Ich dachte, Neumann war Kapitalist? Wie konnten Sie glauben, dass er das tun würde?«

»PERV9 wurde wegen Erfolglosigkeit eingestellt. Es hätte Ladeck Pharma nicht geschadet und für Isak war kein Geld drin.«

»Um was ging es dabei?«

»Porcine endogene Retroviren – kurz PERV. Ein sehr komplexer Sachverhalt.« Mentzel winkte ab, als wären die Details nicht wichtig. »Wir haben eine Weile geredet, aber er hat abgelehnt. Von diesem Treffen stammen die Fingerabdrücke.«

Jan senkte den Blick auf den Notizblock. Mentzel antwortete ruhig und überlegt, als hätte er Jans Fragen erwartet, ebenso wie die Andeutung, dass er zu den Mordverdächtigen gehörte. Auf diese Art würde er ihn nicht drankriegen. Zeit, das Tempo zu erhöhen.

»Wo waren Sie in der Nacht von Freitag auf Samstag?«

»Zu Hause. Im Bett.«

»Kann das jemand bezeugen?«

»Ich lebe allein. Agata kommt tagsüber ein paar Stunden.«

»Ist das Ihr Auto vor der Garage?«

»Der Renault? Ja. Und bevor Sie fragen, er ist meiner Behinderung angepasst. Handgas, Einstiegshilfe und solche Sachen.«

»Wissen Sie, was komisch ist?«

»Nein.«

»Dass Ihre Fingerabdrücke als einzige am Tatort gefunden wurden. Die von Isak Neumann ausgenommen.«

»Sehe ich aus, als könnte ich jemanden ermorden?«

Jan hatte daran keinen Augenblick geglaubt, doch sein Gefühl sagte ihm, dass Mentzel in die Sache verwickelt war, ebenso wie Durand. Noch hatte sich der Schleier nicht gelüftet, aber er stand erst am Anfang der Ermittlungen.

»Warum haben Sie bei Ladeck Pharma aufgehört?«, wechselte Jan die Richtung des Verhörs. Leicht würde er es Mentzel nicht machen.

»Ich wurde aufgehört. Ich habe gerne dort gearbeitet, aber nach meinem Unfall wurde ich entlassen und alle Projekte gingen auf meinen Assistenten Hagen Grein über.«

»Wurden Sie wegen Ihrer Behinderung entlassen?«

»Nach außen hin nicht, doch war das einer der Gründe.«

»Was noch?«

Mentzel seufzte, als wäre er dieses Themas überdrüssig. »Haben Sie den Unfallbericht gelesen?«

»Nein.« Das Problem nichtgelesener Berichte zog sich wie ein roter Faden durch Jans Ermittlungen. Vielleicht sollte er sich einen Tag freinehmen, damit er sich um die Beteiligten in dem Fall kümmern konnte.

»Das war eine sehr schwere Zeit für mich, Kommissar Tommen. Ich möchte das nicht wieder an die Oberfläche kommen lassen. Wenn Sie den Unfallbericht und die Akten zu den folgenden Gerichtsprozessen lesen, werden Ihre Fragen beantwortet. Ich habe nicht mehr die Kraft dazu.« Mentzel rieb sich müde über das Gesicht.

Jan klappte den Block zu. »Nur noch eine Frage. Wer glauben Sie, hat Isak Neumann ermordet?«

»Die Frage sollte anders lauten: Wer würde Isak nicht ermorden wollen, nachdem er mit ihm zu tun gehabt hatte?« Mentzel sah Jan eindringlich in die Augen. »Was immer mit ihm passiert ist, ob Mord oder Selbstmord, Unfall oder Unglück. Isak Neumann hat es verdient.«

Gedankenverloren kaute Jan auf den bereits kalt gewordenen Pommes Frites herum. Auf seinem Tisch stapelten sich Gerichts- und Gefängnisakten von Bernard Durand. Dazu der Tatortbericht, erste Ergebnisse der Autopsie und Fotos von Isak

Neumanns Leiche. Das graue, triste Wetter an diesem Sonntag im September passte zu seiner Stimmung und er hatte keine Lust, am PC zu sitzen und einen Bericht zu verfassen.

Er brauchte eine Pause. Jan nahm sein Handy und wählte Chandus Nummer.

Nach dem zweiten Klingeln nahm er ab. »Hi, Alter.«

Jans Stimmung hob sich, als er die tiefe, kräftige Stimme seines Freundes vernahm. »Was treibst du so?«

»Ich habe einen Klienten, der geschäftlich in Berlin ist. Wenn der heute Abend sicher im Flieger sitzt, habe ich frei.«

Jan war froh, dass Chandu den Sprung aus dem Rotlichtmilieu geschafft hatte. Statt Gelder einzutreiben, beschützte er jetzt Prominente oder Leute, die sich dafür hielten. Nicht annähernd so lukrativ, aber sein Freund schien gut über die Runden zu kommen. Nur stand er Jan kaum noch als Informant zur Verfügung.

»Hast du was gehört?«, fragte Chandu.

»Unverändert. Max überprüft Zoes Handy, E-Mails und Kreditkarte, aber seit ihrem Abflug aus Berlin ist sie verschwunden.«

»Es sind bald drei Monate. Wie kann ein Mensch so lange keine Spuren hinterlassen?«

»Zoe ist clever und sie wusste, was sie tat. Alles in ihrer Wohnung deutet darauf hin, dass sie freiwillig aus Berlin verschwunden ist.«

»Warum so plötzlich und ohne ein Wort zu sagen?«

»Ich weiß es nicht, doch unser letztes Gespräch geht mir nicht mehr aus dem Kopf. Es war, als könnte sie uns nicht sagen, was sie vorhat und dass sie nicht weg will, aber muss.«

»Ich schulde ihr mein Leben. Ich hätte wenigstens gerne Danke gesagt.«

»Es nützt nichts, alter Freund. Sobald wir was hören, bist du der Erste, der es erfährt.«

»Hast du einen neuen Fall?«, wechselte Chandu das Thema.

»Eine eigenartige Sache. Verdächtige, die mir Märchen auftischen und ein Opfer, das nicht viele Freunde hatte. Was gibt es Schöneres an einem Wochenende?«

Chandu lachte. »Lass mich morgen Schlaf nachholen. Abends trinken wir einen und du erzählst mir alles.«

»Machen wir«, versprach Jan.

»Bis morgen.«

Jan legte das Handy zur Seite, als Patrick mit einem Stapel Papier in sein Büro gelaufen kam.

»Das ist der Bericht von Ludwig Mentzels Unfall«, begann sein Kollege aufgeregt. »Den solltest du dir ansehen.«

Egal wie spät es war oder wie wenig Schlaf er bekommen hatte, Patrick sah immer akkurat aus. Seine dunklen Haare hatten die richtige Länge, waren mit Pomade zur Seite gekämmt und lagen wie bei einem Fotoshooting. Natürlich trug er wieder einen dunklen Anzug mit schwarzen Lederschuhen, aber wenigstens hatte er sein Jackett ausgezogen. Ein gutes Zeichen. Vielleicht wurde sein Kollege endlich lockerer. Einzig das gestärkte, weiße Hemd zerstörte die Hoffnung ein wenig.

Patrick pinnte ein Bild eines völlig demolierten Autos an die Wand. »Das war der Unfallwagen von Ludwig Mentzel.«

»Ein Wunder, dass er überlebt hat.« Die komplette linke Seite war aufgerissen, die Windschutzscheibe eingedrückt und der Motorblock regelrecht gespalten, als wäre das Auto mit hoher Geschwindigkeit in einen Mast gefahren. Der Wagen war so zerdrückt, dass Jan die Automarke nicht erkennen konnte.

»Der Unfall geschah am 10. Januar 2011 auf der Schöneicher Landstraße, gegen 21.10 Uhr. Mentzels Fahrzeug kam auf die Gegenspur und krachte in einen entgegenkommenden

Lkw. Die Wucht war so groß, dass er über die Fahrbahn in einen Baum geschleudert wurde. Während der Lkw-Fahrer mit Blessuren davongekommen ist, wurde Mentzel schwer verletzt, als er aus dem Auto geschleudert wurde. Offensichtlich war er nicht angeschnallt. Er lag drei Wochen in einem künstlichen Koma und wurde insgesamt zwölf Mal operiert, doch der Bruch eines Rückenwirbels war endgültig. Seitdem ist er ab der Hüfte gelähmt. So schlimm seine Verletzungen auch waren, hat er noch Glück gehabt, denn das Auto ist vollständig ausgebrannt. Wäre er nicht herausgeschleudert worden, wäre er jetzt tot.«

»Wie ist es zu dem Unfall gekommen?«

»Mentzel war zu schnell unterwegs und kam von der Spur ab. Laut Polizeibericht hatte er 1,6 Promille Alkohol im Blut.«

»Gab es weitere Beteiligte?«

»Nur den Lkw-Fahrer und Mentzel. Die Ermittler haben ihm die volle Schuld zugeschoben, aber jetzt wird es interessant.« Patrick deutete auf eine Akte. »Er war noch nicht richtig genesen, als er Ladeck Pharma verklagt hat. Zwei Monate nach dem Unfall. Quasi aus dem Krankenbett heraus.«

»Weil er gekündigt worden ist?«

»Mentzel behauptete, dass er im Auto bewusstlos geworden sei. Seine letzte Erinnerung war der Heimweg von Ladeck Pharma nach Hause, dann ist er aus dem Koma geholt worden.«

»Eine abenteuerliche Behauptung für einen Unfallverursacher.«

»Es wird noch besser. Außerdem sagte er, dass er nie Alkohol getrunken habe oder jemals zu schnell gefahren sei.«

»Wirklich?«

»Mentzels Register ist sauber. Kein Eintrag wegen Trunkenheit am Steuer oder zu schnellem Fahrens. Nicht mal eine Ordnungswidrigkeit. Außerdem fahren Raser keinen Honda

Civic, und bei seinem Verdienst hätte er sich einen Ferrari leisten können. Das klingt glaubhaft.«

»Hat man in der Blutprobe noch andere Substanzen gefunden?«

»Nein, aber die Kollegen haben nicht danach gesucht. Der Alkoholgehalt war aussagekräftig genug.«

»Der Fall wird von Stunde zu Stunde irrer.« Jan schüttelte den Kopf. »Wir haben eine Videoaufnahme, dass Bernard Durand zur Tatzeit im Haus von Isak Neumann war. Wir können ihm nicht nachweisen, dass er in dessen Wohnung war, aber dafür haben wir Ludwig Mentzels Fingerabdrücke gefunden. Mentzel sitzt im Rollstuhl und hätte niemals einen kräftigen Mann wie Neumann über die Brüstung stoßen können. Von ihm gibt es keine Videoaufnahmen, dass er zur Tatzeit im Gebäude war, aber irgendjemand hat die Kamera in der Tiefgarage geschwärzt. Mentzel hat ein behindertengerechtes Fahrzeug, mit dem er in die Garage und mit dem Fahrstuhl nach oben gekommen wäre. Als Pharmakologe hätte er etwas zusammenmischen können, was Neumann bewusstlos macht und das nicht nachweisbar ist.«

»Motive?«

»Zu schön, um wahr zu sein. Durand wollte Rache für den Tod seiner Freundin Lauretta und Mentzel hat ihn ebenfalls gehasst. Vielleicht hat er ihn für den Unfall verantwortlich gemacht.«

»Was sagt dein Instinkt?«

»Dass wir mächtig verarscht werden.« Jan ging an die Wand mit den Fotos. »Ich habe mir die Orte von Mentzels Fingerabdrücken angesehen, überwiegend Schränke, Vasen und sogar Bilderrahmen. Als wäre er mit seinem Rollstuhl durch die Wohnung gefahren und hätte alles berührt, was in seiner Nähe war. Die Rolli-Fahrer, die ich kenne, haben entweder die Hände an den Rädern oder auf ihrer Steuerkonsole, wenn er elektrisch angetrieben wird. Auf einer Kaffeetasse oder den Türklinken wäre okay, aber die Bilderrahmen?«

»Er hat die Fingerabdrücke bewusst platziert.«

»Unsere Verdächtigen haben sich perfekt ergänzt. Durand war im Haus, hatte ein Motiv und ist körperlich stark genug, um Neumann zu töten. Wir haben keine Spuren von ihm, sondern von Mentzel in Neumanns Wohnung gefunden. Aufgrund seiner Behinderung wird uns jeder Staatsanwalt auslachen, wenn wir ihn als Mörder präsentieren.«

»Klingt nach einem guten Plan.«

»In der Tat.« Jan betrachtete die Bilder des Tatorts, als könnte er darauf einen Hinweis finden, der ihm bisher entgangen war. »Lass uns die beiden Verdächtigen aufteilen. Ich kümmere mich um Durand, vor allem um die Anklage des Angriffs auf Neumann. Vielleicht finde ich mehr über Lauretta heraus.«

»Dann nehme ich Mentzel und seine Rolle bei Ladeck Pharma.«

»Befrage seine Kollegen, ob er Alkohol getrunken hat. Wichtig ist die Zeit vor dem Unfall. Ist an dem Tag etwas vorgefallen? Achte auf Querverweise zu Durand. Vielleicht kennen sich die beiden von früher, auch wenn sich mir eine Verbindung zwischen einem Obdachlosen und einem wohlhabenden Wissenschaftler nicht erschließt.«

Patrick nickte und machte sich eine Notiz.

»Irgendwo gibt es eine Verbindung zwischen Durand und Mentzel. Wenn wir diese gefunden haben, kriegen wir unseren Mörder.«

Das Handy brummte auf dem Nachttisch und riss Chandu aus dem Schlaf. Er öffnete mürrisch die Augen und überlegte, ob er den kleinen Quälgeist an die Wand werfen sollte. Anrufe in der Nacht waren nie ein gutes Zeichen, weder früher, als er als Geldeintreiber unterwegs gewesen war, noch heute als Leibwächter.

Das Brummen hatte nach dem ersten Mal aufgehört und endete mit einem kurzen »Ping«, das in Chandus Ohren viel zu laut war. Jemand hatte ihm eine SMS geschrieben. Gähnend nahm er das Handy vom Nachttisch. Das helle Display ließ ihn blinzeln, als er die Nachricht aufrief. Die Nummer war unbekannt, doch die wenigen Worte ließen ihn schlagartig wach werden. »Hilf mir. Zoe.«

KAPITEL 4

Max klickte sich durch Ludwig Mentzels Anrufliste. Zwei Drittel seiner Gesprächspartner hatte er identifiziert. Ein privater Pflegeservice und die Handynummer einer gewissen Agata Zając. Nichts Ungewöhnliches. Für alles andere würde er einen Telefonanbieter hacken müssen, aber Darknet sei Dank, konnte er diese Hürde überwinden. Max trank den Rest seines Energydrinks leer und warf die Dose rückwärts in Richtung Mülleimer. Wie bei den fünf Versuchen zuvor, verfehlte er auch dieses Mal die kleine Tonne. Sein Handy klingelte. Sein Display zeigte ein Bild von ihm und Chandu letztes Silvester am Brandenburger Tor.

»Ich brauche deine Hilfe.« Sein Freund war ein höflicher Mensch. Er begann nie ohne »Guten Tag«, »Wie geht es dir?« oder irgendeine andere Begrüßung. Das Auslassen dieser Floskeln und seine angespannte Stimme ließen Max aufhorchen.

»Was gibt's?«

»Zoe hat mir geschrieben.«

»Was? Wieso hat sie sich dafür so lange …«

»Keine Zeit für Erklärungen. Sie hat ›Hilf mir‹ geschrieben, sonst nichts. Keine Adresse oder einen anderen Hinweis. Kannst du den Anruf zurückverfolgen?«

»Kann ich.« Max unterbrach den Suchlauf zu Mentzels Anrufen. Er brauchte seine ganze Rechenpower. »Gib mir deine PIN.«

»Vier Mal die Eins.«

»Nicht sehr kreativ«, bemerkte Max, während seine Finger über die Tastatur flogen.

»Ich bin auf dem Weg zum Auto. Wie lange brauchst du?«

»In einer Minute habe ich den Funkmast, von dem die Nachricht abgeschickt wurde. Die Echtzeit-Ortung braucht länger.«

»Hey, Kumpel«, klang Chandus Stimme durch das Handy. Dann hörte man ein kurzes Keuchen, gefolgt von einem lauten Scheppern, als würde etwas gegen einen Müllcontainer geschlagen.

»Probleme?«, fragte Max.

»Alles gut. Ich bin gerade beim … Autoverleih.«

»Ich wusste gar nicht, dass es einen Autoverleih bei dir gibt.«

»Keinen offiziellen.«

»Ach, diese Art von Leihen.«

Chandus Antwort ging im Aufheulen eines Motors unter. Welches Auto sich der große Mann auch besorgt hatte, es schien ordentlich PS unter der Haube zu haben.

Max' Computer gab ein Ping-Geräusch von sich. »Ich hoffe, du hast dir Stullen eingepackt. Das wird eine lange Fahrt.«

»Wie lange?«

»Über 600 Kilometer.«

»Wohin?«

»Nach Mannheim. Von dort wurde Zoes SMS abgeschickt.«

Der Motor heulte erneut auf und Reifen quietschten. Chandu würde wohl einen neuen Streckenrekord aufstellen.

Das Licht der aufgehenden Sonne beschien die grüne Allee. Das Auto ruckelte über Kopfsteinpflaster, vorbei an prachtvollen Villen am Straßenrand, die keinen Zweifel daran ließen, dass hier die wohlhabenden Bürger Mannheims wohnten. Nachdem er mit halsbrecherischem Tempo über die Autobahn gerast war, hatte Chandu Probleme, sich wieder an die Geschwindigkeitsvorschriften zu halten, doch das Navi zeigte zweihundert Meter bis zum Ziel. Er wusste nicht, was er vorfinden würde, also mahnte er sich zur Ruhe. Er setzte den Blinker und bog in eine Nebenstraße ab. Kurz vor halb sieben war noch nicht viel los auf den Straßen, aber nach wenigen Metern kam er an eine Polizeisperre. Ein Einsatzwagen war quer über die Straße geparkt. Dahinter standen Feuerwehrautos mit ausgefahrenen Leitern. Auf der linken Seite konnte man die qualmenden Reste einer Villa sehen. Die beiden Stockwerke des Hauses waren großzügig gebaut, mit breiten Fenstern und einem ausladenden Balkon mit Steinbrüstung. Die Blumenkästen davor waren verschmort, die Fenster gesprungen und die Wand des Hauses war vollkommen verkohlt. Die linke Seite des ersten Stocks war eingebrochen. Große Steine lagen auf dem Pflaster davor.

Was immer hier passiert war, es war vorbei. Die Feuerwehrmänner rollten ihre Schläuche zusammen, zogen die Leitern ein oder saßen auf dem Bordstein und tranken aus kleinen Plastikflaschen. Krankenwagen fuhren ohne Blaulicht aus dem Hof des Hauses. Der Polizist an der Absperrung lehnte entspannt an seinem Auto und sah dem Treiben zu. Chandus Instinkt trieb ihn zum Wenden, vor allem mit einer gestohlenen Karre, aber er musste erfahren, was passiert war.

Er stieg aus und ging zu dem Polizisten. »Guten Morgen.«

»Morgen«, antworte der Polizist höflich.

»Wie lange ist die Straße noch gesperrt? Ich wollte zwei Häuser weiter einen Freund besuchen.«

»Ist ein ziemlicher Schlamassel. Der Brand ist unter Kontrolle, jetzt müssen die Leichen geborgen werden.«

»Leichen?« Chandu versuchte, sich den Schrecken nicht anmerken zu lassen. Er würde es sich nie verzeihen, wenn er zu spät gekommen war.

»Vier Bewohner haben es wohl nicht geschafft, daher muss die Straße abgesperrt bleiben, und ich darf niemanden durchlassen.« Der Polizist zuckte die Achseln. »Tut mir leid.«

»Kein Problem. Ich wende das Auto und rufe meinen Freund an.«

Der Polizist tippte sich an die Stirn und wandte sich wieder dem Haus zu.

Chandu nahm das Handy aus der Tasche und wählte Max' Nummer. Seine Hand zitterte. Er wollte sich nicht vorstellen, dass Zoe tot war. Der Hacker nahm nach dem ersten Klingeln ab. »Ich bin angekommen, aber hier ist die Hölle los.«

»Was ist mit Zoe? Siehst du sie?« Max war ähnlich aufgeregt wie er.

»Die Straße ist gesperrt. Im Haus gab es einen Brand. Der Spuk ist schon vorbei. Es gab vier Tote. Hast du noch eine Verbindung zu ihrem Handy?«

»Unverändert. Ich kann es bis auf ein paar Meter orten.«

»Im Haus?«

»Wenn mein Kartenprogramm exakt ist, dann hinter dem Haus. Ist logisch. Wäre das Handy drin gewesen, hätte es den Brand nicht überstanden und das Signal wäre weg.«

Chandu atmete hörbar aus. Vielleicht hatte es Zoe rausgeschafft. »Vorne ist alles abgesperrt. Ich komme nicht rein. Kannst du mich auf anderem Weg in den Garten lotsen?«

»Kein Problem. Ich habe dein Handy getrackt. Wende den Wagen, fahre nach rechts und die nächste wieder rechts. Sobald du am Nachbarhaus angekommen bist, sage ich dir Bescheid.«

Chandu ging ins Auto und fuhr den Wagen auf die Allee zurück und bog in die nächste Nebenstraße ab. Nach fünfzig Metern rief Max: »Stopp!«

Chandu stellte den Wagen ab und ging auf das Gebäude zu. »Das ist das Nachbarhaus«, erklärte Max. »Die Gärten sind durch einen Zaun getrennt. Dürfte kein Problem sein.«

Ein großes kupfernes Schild prangte am Eingang.

»Eine Anwaltskanzlei«, sagte Chandu. »Hoffen wir, dass Juristen keine Frühaufsteher sind.« Der große Mann blickte sich auf der Straße um. Bis auf einen sich entfernenden Jogger konnte er niemanden sehen. Er ging links an dem Gebäude vorbei und öffnete eine Tür zum Garten. Auf dem gepflegten Rasen standen ein Glastisch, acht Stühle und ein geschlossener Sonnenschirm. Über eine Reihe Büsche konnte Chandu das verkohlte Haus sehen. Die Rückseite hatte nicht so stark gelitten, doch auch hier waren die Fenster gesprungen und dunkler Ruß zog sich die Wand entlang. Der Rasen war wassergetränkt, die Blumen vom Druck des Löschwassers geknickt. Die Hintertür war aufgebrochen. Ab und zu konnte er einen Polizisten im Haus sehen, aber der Garten war leer.

»Ich bin drin. Wo ist Zoes Handy?«

»Eure Signale liegen fast übereinander. Sie scheint auf deiner Seite zu liegen. Kurz vor dem Zaun links. Präziser kann ich es nicht orten.«

Chandu drängte sich durch die Hecken des Anwaltsgartens, an einer Reihe Kirschlorbeeren vorbei. Im Schutz der Büsche schlich er nach links zu einer großen ausladenden Eiche, unter deren Ästen ein kleiner Haselstrauch wuchs. Chandu schob die Zweige zur Seite. Zoe lag zusammengekrümmt, die rechte Hand um ihr Mobiltelefon gekrampft. Über der linken Schläfe prangte eine große Beule. Sie trug einen leichten Seidenpyjama, der aussah, als hätte sie sich im Dreck gewälzt. Die linke Hand lag auf ihrer Seite. Daneben eine leere Flasche Stroh-Rum. Blut war durch ihre Finger gelaufen und hatte einen dunkelroten Klumpen gebildet. Sie hatte die Augen geschlossen, aber ihre Brust hob und senkte sich langsam.

Chandu packte sie unter den Beinen und hob sie vorsichtig hoch. Er erschrak, wie leicht sie war, wie zerbrechlich sie sich in seinen Armen anfühlte. Sie öffnete schwach die Augen.

»Hey, Zoe.« Er zwang sich ein Lächeln ab. »Alles ist gut. Der große Mann ist da und bringt dich ins Krankenhaus.«

Ihr Körper spannte sich an und sie schüttelte den Kopf. »Nicht Krankenhaus«, flüsterte sie krächzend. Mit letzter Kraft nannte sie ihm eine Adresse. Dann fiel sie in Ohnmacht.

Chandu rannte durch den Garten zum Auto. Das Feuer, die Toten, Zoes Wunde und ihr Unwillen ins Krankenhaus gebracht zu werden. »Wo bist du hineingeraten?«, fluchte er, als er sie auf den Beifahrersitz legte. Die Wunde an ihrer Seite war aufgegangen und das Blut tropfte auf das Polster. Chandu rannte um das Auto, stieg ein und tippte hektisch die Adresse in das Navi. Wer immer dort wohnte, war hoffentlich Arzt, sonst würde Zoe den Blutverlust nicht überleben.

Im Büro des Richters herrschte klinische Ordnung. Konstantin Möller saß hinter einem Schreibtisch, der wahrscheinlich imprägniert war, so staubfrei war jeder Zentimeter darauf. Die Regalwand hinter ihm fasste Gesetzestexte, der Rest des Raums war beherrscht von Mappen, geordnet nach Jahr und Fallnummer. Jan fühlte sich von der Menge an Papier regelrecht erdrückt. Er war kein Freund von Blumentöpfen und Fotowänden am Arbeitsplatz, aber ein wenig mehr Komfort hätte diesem Büro gutgetan. Auf der anderen Seite sagte es sehr viel über den Richter aus. Jan wusste sofort, woran er war. Der Mann wirkte wegen seiner grauen Haare älter als er mit Ende vierzig war, doch mit seiner Robe und seinem ernsten Gesichtsausdruck strahlte er Seriosität und Unnachgiebigkeit aus. Wahrscheinlich war er für einige harte Urteile verantwortlich.

»An den Fall Bernard Durand erinnere ich mich gut«, begann Möller. »Durand hatte den Industriellen Isak Neumann vor dem Firmengelände von Ladeck Pharma abgepasst und sich auf ihn gestürzt. Selbst auf dem Boden hat er noch auf ihn eingetreten und wäre der Sicherheitsdienst nicht eingeschritten, hätte Durand ihn totgeschlagen. Isak Neumann hat Anzeige erstattet, sodass der Fall schließlich bei mir verhandelt wurde.«

»Was für einen Eindruck hatten Sie von Durand?«

»Ich versuche möglichst neutral zu bleiben, aber bei dieser Verhandlung ist es mir schwergefallen. Durand war viele Jahre bei der französischen Fremdenlegion, also ein Mensch, der mit Gewalt umgehen kann. Ich habe keine Ahnung, wie er nach Berlin gekommen ist. Er hat auf der Straße gelebt. Obdachlose mögen bedauernswerte Menschen sein, aber Durand kam ungewaschen, mit zerrissener Kleidung in den Gerichtssaal. Das alleine erachte ich schon als Respektlosigkeit. Kaum hatte er Isak Neumann unter den Zuschauern entdeckt, versuchte er sich dem Griff der Vollzugsbeamten zu entreißen und auf ihn loszugehen.« Der Richter faltete die Hände. »In dem Moment wurde mir klar, dass Durand nicht von Isak Neumann ablassen würde. In seinem Verhalten während des Prozesses gab es nichts, was mich von dieser Meinung abbrachte, daher verurteilte ich ihn zu zwei Jahren Gefängnis, in der Hoffnung, dass der Aufenthalt sein Gemüt kühlen würde.«

»Was war der Grund für seinen Angriff?«

»Durand gab Isak Neumann die Schuld an der Entführung oder am Tod seiner Freundin Lauretta.«

»Wurde sie entführt oder getötet?«

»Das konnte ich nie herausfinden. Er schrie: ›Er hat sie mir genommen!‹ Ein klärendes Gespräch war wegen der aufgeheizten Atmosphäre kaum möglich.«

»Was sagte Isak Neumann zu diesem Vorwurf?«

»Er zuckte die Schultern. Bis zu der Attacke habe er weder Durand gekannt noch eine Frau namens Lauretta. Mir lag kein Fall vor, bei dem eine Frau solchen Namens Opfer eines Verbrechens geworden war. Ich habe schließlich ein psychologisches Gutachten angefordert. Die Zusammenarbeit mit dem Psychologen hat Durand verweigert, doch der Gutachter ist zu dem Schluss gekommen, dass er voll schuldfähig sei. Das war alles.«

Jan machte sich eine Notiz. »Der Grund meines Besuchs ist der Tod von Isak Neumann. Sie haben sicher davon gehört.«

Der Richter nickte.

»Glauben Sie, dass Durand dafür verantwortlich sein könnte?«

»Was ich an diesem Tag im Gerichtssaal gesehen habe, war blanker Hass«, sagte Möller. »Wenn Sie Isak Neumanns Mörder suchen, sollten Sie bei Durand anfangen.«

Das Reihenhaus wirkte winzig gegenüber den Prachtbauten in der Villengegend. Wie hunderttausende andere hatte es einen kleinen Vorgarten, dessen Grün durch einen Metallzaun zum Nachbarn abgegrenzt war. Eine weiß umrandete Glastür wurde von zwei Fenstern flankiert, wobei das größere in eine Küche zu führen schien. Weder der obligatorische Buchsbaum im Topf noch der Fußabtreter aus Kokosfasern fehlten.

Chandu hielt den Wagen vor der Tür und rannte auf die Beifahrerseite. Zoe war noch ohne Bewusstsein, als er sie aus dem Auto hob. Er öffnete das Gatter mit dem Fuß, durchquerte den Vorgarten mit zwei schnellen Schritten und rammte sein Knie gegen die Klingel. Es gongte laut. Zu seiner Erleichterung hörte er Schritte zur Tür kommen. Eine junge Frau öffnete. Chandu schätzte sie auf Mitte zwanzig. Sie hatte lange, braune Haare, die zu einem Knoten nach oben gebunden waren. Sie war kaum größer als Zoe, trug eine helle Bluse, eine dunkle Jeans und weiße Sneaker.

Ihre Augen ruhten kurz auf Chandu, dann trat sie heraus, hob Zoes Kopf, betastete ihre Beule und sah sich ihre Wunde an der Seite an.

»Wir müssen Sie ins Krankenhaus bringen.«

Chandu schüttelte den Kopf. »Wollte ich, aber sie hat sich geweigert. Stattdessen hat sie mir diese Adresse gegeben.«

Sie öffnete die Augenlider. »Ich sehe keinen Unterschied in der Pupillenweite, aber bei dem Schlag auf dem Kopf muss ich ein CCT machen.«

»Das war das Letzte, was sie mir gesagt hat, bevor sie in Ohnmacht gefallen ist. ›Nicht ins Krankenhaus.‹«

Die Frau fluchte und deutete mit der Hand in das Haus. »Am Ende des Gangs ist das Wohnzimmer«, sagte sie. »Auf die Couch.«

Noch bevor Chandu Zoe abgelegt hatte, hatte die Frau ein Handy in der Hand.

»Ulrich, ich bin zu Hause und brauche einen Beutel kristalloide Infusionslösung.« Während des Telefonierens ging sie zu einem Schrank und holte einen Erste-Hilfe-Kasten hervor. »Nein, der Chefarzt darf nichts davon wissen, und ich brauche es sofort. Das ist ein Notfall«, sagte sie bestimmt. »Also beweg deinen Arsch ins Auto und mach das Blaulicht an.« Sie legte auf.

»Gleich kommt ein NEF …«, wandte sie sich an Chandu.

»Was ist ein NEF?«

»Ein Notarzteinsatzfahrzeug«, erklärte sie, während sie eine sterile Kompresse auspackte. »Das sind die Pkws, in denen man keine Patienten transportieren kann.«

»Was soll ich tun?«

»Aus dem Fahrzeug wird ein Mann mit verkniffenem Gesicht, schlechter Frisur und Überbiss steigen. Er wird Ihnen einen Beutel in die Hand drücken. Den brauche ich sofort.«

»Wird gemacht.« Chandu ging zur Tür, während die Frau Zoes Blutdruck maß und ihr Hemd aufknöpfte. Wer immer die kleine Person war, sie wusste, was sie tat. Er war froh, dass sie keine Fragen gestellt hatte. Er hatte selbst keine Ahnung, was passiert war. Monatelang hatte er sich Sorgen um Zoe gemacht, und jetzt fand er sie verletzt in einem Garten, mehr als sechshundert Kilometer von Berlin entfernt.

Drei Minuten später hielt ein Wagen mit Blaulicht auf der Straße. Ein Mann stieg aus, wahrscheinlich besagter Ulrich, der von der Hausbesitzerin treffend charakterisiert worden war. Auf einem Schild an seiner Sanitäterjacke stand »Dr. Ziegert«.

»Sagen Sie Lisa, dass Sie mir ein Abendessen schuldet.« Er drückte Chandu einen Beutel mit einer durchsichtigen Flüssigkeit in die Hand. »Mindestens«, fügte er hinzu, als er zum Auto zurückging.

Chandu schlug die Tür zu und rannte in das Wohnzimmer. Lisa hatte währenddessen Zoe eine Infusionsnadel gelegt, die Wunde an der Seite entblößt und ausgewaschen. Ein Loch klaffte über ihrer Hüfte. Chandu drehte sich weg, als er die fünf Sicherheitsnadeln sah, die durch die Haut getrieben worden waren.

»Ein hartes Mädchen, unsere Zoe«, bemerkte sie, als sie ihm den Beutel aus der Hand nahm. Sie rollte einen kleinen Schlauch aus und verband ihn mit der Nadel.

Chandu wollte gerade fragen, woher sie Zoe kannte, als er die Gemeinsamkeiten bemerkte. Die schmale Nase, die zusammengekniffenen Augen, wenn sie sich konzentrierte und ihre bestimmende Art. »Sie sind Zoes Schwester«, sagte er überrascht.

»Lange Geschichte.« Lisa reichte ihm den Beutel. »Oben halten, bis die Lösung leer ist. Dann sehen wir weiter.«

Lisa kniete sich neben die Couch und fädelte einen Faden in eine gebogene Nadel. Dann begann sie, die Sicherheitsnadeln zu entfernen und die Wunde zu vernähen. Bei jedem Stich entfuhr Zoe ein schmerzhaftes Zucken, aber ihre Augen blieben geschlossen. Nach zehn Minuten war die Wunde versorgt, verbunden und der Blutverlust gestoppt.

Lisa stand auf und zog ihre Handschuhe aus. »Jetzt müssen wir warten. Ich habe keine Ahnung, wie viel Blut sie verloren hat und wie hart der Schlag auf ihren Kopf war, aber wenn sie nicht bald aufwacht, bringen wir sie ins Krankenhaus.«

Jan warf die Reste seines Frühstück-Döners in den Papierkorb, als Patrick mit einem USB-Stick in der Hand in sein Büro kam.

»Ein Hoch auf die moderne Technik«, sagte Patrick und steckte den Stick in Jans PC. »Das wurde heute Morgen an die generische E-Mail-Adresse der Kripo geschickt. Zwei junge Männer haben in der Nähe des Tatorts ein Video gedreht und den Tod von Isak Neumann gefilmt.«

Jan wischte sich die Hände an der Hose ab und startete die Datei auf dem USB-Stick. Das erste Mal in seiner Laufbahn, dass ein Mord gefilmt worden war. Der ersehnte Durchbruch war da.

»Von wem stammt das Video?«

»Von einem gewissen Daniel Etzold. Er und sein Freund Klement sind auf ein benachbartes Hochhaus geklettert, um gegen Mitternacht Klements Geburtstag auf dem Dach zu feiern. Das Video wurde mit einer kleinen Kamera aufgenommen, doch sieh selbst.«

Der Film begann mit einer Großaufnahme eines Gesichts. Der junge Mann war Anfang zwanzig und hatte blonde, lockige Haare. Der Versuch, durch einen Dreitagebart männlicher zu wirken, wurde von einer Unzahl an Sommersprossen auf der Wange vereitelt. Mit roten Haaren wäre er als Prinz-Harry-Kopie auf jeder Party erfolgreich.

»Es ist 23.12 Uhr«, hörte man die Stimme des Kameramanns. »Noch achtundvierzig Minuten, bis mein Kumpel hier auf Level 22 springt.«

Klement grüßte mit einer Flasche Sekt in die Kamera und nahm einen großen Schluck. »Prost, Mädels«, sagte er überschwänglich.

Die Kamera vollzog eine Rundumsicht über Berlin. »Wir sind nicht weit von der Spree in einer schicken Gegend mit Luxus-Wohnungen. Keine Hartzler weit und breit, stattdessen ein beeindruckender Fuhrpark.« Die Kamera zoomte auf einen Porsche am Boden. »Wir haben genug zu trinken, und ich werde um 0.00 Uhr eine dicke Silvesterrakete in den Himmel schicken.«

»Hey, Alter. Was ist da drüben los?«, hörte man Klements Stimme.

»Wo?« Die Kamera zoomte zurück. »Wieder so eine Ische, die nackt Yoga macht?«

Für einen Moment wurde das Bild unscharf. Dann sah man Klements Gesicht. Er deutete mit dem Finger auf die andere Seite. Die Kamera drehte sich und kam auf Isak Neumanns Penthouse zum Stehen.

»Kannst du was erkennen?« Die Kamera zoomte auf den Hausbesitzer, der am Swimmingpool vorbeikroch.

»Alter, was ist mit dem los?«, fragte Klement.

»Ist der voll, oder was?«

»Keine Ahnung. Lass uns einen Krankenwagen rufen.«

»Bist du bescheuert, Klement? Wir dürfen gar nicht auf dem Dach sein.«

Isak Neumann war weitergekrochen. Das Absperrgitter am Rand verdeckte ihn einen Moment lang. Dann sah man seine Hände, mit denen er sich nach oben zog. Isak schien Schmerzen zu leiden. Über eine Platzwunde an der Wange lief Blut.

»Was macht der?«, fragte Klement, als sich Isak auf das Gitter zog.

»Der ist irre. Will der sich runterstürzen?«

Die Kamera hielt weiter auf Isak. Er lag mit dem Bauch auf der Absperrung. Er schien einen Moment zu zögern, dann stieß er sich ab und fiel über den Rand des Hauses.

»Scheiße, Alter«, sagte Daniel. Die Kamera ruckte wild hin und her. »Lass uns abhauen.« Schritte hasteten über das Dach. Die Stimmen der beiden überschlugen sich.

»Renn, Mann.«

Eine Tür knallte und die Übertragung brach ab.

»Scheiße, Alter«, bemerkte Jan, als er den USB-Stick aus dem Computer zog.

»Das habe ich auch gedacht, als ich das Video gesehen habe.«

»Es war doch Selbstmord.«

Patrick nickte. »Ein zweifelsfreier Beweis.«

Jan schüttelte den Kopf. Selten hatte er sich so geirrt. »Wir müssen Durand freilassen. Wegen des Einbruchs können wir ihn nicht festhalten.«

»Wenn er rauskommt, taucht er unter.«

»Was bleibt uns übrig? Kümmere du dich um Durand. Ich gehe zu Bergman und hole mir die Abreibung ab.«

Zoe war kurz wach. Sie wechselte ein paar Worte mit ihrer Schwester, zu leise, als dass Chandu sie verstehen konnte, aber offenbar genug, dass Lisa sich beruhigte. Sie atmete hörbar aus und zog eine Decke über Zoe.

»Alles okay.« Lisa erhob sich von der Couch und ging in die Küche. Sie nahm zwei Tassen aus einem Regal und füllte sie mit Kaffee.

»Was ist passiert?« Sie reichte Chandu eine Tasse.

»Ich weiß es nicht. Ich habe Zoe schon Monate nicht mehr gesehen. Nach unserem letzten Fall war sie wie vom Erdboden verschluckt. Heute Nacht habe ich eine SMS bekommen, dass sie meine Hilfe benötigt. Ich bin sofort aus Berlin losgefahren und dank eines Freundes konnte ich ihr Handy orten. Schließlich habe ich sie im Garten einer Villa gefunden.«

»Ein zweistöckiges Haus, mit breiten Fenstern und einem ausladenden Balkon mit Steinbrüstung?«

»Kennen Sie es?«

»Es gehört unserem Vater.«

»Warum wohnen Sie nicht dort?«

»Das ist kompliziert«, sagte sie zögerlich. »Mein Vater ist ein … gefährlicher Mann, was meine Mutter dazu veranlasst hat, sich von ihm zu trennen. Es ist eine lange Geschichte, doch ich möchte es Zoe überlassen, was sie Ihnen erzählt und was sie für sich behalten möchte.« Lisa sah zu ihrer schlafenden Schwester. Ein Lächeln huschte über ihr angespanntes Gesicht, nur einen Augenblick, aber lange genug, dass Chandu es bemerkte. »Woher hat sie diese Verletzung?«

»Da muss ich wieder passen. Ich habe sie so gefunden.«

»Die Wunde wurde durch ein Messer verursacht.«

»Ein Messer? Also wollte sie jemand töten.«

»Sieht ganz danach aus.« Sie trank einen Schluck Kaffee. »Der Angreifer hätte es vielleicht geschafft, wenn Zoe den Schnitt nicht mit Sicherheitsnadeln verschlossen hätte.«

Chandu schüttelte den Kopf. »Ich verstehe gar nichts mehr. Warum ist sie aus Berlin verschwunden, was macht sie bei ihrem Vater in Mannheim, ohne sich zu melden und wer wollte sie töten? Warum wollte sie nicht ins Krankenhaus, und dann noch der Brand …«

»Was für ein Brand?«

»Als ich angekommen bin, waren Polizei und Feuerwehr vor Ort. Aus der Menge der Fahrzeuge zu schließen, gab es einen großen Brand in der Villa. Ein Teil des oberen Stockwerks war eingefallen und der innere Bereich war verwüstet. Es hat sogar die Fenster zerspringen lassen.«

»Was ist mit unserem Vater passiert?«

»Ein Polizist hat von vier Opfern geredet. Ich hoffe, er ist nicht dabei gewesen.«

»Wäre nicht schlimm um ihn.« Sie zuckte die Achseln. »Aber das Feuer interessiert mich nicht. Ich kümmere mich um Zoe. Wenn sie sich erholt hat, wird sie uns alle Fragen beantworten.« Lisa stellte die Tasse ab. »Wissen Sie, wo Sie wohnen können?«

Chandu schüttelte den Kopf. »Zoes SMS traf mich unvorbereitet.«

»Ich stelle Ihnen ein Bett in mein Atelier unter dem Dach. Keine Ahnung, wie ich den Besuch meiner Tochter erklären soll, aber bis sie aus dem Kindergarten zurückkommt, wird mir was einfallen.«

»In Ordnung, Superermittler«, begann Bergman. »Meine Ohren haben etwas gehört, was mein Gehirn nicht akzeptieren will. Wir haben drei Tage eine Mordermittlung geführt, die sich als Selbstmord herausgestellt hat?«

Jan nickte.

Bergman lehnte sich auf seinem Bürostuhl zurück und faltete die Hände vor der Brust. »Ich bin sehr auf deine Erklärung für dieses … Missverständnis gespannt.« Der Kripo-Chef zeigte ein freudloses Lächeln, das Jan an einen Hai erinnerte.

»Es gab zu viele Zufälle, die keine Zufälle sein konnten.«

»Geht es weniger wirr?«

»Bernard Durand, der Isak Neumann den Tod gewünscht hat, bricht in der Zeit in dem Haus ein, als Neumann vom Dach fällt, angeblich weil er einen Zugangsschlüssel gefunden hat und Konserven stehlen wollte. Während dieser Zeit wird die Kamera in der Tiefgarage mit Farbe besprayt. Dann finden wir in der Wohnung die Fingerabdrücke von Ludwig Mentzel, einem ehemaligen Arbeitskollegen von Neumann, der auch mit ihm eine Rechnung offen hat.« Jan zuckte die Achseln. »In der Nacht ist irgendetwas gelaufen, was Isak Neumann zum Selbstmord getrieben hat.«

»Das Video zeigt, wie er ohne Fremdeinwirkung von der Brüstung springt, oder war auf der Aufzeichnung jemand anderes zu sehen?«

»Nein«, erklärte Jan. »Aber Neumann hatte eine sichtbare Wunde an der Wange, die wahrscheinlich von einem Schlag mit dem Amethyst aus seiner Wohnung stammt. Die wird er sich nicht selbst zugefügt haben.«

»Laut dem Bericht auf meinem Tisch hatte Neumann Alkohol und Koks im Blut. Das hat ihn vielleicht durchdrehen lassen. Er wäre nicht der Erste nach einem solchen Cocktail.«

»Woher hatte er die Drogen? Laut Forensik war er bis zu dem Zeitpunkt clean.«

»Was ist sonst passiert?«

»Ehrlich gesagt, steige ich nicht ganz durch. Meine letzte Vermutung ist, dass Durand in Neumanns Wohnung eingedrungen ist, ihn niedergeschlagen und ihm dann den Drogencocktail verpasst hat. In einem Anflug von Wahn hat sich Neumann über die Brüstung geworfen.«

»Eine dünne Theorie.«

»Ich weiß«, sagte Jan kopfschüttelnd. »Ich bin überzeugt, dass es kein klassischer Selbstmord war. Vor dem Sprung ist noch einiges gelaufen, und ich muss wissen was.«

Bergman klopfte mit den Fingern auf seinen Bauch. Dass er über Jans Worte nachdachte, war ein gutes Zeichen. »Ich muss eine Presseerklärung herausgeben, dass Isak Neumann Selbstmord begangen hat.«

»Aber …«, begann Jan, doch Bergman schnitt ihm mit einer Geste das Wort ab.

»Das Risiko ist zu groß, dass das Video in Umlauf gerät. Wenn das geschieht und wir noch bei unserer Mordtheorie sind, stehen wir dumm da. Ich genehmige dir zwei weitere Tage für Ermittlungen. Wenn du neue Beweise hast, kann ich den Selbstmord immer noch zurücknehmen.«

Jan sprang regelrecht aus dem Stuhl. »Danke, Chef. Sie werden es nicht bereuen.«

Bergman winkte ab. »Hoffen wir's«, murmelte er.

»Ich will keine verdammte Suppe«, fluchte Zoe, während Chandu sich einen Kaffee einschenkte. Eigentlich hasste er jede Form von Stress am frühen Morgen, aber ihre schlechte Laune lies ihn zufrieden seufzen. Sie schien auf dem Weg der Besserung zu sein.

»Und ich will was zu rauchen.«

»Keine Suppe. Keine Kippen«, sagte Lisa und hielt ihr eine Schüssel hin.

»Dann gib mir wenigstens einen Kaffee.«

»Nix Kaffee. Suppe. Frisch gekocht.«

»Hör zu, kleine Schwester …«

»Versuch erst gar nicht mir zu drohen. Abgesehen davon, dass du auf meiner Couch liegst, kannst du in deiner Verfassung nicht einmal einen Kerzenständer umwerfen.« Sie deutete auf die dampfende Brühe. »Wenn du das isst, laufe ich zum Supermarkt und hole dir deine Drogen.«

Zoe kniff die Augen zusammen und funkelte ihre Schwester böse an, als überlegte sie, wie sie sich rächen könnte. »Bitch«, murmelte sie. Dann nahm sie die Schüssel und begann zu essen.

Mit einem Lächeln drehte sich Lisa um. »Morgen, mein Lieber«, begrüßte sie Chandu. »Ich hole Glimmstängel für mein Schwesterherz. Ihr habt euch sicher viel zu erzählen.« Sie winkte ihm noch einmal, dann verließ sie die Wohnung.

»Oh«, sagte Zoe. »Mein Lieber«, äffte sie ihre Schwester nach. Sie war sichtlich ungehalten darüber, die Suppe essen zu müssen.

Chandu setzte sich neben ihr auf die Couch. »Wie geht es dir?«

»Dank der Schmerzmittel-Industrie recht gut. Aber auf einen Bikini werde ich in der restlichen Badesaison wohl verzichten müssen«, ergänzte sie mit Blick auf ihre Wunde.

»Was ist passiert?«

Zoe seufzte und stellte die Schüssel auf den Couchtisch. »Das ist eine lange Geschichte.«

»Ich habe Zeit. Lisa hat mich in ihrem Atelier untergebracht, und ich habe die nächsten Tage keine Aufträge.«

Sie zog die Decke über die Füße und lehnte sich zurück. »Meine Mutter Ilona und mein Vater Tony haben sich in Mannheim kennengelernt. Mamas Familie stammt von hier. Er ist als kleiner Junge aus Italien hergezogen. Bei ihrer ersten Verabredung war Tony ein junger Mann in einer Kochlehre und meine Mutter beendete gerade ihre Ausbildung als Krankenpflegerin. Nach zwei stürmischen Jahren heirateten sie und wurden elf Monate später Eltern der kleinen Zoe. Bis dahin meinte es das Leben noch gut mit ihnen, aber Tony wollte mehr. Er brach seine Kochlehre ab und wurde Mitglied des organisierten Verbrechens.« »Der Mafia«, stellte Chandu fest.

»Ich war zu klein, um das alles zu verstehen, aber ab meinem dritten Lebensjahr reisten wir viel herum. Meist in

Deutschland, manchmal auch in andere Länder. Schließlich gelangten wir nach Berlin, wo ich mit sechs eingeschult wurde. Das erste Mal hatte ich ein geregeltes Leben. Schule, Freunde, Ballettunterricht. Dazu ein großes Haus und ein eigenes Spielzimmer, doch meine Mutter wurde von Jahr zu Jahr unglücklicher. Wenn mein Vater zu Hause war, stritten sie immer. Schließlich verließ sie Tony und kehrte nach Mannheim zurück. Sie wollte mich mitnehmen, aber mein Vater drohte wohl, sie zu töten, sollte sie das versuchen.«

Zoe rieb abwesend über die Wunde an ihrer Seite. »Ich will dir die unerfreulichen Geschichten eines Scheidungskinds ersparen. Ich wurde älter und verstand, was mein Vater für ein Mensch war. Eines Abends rief mich meine Mutter an. Sie bat mich nach Mannheim zu kommen, wenn Tony auf Geschäftsreise war. Er durfte auf keinen Fall etwas davon erfahren, also packte ich meinen Koffer und machte mich drei Tage später auf die Reise in meine Geburtsstadt. Bei meiner Ankunft erwartete mich nicht nur meine Mutter, sondern auch ein kleines Mädchen, mit dürren Beinen und langen Zöpfen.«

»Lisa.«

»Sie war sechs Jahre alt, als ich meine Schwester das erste Mal sah. Nicht einmal Tony wusste von ihr. In diesem Moment verstand ich Mutters Trennung von ihm und ihre Rückkehr nach Mannheim. Sie wollte wenigstens ihrem zweiten Kind das Schicksal einer Mafiatochter ersparen.«

»Wie konnte sie das jahrelang vor Tony verbergen?«

»Meine Mutter war ein herzensguter Mensch. Sie hatte selbst unter Tonys Vertrauten noch Freunde, die sie immer warnten, wenn er auf Besuch nach Mannheim kam. Dann brachte sie Lisa zu meiner Tante und verbarg alles in ihrem Haus, was auf ein zweites Kind hindeutete. In diesem Fall war Tonys Arbeitswahn ein Segen, denn er war zu beschäftigt, um sich mehr als ein paar Stunden mit Mutter zu treffen. Leider hatte die Einladung zum Besuch in der Heimat noch einen ernsten Hintergrund.« Zoes Stimme wurde leiser. »Meine Mutter war todkrank. Sie nahm sich zwei Tage Zeit, mir alles zu erklären. Als ich ihr versprochen hatte, auf Lisa aufzupassen und sie vor unserem Vater zu verbergen, schien ihre letzte Kraft verbraucht zu sein. Kurz darauf starb sie.«

Zoe nahm die Schüssel wieder auf und rührte abwesend in der Suppe. »Es war die schwerste Zeit meines Lebens. Ich hatte eine Schwester, mit der ich gerne mehr Zeit verbracht hätte, doch ich musste zurück nach Berlin, um den Schein zu wahren, zurück zu einem Mann, den ich mehr hasste als je zuvor.«

»Das Opfer hat sich gelohnt. Scheinbar weiß dein Vater nichts von Lisa.«

»Das darf sich nicht ändern.« Sie packte Chandu am Arm. »Versprich mir, dass du mir hilfst, sie zu beschützen«, sagte sie eindringlich.

»Das werde ich.« Er legte seine Hand auf ihre. Für einen Moment schwiegen sie, als hätten sie sich einen heiligen Eid geschworen. »Und jetzt erkläre mir, warum du aus Berlin verschwunden bist, ohne ein Wort zu sagen.«

»Das war Teil der Abmachung.«

»Welcher Abmachung?«

»Als dich der Grabmörder entführt hatte, hat die ganze Berliner Polizei nach dir gesucht. Ohne Erfolg. Der einzige, der deinen Entführer kannte, war Linus Keller, ein schmieriger Waffendealer.«

»Schmierig ist höflich ausgedrückt.«

»Doch Linus hielt dicht und verließ die Wache mit einem breiten Grinsen. Deine Zeit lief ab, also bat ich meinen Vater, sich um Linus zu kümmern.«

»Er hat seine Schläger auf ihn angesetzt.«

Zoe nickte. »Das, was von ihm übrig war, hat das Versteck des Grabmörders ausgespuckt. So hat Jan dich gefunden.«

»Und was war die Gegenleistung?«

»Dass ich alles aufgebe und zu meinem Vater zurückkehre.«

»Ein hoher Preis.«

»Ein akzeptabler Preis für dein Leben«, sagte Zoe.

Chandu schlang seine muskulösen Arme um ihre Schultern. Ein einfaches »Danke« war zu wenig, um ihr Opfer zu vergelten. Also hielt er sie fest und senkte seine Stirn auf ihre. Er schuldete Zoe sein Leben, und er würde bei ihr bleiben, bis diese Schuld getilgt war. Was immer es kosten würde.

Jan hastete die Treppe zu seiner Wohnung hoch. Er war wieder über seinen Unterlagen eingeschlafen. Der Stuhl in seinem Büro war dafür nicht ausgelegt, sodass er den ganzen Morgen mit Rückenschmerzen umhergelaufen war. Dass er sich nicht hatte umziehen können, war fast schon zur Gewohnheit bei komplizierten Fällen geworden, aber als er sich noch Kaffee über das Hemd geschüttet hatte, musste er die Mittagspause für einen Abstecher nach Hause nutzen.

Als er an der Wohnung seiner Nachbarin Lan vorbeikam, wurde die Tür aufgerissen. Ein junger Mann kam herausgelaufen.

»Dumme Zicke«, brüllte er sichtlich aufgebracht. »Was glaubst du, wer du bist?« Er gestikulierte wild.

»Verpiss dich, Arschloch«, antworte Lan nicht weniger charmant. Die junge Asiatin war einen Kopf kleiner als ihr Besucher und schmal gebaut. Sie schien sich von dem Größenunterschied aber nicht beeindrucken zu lassen und erwiderte die Gesten ähnlich kreativ.

Der Mann drehte sich zu Jan um. Seine lockigen Haare schauten unter einer Strickmütze mit Bommel heraus. Jan hatte selten eine bescheuertere Kopfbedeckung gesehen. Seine hellgelbe Hose, die nicht zu seinem roten T-Shirt mit einem Abbild Che Guevaras passte, machte ihn nicht eleganter.

»Was glotzt du, Penner?« Er winkte mit den Händen, als wollte er ihn verscheuchen. »Geh weiter.«

Vom ersten Tag als Polizist an wurde Jan auf eine solche Situation trainiert. Deeskalation war das Zauberwort. Zuerst tief einatmen und die eigenen Aggressionen unterdrücken. Dann das Einnehmen einer einfühlsamen Grundhaltung, dem Gegenüber Respekt erweisen und unbedrohlich wirken. Jan konnte Bergmans Stimme in seinem Kopf hören, der von der Vorbildfunktion der Polizisten im zivilen Leben predigte.

Alles richtig, dachte Jan, aber der Typ war ihm zutiefst unsympathisch, und er hatte keine Lust auf eine lange Diskussion. Er packte den jungen Mann an der Nase und drehte diese zur Seite. Der Schmerzensschrei ließ nicht lange auf sich warten. Wie Jan vermutet hatte, war sein Gegner ein Sprücheklopfer, ohne Nehmerqualitäten.

»Lass mich los, du Arsch.«

»Also bitte«, empörte sich Jan. »Erst mal mag ich nicht geduzt werden und in deiner Situation würde ich mit Schimpfworten aufpassen.« Um seine Worte zu unterstreichen, drehte er die Nase ein Stück weiter.

»Okay, okay«, jammerte er. »Bitte lassen Sie mich los.« Der Mann trippelte vor Schmerzen auf der Stelle.

»Zuerst entschuldigst du dich für dein ungebührliches Verhalten.« Er führte den Mann zu Lan.

»Entschuldigung, Entschuldigung«, flehte er. Tränen liefen ihm die Wangen herunter.

Lan unterdrückte ein Grinsen.

Jan zog die Nase hoch, bis er dem Mann in die Augen sehen konnte. »Wenn ich dich noch einmal hier sehe, kommst du nicht mehr so gut weg.«

Er ließ die Nase los. Der Mann drückte sich wimmernd die Hand auf sein Gesicht.

»Zehn Sekunden Zeit, um zu verschwinden.« Jan deutete auf die Treppe. »Sonst sind die Ohren dran.«

Der Mann stolperte hinunter. Er nahm zwei Stufen auf einmal und war in Rekordzeit am Ausgang.

»Bist du in Ordnung?«, wandte sich Jan an seine Nachbarin.

Lan nickte. »Der Typ ist nervig, aber nicht gefährlich. Sein kleines Ego hat es nicht ertragen, dass ich ihn abgewiesen habe.«

»Wenn er wieder Schwierigkeiten macht, weißt du, wo ich wohne.« Jan tippte sich an die Stirn und wollte weitergehen.

»Warte«, sagte Lan. »Ich habe Bún Cha gekocht«, fuhr sie fort. »Das ist mariniertes Schweinefleisch mit Reisnudeln und einer Krabbenpastete. Ein Mittagessen ist das Mindeste für deine Hilfe.«

Erst jetzt bemerkte Jan den verführerischen Duft aus der Küche. Er liebte asiatisches Essen. Außerdem hatte er nur eine alte Brezel gefrühstückt.

»Ich weiß nicht, ob es eine gute Idee …«, begann Jan.

»Es ist nur ein Essen.« Lan lächelte.

Die freundliche Art seiner Nachbarin zusammen mit seinem knurrenden Magen überzeugten ihn schließlich. Außerdem wäre es schön, ein paar Minuten über etwas anderes als Mord und Totschlag zu reden.

Als Zoe ihre zweite Zigarette angezündet hatte, ging es ihr sichtlich besser. Lisa und Chandu hatten sie in den Garten geführt. Sie lehnte sich auf einer kleinen Bank zurück und ließ ihren Blick über das Grün schweifen. Das Grundstück war nicht groß, aber aus der kleinen Fläche hatte ihre Schwester ein Paradies geschaffen. Durch einen mit Ranken versehenen Bogen kam man in einen kleinen Garten, der von roten Rosen durchzogen war. Ein Lavendelbeet, dessen Duft bis an die Bank reichte, grenzte den Garten zum Nachbargrundstück ab. Zwischen den dunklen Blüten hob sich ein kleiner Brunnen aus Sandstein hervor, dessen Plätschern eine einschläfernde Wirkung hatte.

Chandu saß mit geschlossenen Augen neben Zoe. Ein sanftes Lächeln umspielte seine Lippen. Lisa rührte abwesend in einer großen Teetasse und verlor sich in der Betrachtung der Rosen.

»Ihr wollt sicher wissen, was vorgestern passiert ist«, unterbrach Zoe die Stille.

»Wäre nett, nachdem wir dir den Hintern gerettet haben«, bemerkte Lisa, ohne ihren Blick von den Blumen zu nehmen.

Zoe blies den Rauch ihrer Zigarette zum Himmel und sah zu, wie er sich in der Luft auflöste. Sie wusste nicht, wo sie anfangen sollte. »Die letzten Monate bin ich Tony durch halb Europa gefolgt. Er hat mir nie gesagt, warum wir so viel reisen müssen. Es hat mich nicht interessiert, eine Sache, die sich jetzt als Fehler herausgestellt hat, denn ich habe keine Ahnung, was Sonntag passiert ist.

Es war zwischen Mitternacht und ein Uhr. Ich konnte nicht richtig schlafen, also habe ich mit meinem Handy gespielt, als die Tür aufgemacht wurde. Seit ich mit meinem Vater unterwegs war, habe ich eine gewisse Paranoia entwickelt, daher hatte ich mein Messer immer neben dem Bett liegen. Ein höllisch scharfes Ding aus Damaszenerstahl. Schneidet selbst Knochen. Ich schaltete das Handy aus, griff nach dem Messer und wartete. Mein ungebetener Gast schlich sich an mein Bett. Wäre ich nicht wach gewesen, hätte ich ihn nicht bemerkt. Es war Marco, ein kleiner Mistkerl mit schlechter Zahnhygiene. Eigentlich der Laufbursche von Maurice. Vielleicht wäre er durch diese Tat in der Hierarchie aufgestiegen. Ich hätte ihm schon für das Hereinschleichen eine verpassen sollen, aber das Messer in seiner Hand war der Beweis, dass er nicht zum Plaudern gekommen war.«

Zoe nahm einen tiefen Zug und lies den Rauch einen Moment in ihrem Mund. »Als er neben dem Bett stand, zog ich ihm meine Klinge übers Gesicht. Mein überraschender Angriff brachte ihn aus dem Konzept, aber sein Messer traf mich trotzdem. Hätte ich mich nicht zur Seite geworfen, wäre die Klinge glatt durch meine Niere gegangen, aber so hatte ich nur eine Fleischwunde, die allerdings unfassbar wehtat. Das gab ihm genug Zeit, sich die Nachttischlampe zu greifen und mir über den Kopf zu ziehen. Damit hätte er mich beinahe ausgeknockt, aber ich war so voller Adrenalin, dass ich ihm das Messer in die Schulter rammte und es mit einer kleinen Drehung wieder herauszog. Der Damaszenerstahl ging durch das Fleisch wie Butter. Während sich Marco am Boden wälzte, rammte ich ihm meinen Schminkkoffer so lange auf die Stirn, bis er sich nicht mehr rührte und haute ab. Ich rannte den Gang entlang zur Küche. Weil ich den Verbandskasten nicht finden konnte, griff ich mir eine Flasche Stroh-Rum und ein paar Sicherheitsnadeln aus dem Nähkästchen. Dann brach die Hölle los.

Lichter gingen an und mein Vater brüllte: »Maurice, du dreckiger Verräter.« Es wurde geschossen und Scheiben gingen zu Bruch. Maurice befahl Tony ihm irgendwas zu übergeben. Mein Vater beleidigte Maurices Mutter, während ich das Chaos nutzte und mich davonmachte. Ich stieg durch das Küchenfenster in den Garten, kletterte über den Zaun zum anderen Grundstück und wollte eigentlich zur Straße rennen, aber ich hatte meine Kraft überschätzt. Meine Beine knickten ein und ich sah Sterne. Ich konnte mich unter einem Strauch verbergen und brauchte ein paar Minuten, bis der Schwächeanfall vorbei war. Dann ging das Gartenlicht an. Maurice und Marco waren auf der Suche nach mir. »Bringt mir Zoe. Lebend«, schrie Maurice. Sie durchsuchten den Garten. Dass ich es auf die andere Seite geschafft hatte, hat mich gerettet. Sie gingen wahrscheinlich davon aus, dass ich abgehauen war. Nachdem sie ihre Suche abgebrochen hatten, schrieb ich die SMS an dich, weil mir klar geworden war, dass ich nicht mehr lange bei Bewusstsein bleiben würde. Mit letzter Kraft schloss ich meine Wunde, um den Blutverlust zu stoppen, aber zusammen mit dem Kopftreffer war es zu viel für mich. Nach der fünften Nadel fiel ich in Ohnmacht. Chandus Stimme ist das Nächste, an das ich mich erinnere.«

»Wer ist Maurice?«, fragte Lisa.

»Er war vier Jahre lang Tonys Leibwächter. Als junger Mann war er bei der Armee, bis ihn Tony in seine Truppe aufgenommen hat. Ein kranker Bastard, der eine sadistische Freude an Folter hat. Auch wenn ich ihn verachtet habe, so war er Tony doch immer blind ergeben. Treu wie ein Schäferhund. Keine Ahnung, was ihn zu dieser Tat bewogen hat.«

»Vielleicht wollte er den Posten deines Vaters«, bemerkte Chandu.

»So leicht geht das nicht. Man kann nicht das Oberhaupt einer Familie töten und seine Position einnehmen. Das würden Tonys Unterstützer niemals zulassen. Mit dem Angriff auf ihn hat sich Maurice Ärger eingehandelt, egal, ob es mein Vater überlebt hat oder nicht. Das hat er nicht aus einer Laune heraus gemacht. Es muss sich gelohnt haben.«

»Vielleicht wurde er von einer konkurrierenden Familie bezahlt.«

»Möglich, aber unwahrscheinlich. Diese Jungs achten Traditionen und regeln ihre Sachen selbst. Wenn ein Konkurrent Tony beseitigen wollte, hätte er einen Profikiller geschickt, der das lautlos über die Bühne gebracht hätte. Der hätte mich nicht angefasst. Da ist was Größeres gelaufen.«

»Ist bei vier Toten zu vermuten.«

»Nicht nur die Toten deuten darauf hin, sondern auch das Feuer. Es wurde absichtlich gelegt. Im Haus gab es eine Sprinkleranlage, die ausgeschaltet worden war, sonst hätten sich die Flammen nicht ausbreiten können. Durch den Brand lassen sich gut Spuren verwischen, es verzögert auch die Mordermittlungen, weil bei verkohlten Leichen zuerst von Brandtoten ausgegangen wird. Bis die Rechtsmedizin die wahre Todesursache herausgefunden hat, können Tage vergehen. Wenn die Schüsse nicht angezeigt worden sind, ist die Kripo Mannheim noch nicht eingeschaltet. Genug Zeit für Maurice, unterzutauchen.«

»Hat er deinen Vater erwischt?«

»Ich weiß es nicht. Dazu brauche ich die Autopsie-Berichte. Wäre eine Aufgabe für Max.«

»Warum wolltest du nicht ins Krankenhaus?«

»Weil ich Angst hatte, dass die Ärzte die offensichtliche Messerwunde der Polizei anzeigen, und weil das der erste Ort gewesen wäre, an dem mich Maurice vermutet hätte. Solange ich nicht weiß, warum er mich töten wollte, gehe ich davon aus, dass er es weiterhin versuchen will.«

»Genug der frischen Luft«, sagte Lisa und stellte ihre Tasse auf die Bank. »Wir bringen dich wieder hinein. Du bist zwar über den Berg, aber brauchst noch Ruhe. Die Wunde ist noch lange nicht verheilt.«

Zoe nickte. »Ich habe mich selten in meinem Leben so schwach gefühlt. Bis morgen entspanne ich mich noch. Dann ziehen wir aus.«

»Wieso?«, fragte Lisa.

»Es ist zu gefährlich, Schwesterherz. Ich habe keine Ahnung, was in Tonys Villa vorgefallen ist und warum ich sterben sollte. Wenn sie mich suchen, könnte ich dich oder deine Tochter in Gefahr bringen. Das lasse ich nicht zu. Chandu und ich ziehen in ein Hotel in der Nähe und bleiben, bis die Fäden gezogen sind. Dann geht es zurück nach Berlin und ich kehre erst wieder, wenn Maurice hinter Gittern ist.«

Bergman stellte das Auto in die Auffahrt und schlurfte müde zur Tür. Die Lichter im Haus waren aus, also schliefen seine Frau und seine Tochter schon. Wieder einmal wünschte er sich mehr Zeit für seine Familie als die wenigen Minuten am Frühstückstisch.

Er bemerkte die Gestalt vor dem Eingang, als er den Hausschlüssel aus der Tasche kramte. Seine Müdigkeit war verflogen. Der ehemalige Polizist in ihm übernahm die Kontrolle über sein Handeln. Der Fremde saß auf einem Terrassenstuhl, die Hände auf dem Schoß gefaltet. Sein Gebaren wirkte nicht feindselig. Er schien sich absichtlich in den Lichtstrahl der Lampe des Eingangs gesetzt zu haben. Bergman schätzte den Fremden auf Ende sechzig. Mit seinem grauen, vollen Haar und dem teuren Anzug wirkte er nicht wie ein Räuber. Bergman ließ den Blick durch den Vorgarten streifen, sah aber niemand sonst. Nichts deutete auf einen Hinterhalt hin.

»Entschuldigen Sie den späten Besuch.« Der Fremde machte sich nicht die Mühe, sich vom Stuhl zu erheben. »Ich wollte Sie nicht bei der Kripo aufsuchen.«

»Wer sind Sie?« Bergman ging auf den Mann zu. Er trug schon lange keine Pistole mehr, also sah sich der Kripo-Chef nach möglichen Waffen um. Sein Blick blieb auf den faustgroßen Steinen hängen, die seine Frau rund um den kleinen Gartenteich ausgelegt hatte.

»Mein Name ist Ferdinand von Ladeck.« Er nickte kurz. »Isak Neumann war mein Angestellter.«

»Ich gebe keine Ermittlungsergebnisse heraus«, sagte Bergman unwirsch.

»Ich bin nicht an Ermittlungsergebnissen interessiert«, antwortete von Ladeck ruhig. »Ich möchte Sie bitten, den Fall ruhen zu lassen und nicht weiter zu ermitteln.«

»Haben Sie etwas zu verbergen?«

»In meinem Geschäft ist der gute Ruf existenziell. Je weniger über meine Firma in der Presse steht, desto besser. Der Selbstmord von Isak Neumann ist bedauerlich, aber es ist eben nur ein Selbstmord, der nichts mit seiner Arbeit bei Ladeck Pharma zu tun hat. Einen Zusammenhang zu vermuten, wäre unangemessen. Isak Neumann war ein erfolgreicher Manager und ein engagierter Mitarbeiter. Der Grund für seine Tat muss in seinem Privatleben begründet liegen. In diesem Fall sollte das Private privat bleiben.«

»Sie suchen mich in der Nacht auf, betreten verbotenerweise mein Grundstück und wollen mir Vorschriften zu unserer Ermittlungsarbeit machen? Warum sollte ich nicht zwei Kollegen rufen und sie verhaften lassen?«

Bergman hörte das Klicken einer Pistole, die durchgeladen wurde. Es war irgendwo hinter ihm. »Sie beleidigen mich, wenn Sie glauben, ich würde unvorbereitet hierherkommen.« Von Ladecks Stimme wurde zorniger. »Außerdem können drei meiner Freunde bestätigen, dass ich heute den ganzen Abend mit ihnen Bridge gespielt habe.«

Bergman nahm sich einen Gartenstuhl und setzte sich von Ladeck gegenüber. »Sie sind entweder sehr einflussreich oder vollkommen verrückt.«

»Nun, verrückt bin ich nicht. Nur ein Mann, der sein Unternehmen vor Schaden bewahren will, das hunderte Berliner in Lohn und Brot hält.«

»Oh, ein Gutmensch«, sagte Bergman zynisch. »Natürlich geht es Ihnen nur um den Erhalt von Arbeitsplätzen. Außerdem bekämpfen Sie die Armut, die Erderwärmung und machen die Welt zu einem besseren Ort.«

»Ich führe Ladeck Pharma in dritter Generation. Wir haben Medikamente entwickelt, die schon das Leben Ihrer Großeltern verlängert haben, daher ist Zynismus unangebracht. Ich gedenke nicht, mein Unternehmen zu verlieren, weil einer meiner Mitarbeiter psychische Probleme hatte.«

»Einen Polizisten zu bedrohen ist Ihre Lösung dafür?«

»Ich bedrohe Sie nicht«, sagte von Ladeck. »Ich habe nur von Ihrem explosiven Charakter gehört. Die Absicherung durch meinen Leibwächter ist eine notwendige Maßnahme, damit wir ein zivilisiertes Gespräch führen können.«

Bergman benötigte seine ganze Selbstdisziplin, um sich nicht auf den ungebetenen Besucher zu stürzen, aber er zweifelte keine Sekunde, dass von Ladecks versteckter Schütze auf ihn schießen würde, sollte er das versuchen. Seine Hände krallten sich in die Lehnen des Gartenstuhls. »Jetzt erzähle ich Ihnen etwas von mir. Ich bin in vierter Generation Polizist und meine Vorfahren haben den Arsch ihrer Großeltern schon gerettet, als Sie noch in die Windeln gemacht haben. Wir Bergmans sind kein einfacher Menschenschlag, aber wir mögen es nicht, wenn man uns bedroht, also sollten Sie mir jetzt einen guten Grund geben, warum ich die Ermittlungen im Fall Isak Neumann einstellen soll, sonst werde ich alle meine Leute darauf ansetzen.«

»Hier sind dreißigtausend Gründe.« Von Ladeck zog einen Umschlag aus seinem Jackett. »Sie müssen das Geld nicht für sich behalten. Sie können es Ihrem Bruder Rudolf geben, der sich beim Hausbau verhoben hat oder können ihrer Familie eine schicke Weltreise spendieren.« Von Ladeck beugte sich vor und senkte seine Stimme zu einem Flüstern. »Das ist eine Anzahlung. Ich könnte nicht nur die Kredit-Probleme Ihres Bruders lösen, ich habe auch Beziehungen in die ganze Welt. Vielleicht möchte Ihre Tochter Alica ein Auslandssemester in Harvard verbringen? Das wäre ihrer Karriere sicher nicht abträglich.« Er erhob sich aus dem Stuhl. »Ich erwarte nichts Illegales von Ihnen. Schließen Sie die Akte Isak Neumann und geben Sie Ihren Beamten einen neuen Fall.« Er legte den Umschlag auf den Boden. »Seien Sie klug und alle Ihre Probleme lösen sich in Luft auf.«

KAPITEL 5

Jan schloss die Augen und sog den Duft des frisch gebrühten Kaffees ein. Er wünschte sich, die Brühe würde auch so schmecken, wie sie roch, aber bevor die Kripo-Küche eine neue Kaffeemaschine bekommen würde, wäre er schon längst in Pension. Für den Moment war es genug. Zusammen mit seinem Donut auf dem Schreibtisch konnte der Arbeitstag beginnen.

»Tommen«, hallte Bergmans Schrei durch die Kripo. Jan zuckte vor Schreck zusammen. Mit Mühe konnte er den Drang unterdrücken, in Deckung zu springen und seine Pistole zu ziehen. Er überlegte, was er falsch gemacht haben könnte, als sein Chef auch schon im Türrahmen stand.

»In mein Büro.«

Er verabschiedete sich seufzend von seinem Frühstück und folgte Bergman. Der Kripo-Chef zog seinen Mantel aus und warf ihn auf den Stuhl. Dann knallte er die Tür zu und lief umher wie der sprichwörtliche Tiger im Käfig.

»Ich hatte gestern Abend Besuch von Ferdinand von Ladeck.« Bergman ballte seine Faust. »Und dieser Möchtegern-Aristokrat besaß nicht nur die Frechheit, mich zu bitten, die Ermittlungen im Fall Neumann einzustellen, er hat auch noch versucht, mich zu bestechen.«

»Was? Von Ladeck hat …«

»30.000 Euro. In einem Umschlag. In Hundertern.« Bergman schlug auf seinen Schreibtisch.

»30.000 Euro?« Jan nickte anerkennend. »Nicht schlecht.«

»War ein schönes, kleines Feuerchen.«

»Sie haben es verbrannt? Warum haben sie es nicht für wohltätige Zwecke gespendet oder ein Fest für die Polizei …«

»Sei nicht so naiv. Solches Geld ist immer faul. Vielleicht verschwundene Hunderter aus einem Bankraub oder Drogeneinnahmen. Hätte ich es eingetauscht, wäre es um mich geschehen gewesen.«

»Aber offiziell haben wir die Ermittlungen im Fall Neumann eingestellt.«

»Genau das macht mich misstrauisch. Jemand aus der Kripo steht auf von Ladecks Gehaltsliste und hat ihm erzählt, dass wir weiterermitteln. Darum kümmere ich mich ein anderes Mal. Die nächsten vierundzwanzig Stunden tauche ich ab und bringe meine Familie in Sicherheit.« Er deutete mit dem Finger auf Jan. »Du lässt alles liegen, was nicht mit dem Fall Neumann zu tun hat. Ich will, dass du dich Tag und Nacht darum kümmerst, egal, ob du isst, pinkelst oder schläfst. Was immer du brauchst, bekommst du von mir. Ohne Limit. Keine Berichte und anderen offiziellen Kram. Schnapp dir Max, der soll Computer, Handy und Festplatte verschlüsseln. Weih noch Patrick mit ein. Solange wir einen Maulwurf haben, nur ihr drei und Schluss.«

»Vielleicht wäre Dr. Kerima Elmas noch …«

»Wenn du Hilfe von der Psycho-Tante brauchst, dann bitte«, unterbrach Bergman. »Aber erinnere sie daran, wie vertraulich alles ist.«

»Soll ich mir einen neuen Arbeitsraum suchen? Ich könnte von zu Hause …«

»Nein. Schließe dein Büro ab und lass Max eine Kamera installieren. Wer dort einbricht, ist unser Leck.« Bergman ging zu seinem Stuhl und startete den Computer. »Wenn jemand wie von Ladeck sich in den Fall einmischt, dann hat er vor irgendwas Angst. Was immer das ist, ich will es haben.«

»Soll ich im Geheimen ermitteln oder offensiv vorgehen?«

»Extrem offensiv«, sagte Bergman bestimmt. »Von Ladeck soll wissen, dass wir uns nicht herumschubsen lassen. Klopfe auf den Busch, aber sorge dafür, dass er nichts erfährt, indem du den Kollegen nur das Allernötigste erzählst. Wenn er nervös wird, macht er vielleicht einen Fehler und dann werde ich den Blaublüter persönlich ins Gefängnis bringen.«

Wer auch immer das Firmengebäude von Ladeck Pharma gebaut hatte, verfügte über viel Geld. Eine lange Glasfront zog sich zwölf Stockwerke in die Höhe. Sie verjüngte sich nach oben, bis zu einer Spitze, in der wenige Büros Platz hatten. Jan war sicher, dass sich dort von Ladecks Schreibtisch befinden würde. Doch der Firmenchef war heute nicht sein Ziel. Jan trat durch die große Tür und kam in einen weitläufigen Eingangsbereich, dessen Größe an einen Bahnhof erinnerte. Der Boden war mit hellem Marmor ausgelegt. In der Mitte hing ein großes LED-Display. Blaue Pfeile wiesen den Weg zum Labortrakt, dem Kundenbereich oder der Anmeldung. In der Mitte der Halle waren Stehtische und ein großes Büfett aufgebaut. Mehrere Bedienstete huschten umher, füllten Gläser nach und räumten Teller ab. An der Wand hing ein großes Plakat, das ein neues Medikament anzupreisen schien.

Jan ging nach links zu einer großen Glastheke, hinter der eine attraktive Frau ihn mit einem Lächeln begrüßte. Sie trug ein dunkelblaues Kostüm und hatte wenig Schminke aufgetragen. Ihre schwarzen Haare waren hochgesteckt. Jan schätzte sie auf Mitte zwanzig.

»Willkommen bei Ladeck Pharma. Wie kann ich Ihnen helfen?«

»Guten Morgen«, sagte Jan mit einem breiten Lächeln. »Kommissar Tommen von der Kripo Berlin. Ich bin hier, um einen gewissen Hagen Grein zum Fall Isak Neumann zu befragen. Er steht wahrscheinlich unter Tatverdacht.«

Das Lächeln auf dem Gesicht der Frau erstarrte. Es brauchte einen Augenblick, bis sie sich wieder gefangen hatte. »Einen Moment«, sagte sie, ohne ihre Freundlichkeit zu verlieren. Sie nahm das Telefon ab und wählte eine Nummer. »Jeanine Rogner vom Empfang. Hier ist ein Kommissar Tommen, der mit Herrn Grein sprechen möchte.« Ihr Gesprächspartner schien ihr genaue Anweisungen zu geben, denn die nächsten Sekunden nickte sie nur. Dann legte sie auf.

»Einen Moment«, sagte Jeanine. »Es wird sofort jemand zu Ihnen kommen. Wenn Sie möchten, können Sie in der Lounge einen Kaffee trinken.« Sie deutete auf einen Nebenraum.

»Ich warte hier«, antwortete Jan und lehnte sich an die Theke. Es dauerte nicht lange, bis ein Mann aus einer Tür kam, der allen Klischees eines Sicherheitschefs entsprach. Sein dunkler Anzug spannte sich über seine kräftige Brust. Seine Glatze war frisch rasiert und seine platte Nase ließ auf viele Boxkämpfe schließen. Ihm fehlte die arrogante Ausstrahlung eines Business-Manns, dazu war er zu sehr darauf bedacht, sein Umfeld im Auge zu behalten, als erwarte er jeden Moment einen Angriff. Natürlich hatte er den obligatorischen Stecker im Ohr.

»Valentin Yarnall«, stellte sich der Mann vor. »Ich bin für die Sicherheit bei Ladeck Pharma zuständig. Wie kann ich Ihnen helfen?«

»Kommissar Tommen.« Jan zeigte seine Dienstmarke. »Ich will Hagen Grein zum Tod von Isak Neumann befragen.«

»Das ist leider nicht möglich. Solche Termine müssen zuerst von unserer Rechtsabteilung genehmigt werden. Wenn Sie wollen, bringe ich Sie zu dem zuständigen Mitarbeiter.«

Jan steckte seine Marke weg und seufzte. »Ich versuche es mal anders. Ich bin die Kripo.« Er ging auf den Mann zu, bis sein Gesicht eine Handbreit von seinem entfernt war. »Solange sich Ladeck Pharma auf Berliner Grund befindet, befrage ich, wen ich will und wie es mir gefällt. Ich gebe dir und deiner Rechtsabteilung fünf Minuten Zeit, mir einen Termin bei Hagen Grein zu verschaffen, sonst besorge ich mir einen richterlichen Beschluss, sperre die Straße um das Gebäude ab und stürme mit dem SEK rein. Mal sehen wie die Besucher da vorne auf diese Nummer reagieren, Valentin.«

Jan ging zwei Schritte zurück, lehnte sich wieder an die Theke und sah demonstrativ auf seine Uhr. Der Sicherheitschef nahm ein Handy aus seiner Tasche und begann zu telefonieren. Vier Minuten später war Jan auf dem Weg zu Hagen Grein.

Hagen Grein sah aus wie ein Hochspringer im Ruhestand. Er war mindestens zwei Meter groß, mit einem erschreckend hageren Körperbau. Seine Beine waren schmaler als Jans Arme. Er trug einen Anzug, der nicht richtig zu seiner knochigen Statur zu passen schien. Seine dünnen Haare und seine bleiche Gesichtsfarbe verliehen ihm ein kränkliches Aussehen. Auf seinem Schreibtisch lagen Stapel von Zeitschriften und Büchern. Als wäre das nicht Ablagefläche genug, hatte Grein noch einen Tisch danebengestellt, der durch die Aktenmenge zusammenzubrechen drohte. Trotzdem wirkte alles geordnet und überlegt platziert.

Greins Hand war feucht, als er Jan begrüßte. »Guten Morgen«, sagte er sichtlich nervös und deutete auf einen Stuhl. »Wie kann ich helfen?«

Jan holte den Block aus der Tasche und blätterte durch seine Notizen, um Grein noch schmoren zu lassen. »Kennen Sie Isak Neumann?«

»Natürlich. Ich arbeitete seit meinem ersten Tag bei Ladeck Pharma mit ihm zusammen.«

»Wann war das?«

»Vor sechs Jahren.«

»Sie wissen, was mit ihm passiert ist?«

»Er hat Selbstmord begangen.«

»Vielleicht«, murmelte Jan und blätterte durch seine Notizen.

»Was meinen Sie mit vielleicht, Kommissar Tommen?«

»Ich arbeite bei der Mordkommission, Herr Grein. Auch wenn es so klingt, ermitteln wir nicht bei Selbstmord.«

»Warum werde ich befragt?«

»Ich stelle die Fragen. Wann haben Sie Isak Neumann zuletzt gesehen?«

»Am Tag vor seinem Tod.«

»Haben Sie ihn zu Hause besucht?«

»Einige Male.«

»Warum?«

»Meist beruflich.«

»Meist?«

»Wir haben auch über andere Dinge geredet.«

»Was genau?«

»Politik, Literatur. Nichts Besonderes. Am Ende sind wir wieder bei der Arbeit angelangt.«

»Interessant.« Jan machte sich eine Notiz. Grein war kurz davor, den Füller in seiner Hand in zwei Teile zu brechen. Sein Hemd war durchgeschwitzt und sein Fuß trippelte nervös auf dem Boden. Jan unterdrückte ein Grinsen und kritzelte ein Smiley auf das Papier.

»Kommen wir zu Ludwig Mentzel.«

»Was ist mit ihm?«

»Sie kennen ihn?«

Grein nickte. »Er war mein Mentor. Bis zu seinem Unfall.«

»Und nachdem er auf einen Rollstuhl angewiesen war, hat man ihn entlassen.«

»So war das nicht«, empörte sich Grein. »Er und Neumann hatten unterschiedliche Meinungen bezüglich eines wichtigen Projekts. Herr von Ladeck musste sich für eine Seite entscheiden und ist Isak Neumann gefolgt.«

»Sie meinen das Projekt PERV9?«

Grein erstarrte und der Füller fiel aus seiner Hand. »Was wissen Sie davon?«

»Dies und das.«

»Hören Sie«, begann Grein. Der Wissenschaftler sah durch die Glaswand neben seinem Büro. Valentin Yarnall lief auf dem Gang hin und her, während er telefonierte. Es war offensichtlich kein angenehmes Gespräch, denn der Sicherheitschef gestikulierte wild. Grein rückte näher an Jan heran. »Das ist kein guter Ort, um darüber zu sprechen.«

»Wollen Sie mich zum Mittagessen einladen?«

»Zu öffentlich.« Greins Stimme zitterte. »Kennen Sie den Sprintwiesenteich am Tegeler Fließ?«

»Nein.«

»Der liegt an der Grenze zwischen Berlin und Brandenburg. Sie fahren die Blankenfelder Chaussee bis zum Ende durch, parken und laufen dann rund zweihundert Meter nach Osten. Wir treffen uns um 19.00 Uhr am westlichen Ende des Teichs.«

»Geht es auch weniger geheimnisvoll?«

»Ich kann hier nicht reden«, sagte Grein mit Blick auf den Sicherheitschef. »Selbst wenn Sie mir mit Gefängnis drohen.«

Jan spürte die Angst des Wissenschaftlers. Vielleicht war es besser, ihn nicht weiter unter Druck zu setzen und abzuwarten. Sein Ziel, möglichst viel Staub aufzuwirbeln, hatte er erreicht. Schließlich nickte er und verabschiedete sich von Grein. »Wir sehen uns heute Abend. Ich hoffe, der kleine Ausflug lohnt sich für mich, sonst treffen wir uns in einer ungemütlicheren Umgebung wieder.«

Ferdinand von Ladeck setzte den Kopfhörer ab und verzog missbilligend den Mund. Er hatte nicht geglaubt, dass Grein so leicht einknicken würde. Die jungen Leute waren nicht mehr aus demselben Holz geschnitzt, wie die Männer seiner Generation. Sie waren schwach, leicht zu manipulieren und gierig. Vorteilhafte Eigenschaften, wenn er einen Gefallen einfordern musste, aber seinen eigenen Leuten erlaubte er diese Schwächen nicht.

Von Ladeck nahm das Telefon und wählte eine Nummer. Nach dem zweiten Klingeln nahm sein Gesprächspartner schweigend ab.

»Mein Angebot wurde ausgeschlagen«, begann von Ladeck ohne Begrüßung. »Daher besteht Bedarf an einer Bereinigung. In zwei Stunden am Treffpunkt. Dort informiere ich Sie über die Zielperson.«

Als er am ersten Haus der kleinen Siedlung am Tegeler Fließ vorbeifuhr, stellte Jan sein Auto auf den Seitenstreifen. Er ging einen schmalen Weg in Richtung des Teichs, bis er an einer großen ausladenden Eiche Halt machte. Es war kurz vor Sonnenuntergang, aber er konnte von seiner Position aus das gut hundert Meter entfernte Gewässer sehen. Es waren nur wenige Leute unterwegs, ein Pärchen mit Wanderstiefeln, eine Frau, die ihren Labrador ausführte und ein einsamer Jogger. Keiner von ihnen war Hagen Grein. Es hatte die letzten Tage geregnet, also wählte Jan den Feldweg, der ihn näher an den Teich brachte, ohne dass er querfeldein gehen musste.

Links grenzte eine Reihe Bäume die Grundstücke zum Weg ab. Ansonsten hatte man freien Blick über die Wiesen, ab und zu unterbrochen von einzelnen Bäumen. Der Wind blies ihm kalt entgegen und er meinte, Donner zu hören. Jan fluchte über die Idee, sich im Freien zu treffen, aber er schien nicht der Einzige mit Problemen zu sein. Der Jogger hatte sich an einen Baum gelehnt und versuchte mit einem Stock den Lehm unter den Sohlen wegzukratzen. Jan zog den Reißverschluss seiner Jacke zu und beschleunigte den Schritt. Er war gespannt, was Grein ihm zu sagen hatte. Sicherheitshalber hatte er Patrick von dem Treffen informiert. Sollte Jan sich nicht in einer Stunde melden, würde sein Kollege die Streife hinterherschicken. Außerdem hatte er seine Pistole dabei, wobei sich Jan zutraute, auch ohne Waffe mit dem hageren Grein fertigzuwerden.

Jan hörte Schritte hinter sich. Als er sich herumdrehen wollte, traf ihn etwas hart am Hinterkopf. Mit einem Aufstöhnen ging er zu Boden. Die Welt drehte sich. Er sah die Turnschuhe des Joggers, hatte aber nicht die Kraft, den Kopf zu heben. Seine Hand wanderte zu seiner Pistole, als ihm ein zweiter Schlag das Bewusstsein raubte.

Chandu hatte Zoe selten so nervös erlebt. Lisa war losgefahren, um ihre Tochter Marla von einem Kindergarten-Ausflug abzuholen. Marla hatte sich seit ihrer Ankunft vor zwei Tagen gewundert, wer die Fremden in ihrem Haus waren. Mit Chandu hatte sie sich schnell angefreundet. Sie genoss es, einen starken Freund zu haben, der sie hochheben und herumwirbeln konnte, ohne müde zu werden. Lisas Tochter war ein Sonnenschein, lebhaft, hübsch wie ihre Mutter und mit einem Lachen, dem man sich nicht entziehen konnte.

In der letzten Stunde hatte Zoe vier Mal erwähnt, dass sie nicht gut mit Kindern umgehen konnte und eine Vielzahl an

Gründen aufgezählt, warum das so sei. Zuletzt hatte sie Marla bei ihrer Taufe gesehen. Da war sie nur ein paar Monate alt. Als die Tür aufging, erhob sich Zoe von der Couch. Die Wunde bereitete ihr noch Probleme, aber sie wollte vor ihrer Nichte keine Schwäche zeigen. Das Kind würde es nicht verstehen, also überspielte sie ihre Schmerzen mit einem gezwungenen Lächeln.

Die Tür ging auf. Lisa und Marla kamen ins Wohnzimmer. Als das kleine Mädchen Zoe erblickte, klammerte sie sich an das Bein ihrer Mutter. Sie wirkte unsicher, aber ihre Augen blickten neugierig zu ihrem Gast. Genauso hatte sie sich verhalten, als sie Chandu das erste Mal gesehen hatte.

»Das ist deine Tante Zoe«, sagte Lisa. »Als sie zuletzt hier war, warst du noch ganz klein. Sie war gestern noch ein wenig müde, daher hat sie so viel geschlafen.« Sie streichelte Marla über den Kopf. »Willst du nicht Hallo sagen?«

Das kleine Mädchen zögerte einen Moment und sah zu Chandu. Er nickte ihr zu. Nachdem ihr neuer Freund sie ermuntert hatte, wich die Unsicherheit einem Lächeln. Marla löste sich von ihrer Mutter und rannte auf ihre Tante los. Zoe fing sie mit ausgestreckten Armen auf. Marla legte den Kopf auf die Schulter ihrer Tante und lachte mit einer Fröhlichkeit, wie es nur ein junges Kind konnte.

Zoe hielt sie fest, während Tränen über ihre Wangen liefen.

Chandu hatte sie noch nie weinen sehen. Sie war so stark und unverwüstlich, aber dieser Moment schien etwas in ihr gelöst zu haben. All der Schmerz und die Bitterkeit, ihre jahrelange Trennung von der Familie, um sie vor Tonys Zugriff zu bewahren, bahnten sich ihren Weg ins Freie. Die Tränen waren wie eine Erlösung aus ihrem einsamen Gefängnis. Und mit der Nichte in ihren Armen heilten ein paar Narben auf Zoes geschundener Seele.

Jan erwachte vom Hupen eines Autos. Er saß am Steuer seines Wagens und fuhr in halsbrecherischem Tempo eine Straße entlang. Sein Kopf pochte höllisch und ihm war schwindelig. Alles war verschwommen. Aufblendende Lichter schmerzten in seinen Augen. Er hatte keine Ahnung, wie er hierher kam. Sein rechter Fuß stand neben dem Gaspedal und doch beschleunigte sein Auto weiter. Jan wandte den Kopf nach unten, doch die Bewegung sandte einen schmerzhaften Schock durch seinen Körper. Er erbrach sich in den Fußraum.

Das Auto wurde von einem Stoß durchgeschüttelt. Irgendetwas hatte ihn gerammt, aber das Auto fuhr weiter. Ein weiteres Hupen. Immer mehr Lichter, und die Tachonadel stieg höher. Noch immer war sein Blick getrübt. Die Scheibe war vom Regen nass.

Etwas Großes kam auf ihn zu. Scheinwerfer blendeten grell auf und tauchten seine Umgebung in ein schmerzhaftes Weiß. Jan griff nach dem Lenkrad, riss es instinktiv zur Seite und stieg mit beiden Füßen auf die Bremse. Ein weiterer Schlag erfolgte. Härter, als der erste. Dann drehte sich seine Welt. Ein Krachen ertönte. Glas splitterte. Und mit dem Aufprall kam die Dunkelheit zurück.

Bergman hatte sich den ganzen Tag überlegt, wie er seine Tochter und seine Frau aus der Schusslinie bringen konnte. Es wäre das Einfachste gewesen, die Wahrheit zu sagen, aber er wollte sie nicht beunruhigen, also hatte er sich einen Vorwand einfallen lassen, sie aus Berlin zu schaffen. Das Abendessen war beendet und sie saßen noch am Tisch.

»Vor zwei Jahren habe ich eines dieser unnützen Jubiläen feiern dürfen«, begann Bergman. »Langweilige Reden und zu viel Essen.« Er winkte ab. »Aber einen Vorteil hatte es. Die Kollegen haben zusammengelegt und mir einen Reisegutschein gekauft.«

»Davon hast du gar nichts erzählt«, sagte seine Tochter. Alica trug ein weites T-Shirt und ihre hellbraunen Haare waren zu einem Pferdeschwanz zusammengebunden. Sie hatte einen Fuß auf die Stuhlfläche gestellt und ihr Kinn auf das Knie gelegt. Sie erinnerte Bergman so sehr an ihre Mutter.

»Das ist das Problem. Ich habe den Gutschein in meinem Schreibtisch vergessen und hätte mich ein Kollege nicht daran erinnert, wäre er verfallen.«

»Wo willst du hin?«, fragte seine Tochter.

»Nirgendwohin. Das lässt meine Arbeit nicht zu, aber ich habe für dich und deine Mutter eine Woche Wellness-Urlaub auf Gran Canaria gebucht.« Bergman legte einen Umschlag mit Reiseunterlagen auf den Tisch. »Fünf Sterne mit all dem Ayurveda-Kram, den ihr beide so mögt. Außerdem Strandzugang, dann kannst du deine Surfkünste verbessern. Es geht schon morgen los. Du hast Semesterferien und deine Mutter gibt diese Woche keine Kurse. Ich hoffe, es ist euch nicht zu kurzfristig.«

»Perfekt«, sagte Alica. »Ich gehe schnell packen.« Sie gab Bergman einen Kuss auf die Wange und rannte in ihr Zimmer. Er atmete beruhigt aus, dass seine List so gut funktioniert hatte.

»Was ist los?«, fragte seine Frau, als ihre Tochter in ihrem Zimmer verschwunden war. Ihr hatte er noch nie etwas vormachen können.

»Ich will euch weg aus Berlin haben«, sagte Bergman. »Bitte frage mich nicht warum.«

»Wie schlimm ist es?«

»Ich kann es noch nicht absehen, aber wenn ich euch in Sicherheit weiß, kann ich befreiter arbeiten.«

»Sollten wir unseren Freunden einen Hinweis geben?«

»Dieses Mal geht es nicht um eine schmutzige Bombe. Es betrifft die Kripo.«

Gabrielle betrachtete ihn einen Moment. In ihre sonst so fröhlichen Augen hatte sich Sorge geschlichen. Er hasste es, sie mit so wenigen Informationen abspeisen zu müssen, aber je weniger sie wusste, umso entspannter wäre ihr Urlaub. Gran Canaria lag außerhalb des Einflusses von Ladecks.

Seine Frau stand auf und gab ihm einen Kuss auf die andere Wange. »Pass auf dich auf.« Sie ging nach oben. Morgen früh würde er sich um seinen Bruder kümmern. Dann war er unangreifbar.

Gedämpfte Stimmen brachten Jan zurück. Er öffnete die Augen und starrte auf eine mit Gipsplatten abgehängte Decke. Er lag in einem Bett. Eine eingelassene Neonlampe beleuchtete das Zimmer. Am Fußende standen eine Ärztin und sein Kollege Patrick. Sie flüsterten leise. Jan hob den Kopf, bereute diese Bewegung jedoch sofort. Er griff an seine schmerzende Stirn, doch statt seiner Haut bekam er einen Verband zu spüren.

»Guten Morgen, Herr Tommen«, sagte die Ärztin freundlich. »Wie fühlen Sie sich?«

»Verwirrt«, antwortete Jan. »Gestern Abend war ich auf einer Wiese am Tegeler Fließ und jetzt erwache ich in einem Krankenhaus.«

»Können Sie sich an den Unfall erinnern?«

»Bruchstückhaft.« Die Bilder kamen wieder zurück. Das Hupen, die Lichter und die regennasse Straße. »Wie schlimm ist es?«

»Verglichen mit Ihrem Auto, haben Sie den Unfall gut überstanden. Platzwunden, Prellungen und ein leichtes Schleudertrauma. Sorgen macht mir die Gehirnerschütterung.«

»Kann ich heute das Krankenhaus verlassen?«

Die Ärztin hob die Augenbraue. »Vielleicht spreche ich undeutlich, daher wiederhole ich den letzten Satz nochmal.

Sorgen macht mir die Gehirnerschütterung«, wobei sie das letzte Wort stark betonte.

»Also morgen.«

Die Ärztin wandte sich an Patrick. »War Ihr Kollege schon immer so, oder kann ich das auf die Kopfverletzung zurückführen?«

»Das mit der Gehirnerschütterung habe ich verstanden«, murrte Jan.

»Offensichtlich nicht, sonst würden Sie mich nicht fragen, ob Sie morgen das Krankenhaus verlassen könnten?«

»Was ist an Kopfschmerzen so schlimm?«

»Die Kopfschmerzen bekommen wir in den Griff. Vielleicht noch die damit einhergehende Übelkeit und das Erbrechen, kritischer wird es bei der Benommenheit und den Schwindelgefühlen. Gepaart mit den damit möglichen Sehstörungen, bis hin zu kurzen Phasen der Bewusstlosigkeit wird das kritisch, wenn sie in einem Treppenhaus sind oder Auto fahren.«

»In Ordnung. Ich verspreche, die nächsten vierundzwanzig Stunden kein Auto zu fahren und immer den Fahrstuhl zu nehmen. Sind Sie dann zufrieden?«

Die Ärztin stellte sich neben das Bett und schlug mit ihrem Kugelschreiber leicht auf Jans Kopf.

Er zuckte vor Schmerz zurück. »Verdammt«, schrie Jan. »Was soll das?«

»Das war eine Berührung mit einem Kugelschreiber. Außerdem habe ich Ihnen ein Schmerzmittel gegeben. Was wird passieren, wenn Sie das Bewusstsein verlieren und auf den Boden schlagen?« Die Ärztin wandte sich an Patrick. »Vielleicht sollten Sie versuchen, Ihrem Kollegen Vernunft einzubläuen. Sollte er in meiner Schicht nur den Fuß aus dem Bett halten, sediere ich ihn und versetze ihn drei Tage ins Koma.« Ohne Jan eines Blickes zu würdigen, verließ sie das Zimmer.

Patrick wartete, bis die Ärztin die Tür geschlossen hatte. »Was für eine Frau«, seufzte er.

Jan rieb sich die Stelle, an der ihn der Kugelschreiber getroffen hatte. Die Beule fühlte sich so groß wie eine Orange an. »Hinterhältiges Miststück«, murmelte er.

Patrick setzte sich auf den Stuhl neben dem Bett. »Fangen wir von vorne an. Was war das Letzte, an das du dich erinnern kannst?«

»Ich war auf dem Weg zum Sprintwiesenteich. Es wurde schon düster und ich bin einen Feldweg entlanggelaufen. Irgendetwas hat mich hart am Hinterkopf getroffen, und ich bin zu Boden gegangen.«

»Konntest du den Angreifer sehen?«

»Nur seine Schuhe. Die gehörten zu einem Jogger, der mir aufgefallen war. Ich erinnere mich an wenig Details. Er war 1,90 m groß, kräftig gebaut, mit breiten Schultern. Seine Haare waren blond, fast weiß.«

»Sonst noch etwas?«

Jan schüttelte den Kopf. »Ein paar Erinnerungsfetzen an die Fahrt in meinem Auto. Dann bin ich hier aufgewacht. Was ist passiert?«

»Wir ermitteln noch, aber ich sage dir, was ich weiß.« Patrick legte eine Satelliten-Aufnahme vom Sprintwiesenteich und der Umgebung auf das Bett. »Wir vermuten, dass du hier niedergeschlagen wurdest.« Er deutete mit dem Finger auf eine Stelle am Feldweg. »Das Gewitter hat viele Spuren verwischt, aber hier fanden wir einen niedergedrückten Busch und abgebrochene Zweige.«

»Könnte hinkommen«, bemerkte Jan.

»Wann war das?«

»Gegen 19.00 Uhr.«

»Dein Angreifer hat dich zurück zu deinem Auto getragen. Gegen 19.32 Uhr ist dein BMW die Blankenfelder Chaussee heruntergerast und in den Gegenverkehr gekommen. Glücklicherweise waren nicht mehr viele Autos unterwegs. Nach zweihundert Metern hast du einen Volvo gerammt, was dich zurück auf deine Spur gebracht hat. Nach Zeugenaussagen ist dein Auto wieder nach links geschert und war kurz davor mit einem Lkw frontal zusammenzustoßen, doch dann ist dein BMW scharf nach rechts ausgebrochen, rammte einen Begrenzungspfahl, kam auf der regennassen Fahrbahn ins Schleudern und schlitterte in den Graben.«

Patrick legte ein Bild des zerstörten Autos auf das Bett, was Jan zu einem erneuten Aufstöhnen verleitete. Für den Unfall fühlte er sich überraschend gut. »Das Auto war gerade erst abbezahlt.«

»Ich denke, die Versicherung wird dir unter die Arme greifen, wenn wir die … Missverständnisse ausgeräumt haben.«

»Was für Missverständnisse?«

»Dein blonder Freund hat dir eine Injektion mit Alkohol verpasst. Bei der Einlieferung ins Krankenhaus hattest du fast zwei Promille.«

»Ich habe schon Tage nichts mehr getrunken.«

»Weiß ich, deshalb habe ich um eine Untersuchung deines Körpers gebeten und tatsächlich haben die Ärzte eine Einstichwunde gefunden.«

»Verdammt.« Jan rieb sich die schmerzenden Schläfen.

»Der Unbekannte war ein Profi. Deine Fußmatte war so verklemmt, dass sie aufs Gaspedal gedrückt hat. Der Alkohol hätte deinen Schlingerfahrkurs erklärt, und die Platzwunde am Kopf hättest du dir beim Unfall holen können, weil du nicht angeschnallt warst.«

»Ein Wunder, dass ich das überlebt habe.«

Patrick legte die Fotos zur Seite. »Das gefällt mir nicht. Auf einen Beamten der Kripo wurde ein Mordversuch verübt, und Bergman hat mich gebeten, die Sache nicht zu sehr aufzubauschen. Wenn es nach mir ginge, würde ich alle unsere Kollegen darauf ansetzen, bis wir den Unbekannten gefunden haben.«

»Bergman hat recht«, sagte Jan. »Je weniger Leute in den Fall involviert sind, desto besser. Wir müssen davon ausgehen, dass von Ladeck Informanten bei der Polizei hat.«

»Er steckt dahinter?«

»Natürlich. Du hättest Hagen Grein sehen sollen, als ich das Projekt PERV9 erwähnt habe. Er hatte Angst, darüber zu sprechen. Deshalb wollte er mich am Sprintwiesenteich treffen.«

»Vielleicht hat er dir die Falle gestellt.«

»Möglich. Traue ich ihm eigentlich nicht zu, aber machen wir uns schlau.« Jan sah sich im Zimmer um. »Hat mein Handy den Unfall überstanden?«

Patrick nickte und ging zum Nachttisch. Er öffnete die Schublade und zog Jans Handy heraus. Es war verkratzt, schien aber noch funktionsfähig zu sein. Jan scrollte durch sein Adressbuch, bis er Greins Nummer gefunden hatte. Diese hatte er gestern eingespeichert.

»Hagen Grein«, meldete sich der Wissenschaftler.

»Kommissar Tommen. Guten Morgen.« Jan schaltete den Lautsprecher ein, damit Patrick mithören konnte.

»Wo waren Sie?«, zischte Grein ins Telefon. »Ich habe eine Stunde gewartet, bis ich völlig durchnässt war.«

»Ich hatte einen Unfall.«

»Einen Unfall? Geht es Ihnen gut?«

»Ging schon besser.«

»Moment«, sagte Grein. »War das Ihr BMW, der neben der Blankenfelder Chaussee im Graben lag.«

»Exakt.«

»Mein Gott.« Grein schien den Tränen nahe zu sein. »Nicht schon wieder.«

»Was ist mit Ihnen?«

»Bitte, Kommissar«, sagte er aufgebracht. »Lassen Sie mich in Ruhe. Vergessen Sie unser Treffen. Ich werde nichts mehr sagen, auch wenn Sie mich ins Gefängnis sperren und den Schlüssel wegwerfen. Ich flehe Sie an, kommen Sie nicht mehr in mein Büro.« Dann legte Grein auf.

Jan sah verblüfft zu Patrick. »Wenn das nicht unheimlich war.«

»Was meinte er mit ›schon wieder‹?«

»Vielleicht Mentzels Unfall. Da gibt es Parallelen. Mentzel raste alkoholisiert in einen Lkw, behauptete aber nichts getrunken zu haben.«

»Derselbe Mann, der dich umbringen wollte, wollte auch Mentzel töten?«

»Möglich.«

»Das ist doch Wahnsinn.« Patrick atmete hörbar aus. »Wer würde einen Polizisten töten, damit die Ermittlungen in einem Selbstmord eingestellt werden?«

»Frag Bergman. Er kennt jemanden.«

»Ferdinand von Ladeck.«

»Vom Versuch, den Kripo-Chef zu bestechen, bis zum Auftragsmord ist es nicht weit. Es wird Zeit, dass wir tiefer graben.«

»Wo fangen wir an?«

»Von Ladeck und Grein können wir vergessen. Durand ist untergetaucht.«

»Bleibt Ludwig Mentzel.«

»Geh zu ihm und lass ihn nicht los, bis er alles erzählt hat«, sagte Jan eindringlich. »Ich habe keine Ahnung, was PERV9 für ein Projekt war, aber wenn es einen Mordversuch rechtfertigt, müssen wir alles darüber wissen.«

KAPITEL 6

Als Zoe sagte, sie wollte in ein Hotel gehen, war Chandu klar gewesen, dass es nicht das billigste vor Ort sein würde. Trotzdem war er von der Eleganz des Hauses beeindruckt. Das Hotel lag an einer aufwendig gestalteten Grünanlage. Blumenbeete umringten einen Brunnen, dessen Fontänen das Wasser meterhoch in den Himmel schossen. Helle Kieswege führten zwischen akribisch geschnittenen Büschen, gepflegten Grünflächen und ausladenden Bäumen zu einem großen Turm, der selbst die hohen Gebäude in seiner Nachbarschaft überragte. Auf dem Kupferdach prangte die Statue einer Frau mit einem Dreizack in der Hand.

Das Hotel ähnelte in seinem Baustil dem großen Turm. Der säulengetragene Eingang führte in eine elegante Lobby, mit hellen Polstermöbeln, Kristallleuchtern und schachbrettartig verlegtem Marmor.

Chandu hatte den Arm um Zoe gelegt. Auf den ersten Blick wirkten beide wie ein glückliches Pärchen, tatsächlich war Zoe aber noch geschwächt. Die zehn Minuten Fahrt hierher waren nicht gut für ihre Verfassung. An eine Reise nach Berlin war nicht zu denken. Lisa hätte sie gerne zur Beobachtung bei sich behalten, aber Zoe wollte kein Risiko eingehen.

Glücklicherweise hatte Lisa sie vor der Tür herauslassen können, denn trotz Schmerzmittels konnte sich Zoe nicht lange auf den Beinen halten. Da Chandu keine Kreditkarte bei sich hatte, ließen sie das Zimmer auf Lisa buchen. Er hoffte nur, dass Tonys Schläger nicht in der Lage waren, die Hotelreservierung zu hacken.

Fünf Minuten später ließ sich Zoe seufzend aufs Bett fallen. Der kurze Ausflug hatte sie sichtlich angestrengt, aber die Erleichterung über den Umzug war ihr anzusehen.

»Schauen wir mal, was der Zimmerservice kann.« Zoe deutete auf die Karte neben dem Bett. Chandu blätterte das Angebot durch und war von der Auswahl beeindruckt. Als er die Karte an Zoe weiterreichen wollte, war sie bereits eingeschlafen. Er zog ihr die Schuhe aus und deckte sie zu. Er kontrollierte ihre Wunde, aber die Naht war nicht aufgerissen.

Leise verließ er das Zimmer und inspizierte das Hotel. Er trank ein Glas Wein an der Bar, schweifte durch das Restaurant und genehmigte sich einen Abstecher zum Schwimmbad. Eine Stunde später kannte er alle Fluchtwege.

Bergman setzte sich neben das Bett. Er war froh, dass Jan den Unfall gut überstanden hatte. Wenn er der Ärztin glauben konnte, hatte er noch eine Weile Kopfschmerzen. Natürlich sah sein Gesicht zerschunden aus, aber Jans Schlaf war ruhig, und er hatte keine schwerwiegenden Verletzungen. Dass er an keinen Überwachungsmonitor angeschlossen war, wertete der Kripo-Chef als gutes Zeichen.

Bergman hatte von Ladeck unterschätzt. Er hatte ihn für einen machthungrigen, skrupellosen Geschäftsmann gehalten, der es gewohnt war, Menschen zu kaufen. Dass er versuchen könnte, einen Kripo-Beamten zu töten, hatte er ihm allerdings nicht zugetraut. Die bisherigen Ermittlungen konnten von Ladecks Beteiligung nicht beweisen, aber Bergman zweifelte nicht daran, dass der Killer von ihm angesetzt worden war.

Seine Frau und seine Tochter waren im Flugzeug, sein Bruder auf einem Angeltrip an der Ostsee. Bergman war frei von jeder Verpflichtung. Er würde alle anderen Fälle delegieren und sich nur um von Ladeck kümmern. Den ersten Fehler hatte dieser mit dem Mordversuch gemacht. Jan war wütend noch gefährlicher. Wenn er erst wach wäre, würde er sich auf von Ladeck stürzen. Und Bergman würde ihn gewähren lassen.

Nach dem Frühstück war Jan in einen langen Schlaf gefallen. Die Schmerzmittel hatten die Wunden erträglicher gemacht, sodass er erst wieder aufwachte, als Max in sein Zimmer gekommen war. Der Wecker auf dem Nachttisch zeigte 14.57 Uhr. Er hatte fast sieben Stunden geschlafen.

»Hi, Max«, begrüßte er den Hacker. Er setzte sich auf und betrachtete das Mittagessen auf dem Beistelltisch. Mehr als den Wackelpudding bekam er nicht in sich hinein.

»Du solltest vielleicht über einen Partner nachdenken.« Max stellte den Laptop auf das Bett. »Immer wenn du alleine unterwegs bist, kriegst du entweder ein Messer in den Bauch, wirst von einem Taser geschockt oder bekommst einen Schlag auf die Birne.«

»Ich konnte nicht ahnen, dass ein Killer auf mich wartet«, murrte Jan.

»Ist dein Kopf«, winkte Max ab. »Ich bin wegen was anderem hier.« Er drehte den Laptop zu Jan. »Ich habe mir das Video von Neumanns Tod noch einmal angesehen.« Der Bildschirm zeigte den Mann auf die Brüstung zukriechen. Der Ton war abgestellt und die Aufnahme war auf Neumann gezoomt. »Achte auf seine Beine.«

»Was ist damit?«

»Sie bewegen sich nicht«, erklärte Max. »Selbst wenn man zu schwach zum Gehen ist, dann versucht man mit den Beinen weiter zu robben. Aber bei Neumann rührt sich nichts. Er winkelte die Beine nicht an, selbst seine Füße bewegen sich nicht.«

»Man hat ihm die Beine gebrochen?«

»Ich vermute sein Rückgrat.«

»Wie bei Ludwig Mentzel«, bemerkte Jan.

Max nickte. »Verstehst du warum?«

»Ich habe einen Verdacht. Geh ins Internet und schaue nach einem Titel.«

»Von einem Buch?«

»Eher eine Art Broschüre.«

»Wie lautet der Titel?«

»*Das Recht auf den Tod.*«

»Eigenartiger Name«, sagte Max, während seine Finger auf die Tastatur hämmerten. »Wie kommst du darauf?«

»Als ich Neumanns Wohnung inspiziert habe, ist es mir auf einem Tisch aufgefallen. Ich habe dem keine Beachtung geschenkt, aber jetzt habe ich eine Vermutung.«

Ein »Ping« ertönte. »*Das Recht auf den Tod* wurde 1895 von Adolf Jost veröffentlicht«, las Max vor. »Grundsätzlich setzt sich das Werk mit dem Recht auf Selbsttötung und Sterbehilfe auseinander. An sich nichts Schlimmes, in der Schrift schien Jost die Sterbehilfe auf unheilbar Geisteskranke anwenden zu wollen, weil deren Leben nicht nur nutzlos, sondern auch qualvoll sei, von den damit verbundenen Kosten ganz zu schweigen. Diese Passage scheinen sich die Nationalsozialisten ausgeliehen zu haben, um Krankenmord zu rechtfertigen.«

»Tu mir einen Gefallen und hol die Ärztin.« Jan richtete sich im Bett auf. »Aus dem erholsamen Aufenthalt bis Ende der Woche wird nichts werden. Ich muss zurück in Neumanns Wohnung.«

Die Frau hatte die Tür geöffnet, bevor Patrick die Klingel erreicht hatte. Sie trug ein weißes Polohemd, das ihre dunklen

Haare und braunen Augen gut zur Geltung brachte. Patrick schätzte die Frau auf Ende dreißig. Sie wirkte enttäuscht, als sie ihn erblickte.

»Entschuldigen Sie.« Ihr Akzent ließ auf eine osteuropäische Herkunft schließen. »Ich dachte, Sie wären jemand anderes.«

Patrick zeigte seine Kripo-Marke. »Kommissar Stein. Kripo Berlin« Er nickte leicht. »Könnte ich Herrn Mentzel sprechen?«

»Ich weiß nicht, wo er ist«, sagte sie mit einem verzweifelten Unterton und ließ Patrick hinein.

»Verzeihung, und Sie sind …?«

»Mein Name ist Agata.« Sie schüttelte ihm die Hand. »Ich bin Herrn Mentzels Pflegerin.«

»Was ist passiert?«

»Donnerstags gehe ich immer einkaufen. Dann bin ich zwei Stunden unterwegs. In der Zeit legt sich Herr Mentzel normalerweise hin, aber als ich heute nach Hause gekommen bin, war er weg.« Agata war den Tränen nahe.

»Vielleicht hat er nur etwas erledigt oder ist spazieren gefahren.«

Agata schüttelte den Kopf. »Wenn er alleine aus dem Haus geht, nimmt er immer sein Handy mit. Das liegt auf dem Nachttisch.«

»Auch ich vergesse mein Handy. Das ist kein Grund …«

»Der Koffer ist weg«, unterbrach sie Patrick.

»Der Koffer?«

»Sein Reisekoffer. Ich habe die Schränke durchsucht. Herr Mentzel hat gepackt. Anzug, Schlafanzug, Unterwäsche. Gestern habe ich noch alles einsortiert.«

»Er ist verreist?«

»Seit seinem Unfall verreist er nicht mehr. Er verlässt nicht einmal Berlin.«

»Vielleicht gibt es eine logische Erklärung, dass er …«

»Dann das Geld«, unterbrach sie wieder.

»Was für Geld?«

Sie zog einen Umschlag aus der Hosentasche. »Dreitausend Euro.« Sie zeigte ihm ein Bündel Hundert-Euro-Scheine. »Daneben lag ein Zettel mit den Worten: ›Danke für Ihre Hilfe.‹«

»Klingt nach einem Abschied«, sagte Patrick.

»Warum?«, fragte Agata. »Wo will er hin?«

»Ist heute etwas Ungewöhnliches passiert? Ein Anruf? Ein Brief?«

Agata schüttelte den Kopf. »Herr Mentzel bekommt wenig Post und telefoniert hat er das letzte Mal vor zwei Tagen. Das war mit seiner Krankenkasse.«

»War er aufgeregt oder besonders ruhig? Hat er etwas getan, das seinem sonstigen Lebensrhythmus widersprach?«

Agatas Aufregung legte sich. Für einen Augenblick war sie wie erstarrt. »Die Zeitung.«

»Was ist damit?«

»Herr Mentzel liest nach dem Frühstück die Zeitung. Zuerst eine lokale, dann eine überregionale. Von der ersten bis zur letzten Seite. Doch heute hat er das Titelblatt gesehen, zum Regionalteil geblättert und ist eine Minute später in sein Zimmer gefahren.«

»Was stand in der Zeitung?«

»Sehen Sie selbst.« Agata deutete auf den Tisch. Auf der ersten Seite des Regionalteils prangte die Überschrift: »Polizist bei Alkoholfahrt schwer verletzt.« Daneben war ein Bild von Jans zerstörtem Auto.

Als seine Sekretärin einen Anruf von Pascal Sontag ankündigte, atmete Ferdinand von Ladeck tief durch. Er hasste Journalisten und Pascal war ein besonders schlimmes Exemplar. Aufdringlich, mit Vorliebe für Polyester-Anzüge und bar jeglichen Benehmens. Der letzte Bonus, den er ihm gewährt hatte, hätte ausgereicht, um seine Garderobe aufzubessern und sich wenigstens ein paar Schnürschuhe zu kaufen, doch stattdessen hatte er seine hässlichen Lederslipper behalten und das Geld in einem Strandurlaub auf einer Balearen-Insel verprasst. Von Ladeck erinnerte sich mit Schaudern an die vulgäre Postkarte, die er erhalten hatte.

Aber Sontag war loyal und als Angestellter einer großen Berliner Zeitung gut zu gebrauchen. Durch seine Beziehungen zu anderen Journalisten gab er von Ladeck wichtige Hinweise, wer einer Spende zugeneigt sein könnte, also zwang er sich zu einem Lächeln und nahm den Hörer ab.

»Ferdinand von Ladeck. Guten Tag.«

»Hier spricht Pascal Sontag.« Wie immer verzichtete der Journalist auf jedwede Höflichkeitsfloskel.

»Was kann ich für Sie tun?«

»Sie werden nicht glauben, was heute mit der Post gekommen ist.« Der Journalist sprach, als wäre er auf der Flucht. »Ein Umschlag von Hagen Grein.«

»Hagen?«, wunderte sich von Ladeck. »Wieso schickt er Ihnen etwas mit der Post?«

»Ich war genauso überrascht wie Sie, also habe ich den Umschlag geöffnet. Darin waren ein Brief und Informationen zu einem Projekt namens PERV9. Wissen Sie etwas darüber?«

»Eine kleine Forschungsarbeit zum Thema Transplantationen. Keine große Sache«, wiegelte von Ladeck ab. »Welcher Art sind diese Unterlagen, denn eigentlich ist unsere Forschung vertraulich?«

»Notizen, Formeln und Bilder. Vage Andeutungen und Textauszüge. Nichts, mit dem ich einen Artikel verfassen könnte, aber Grein schreibt in dem Brief, dass er sich mit mir treffen will. Ich soll eine kryptische E-Mail-Adresse benutzen und ihn weder anrufen noch bei Ladeck Pharma vorbeikommen. Das ist ziemlich geheimnisvoll, auch wenn ich nicht weiß, warum.«

»Ich mache Ihnen einen Vorschlag«, sagte von Ladeck. »Sie schicken mir die Unterlagen samt Brief zu und ich kümmere mich darum. Zum Dank für Ihre Mühe, unsere Geschäftsgeheimnisse zu bewahren, lade ich Sie beim nächsten Hertha-Heimspiel in unsere Loge ein, nebst signiertem Trikot.«

»Gemacht«, sagte Sontag. »Ich packe alles zusammen und werfe es ein.« Von Ladeck hörte Papier rascheln. »Trotzdem frage ich mich, warum sich Grein mit dem Thema an mich gewandt hat? Hat das etwas mit dem Tod von Isak Neumann zu tun?«

»Ich verstehe den Sinn des Briefs auch nicht. PERV9 war ein kleines Projekt, das wir nach sechs Monaten eingestellt haben. Isak Neumann war nicht daran beteiligt. Sie können morgen in meinem Büro vorbeikommen, und ich erzähle Ihnen alles, was Sie wissen wollen, auch wenn PERV9 kaum genug Material für einen Artikel hergeben wird.«

»Nicht nötig«, sagte der Journalist nach kurzem Zögern. »Ich habe genug zu tun und muss noch vorarbeiten, damit ich Zeit für das Spiel habe.«

Von Ladeck genehmigte sich ein Lächeln. Sontag war ein einfacher Mann, dessen einfache Bedürfnisse leicht zu durchschauen und ebenso leicht zu befriedigen waren. Er verabschiedete sich höflich und beauftragte seine Sekretärin, dem Journalisten die Logenkarten zukommen zu lassen.

Mit vor der Brust gefalteten Händen lehnte sich von Ladeck auf seinem Bürostuhl zurück. Grein war ein genialer Wissenschaftler. Um in diese Position zu kommen, hatte er jahrelang sein Leben der Firma gewidmet und war nach dem Ausscheiden von Mentzel in eine Führungsposition gekommen. Woher kam der plötzliche Anflug von Moral. Warum wollte er PERV9 in die Öffentlichkeit ziehen?

Von Ladeck schüttelte den Kopf. Hinter Greins Motive kommen zu wollen, war Zeitverschwendung. Glücklicherweise stand Sontag auf seiner Gehaltsliste. Nicht auszudenken, wenn ein motivierter, investigativer Journalist diesen Brief bekommen hätte.

»So eine vielversprechende Karriere«, murmelte von Ladeck, als er den Telefonhörer abhob. Es war bedauerlich, dass er sie beenden musste.

Nach einer weiteren Nacht in dem viel zu weichen Bett hatte Jan es nicht länger ausgehalten. Trotz der Warnungen von Ärzten und Krankenschwestern hatte er seine Sachen gepackt, eine Schachtel Schmerzmittel mitgenommen und das Krankenhaus verlassen. Nach den ersten Schritten war er geneigt, sich wieder hinzulegen. Sein Kopf schmerzte noch immer und seine Beine fühlten sich zittrig an, doch als er sich das Foto seines zerstörten BMWs ins Gedächtnis rief, war das Adrenalin auf einem ausreichenden Level. Patrick hatte ihm einen Leihwagen aus dem Fuhrpark besorgt, doch bevor er zur Kripo ging, wollte er sich Neumanns Wohnung ansehen. Nach einer kurzen Taxifahrt wurde er vom Portier des Hauses zum Tatort gelassen. Dort erfuhr er, dass Joseph Heser gekündigt hatte. Der Selbstmord war zu viel für ihn gewesen.

Neumanns Bücherregal passte zu seinem Lebensstil. Jan entdeckte kein Buch, das der Mann zum Spaß gelesen haben könnte. Keinen Krimi, keinen großen Gesellschaftsroman oder etwas anderes, das ausschließlich der Unterhaltung diente. Die meisten Bücher waren Manager-Ratgeber, Fachbücher der Pharmakologie oder Geschichtswerke. Jan hatte mehr zum Thema Sterbehilfe erwartet, aber die Auswahl war gering.

Er fand *Die Freigabe der Vernichtung lebensunwerten Lebens* von Alfred Hoche und Karl Binding sowie *Volksaufartung. Erbkunde. Eheberatung.* von Alfred Ploetz. Neben den Büchern stand eine gerahmte alte Fotografie. Zwei Männer in weißen Kitteln standen in einer Art Labor. Ihre Haltung und ihr Gesichtsausdruck strotzten vor Arroganz. Statt Schuhen trugen sie schwarze Stiefel, die eher zu einer Uniform, als zu einem Arztkittel passten. Zusammen mit den verblichenen Rändern des Schwarz-Weiß-Fotos datierte Jan die Aufnahme in die Dreißiger- oder Vierzigerjahre des letzten Jahrhunderts.

Der Mann auf der rechten Seite war Isak Neumanns Vater. Die Ähnlichkeit war augenfällig. Den anderen Mann kannte Jan nicht. Das Foto war unterschrieben mit: »In Freundschaft. Karl Brandt.«

Jan zog sein Handy aus der Tasche und wählte Max' Nummer.

»Yo«, meldete sich der junge Hacker.

»Sagt dir der Name Karl Brandt etwas? Könnte ein Nazi-Arzt gewesen sein.«

»Oh, shit. Doch nicht *der* Karl Brandt?«

»Wer war das und woher kennst du ihn?«

»Ich musste in der Schule ein Referat über die Nürnberger Ärzteprozesse von 1946 halten. Dort wurden zwanzig KZ-Ärzte angeklagt. Der Ranghöchste war Karl Brandt, der Begleitarzt Hitlers und Initiator der ›Aktion Brandt‹. Dabei wurden Kranke ermordet, um mehr Krankenhausbetten in nicht vom Luftkrieg bedrohte Regionen zu schaffen. Dieser Aktion fielen dreißigtausend Menschen zum Opfer. Gerechterweise wurde Brandt bei den Ärzteprozessen zum Tode verurteilt. Wie kommst du auf ihn?«

»In Neumanns Wohnung steht ein Foto von seinem Vater und Karl Brandt.«

»Das ist heftig«, sagte Max. »Aber es erklärt Neumanns Selbstmord. Ein Mann, der nicht mehr laufen kann, ist nach Meinung solcher Typen lebensunwert.«

»Also war es doch Mord«, sagte Jan. »Wer immer Neumann das Rückgrat gebrochen hat, wusste genau, was er tat. Das war nicht die Folge einer Schlägerei mit einem Einbrecher, sondern von vornherein das Ziel.«

»Da sind wir wieder am Anfang. Wer hat Neumann angegriffen?«

»Ich würde mein Geld auf Durand setzen, aber ohne Beweise nützt das wenig.«

»Wie willst du weitermachen?«

»Ich konzentriere mich erst einmal auf Grein und den blonden Mann. Wie läuft die Suche nach ihm?«

»Ich habe heute Morgen mit Patrick gesprochen. Die Zeugenbefragung ist abgeschlossen, aber es gibt noch keine Spur.«

»Dann weiter mit Grein. Hast du sein Handy getrackt?«

»Offiziell nicht.«

»Kannst du feststellen, wo er in der Mordnacht und beim Angriff auf mich war?«

»Kein Problem.« Hektisches Tastengeklapper ertönte. »In der Mordnacht war er zu Hause und bei dem Treffen mit dir war er am Sprintwiesenteich.«

»Also stimmt seine Aussage.«

»Trotzdem kann er dich in eine Falle gelockt haben.«

Jans Kopfschmerzen verstärkten sich. Der Unfall hatte ihn doch schwerer mitgenommen, als er zugeben wollte, aber er konnte sich keinen längeren Ausfall erlauben. Ein Tag war schon zu viel gewesen. »Ich komme zurück zur Kripo. Ich setze mich mit Patrick zusammen und lasse mich auf den neusten Stand bringen. Zeit für etwas Ordnung in dem Chaos.«

Jan lehnte sich auf dem Sitz des Taxis zurück und genoss die kurze Pause. Das Prasseln des Regens und das trübe Licht machten ihn schläfrig. Er hatte die Augen geschlossen, als ihn sein Handy aus dem Dämmern riss.

Das Display zeigte Chandus Nummer.

»Hi, mein Freund«, sagte Jan. »Wie geht es unserer Prinzessin?«

»Könnte besser sein«, antwortete der große Mann. »Aber das soll sie dir selbst sagen. Ich schalte auf Lautsprecher.«

»Hi, Schwachkopf.«

Zoes Stimme zauberte ein Lächeln auf sein Gesicht. Ihm wurde wieder bewusst, wie sehr er sie vermisst hatte. »Schön von dir zu hören, Zicke. Wie geht es dir?«

»War keine lustige Zeit. Was hat dir Max erzählt?«

»Nicht viel. Nur, dass du dich in Mannheim herumtreibst und Ärger hast. Du kannst mich gerne mit Details versorgen.«

»Ich hoffe, der Handy-Akku ist voll.« Dann begann Zoe zu erzählen. Von dem Moment, an dem sie Berlin verlassen hatte, bis zum Umzug in das Hotel.

»Und ich dachte, ich habe eine aufregende Woche gehabt«, kommentierte Jan, nachdem die Rechtsmedizinerin fertig war.

»Weniger spannend wäre mir lieber gewesen. Ich bleibe noch ein paar Tage in Mannheim und schaue, was die Polizei herausbekommt. Der Brand dominiert die Schlagzeilen in der Lokalpresse. Wenn jemandem auffällt, dass die vier Toten ermordet wurden, wird hier richtig was los sein. Wie läuft es bei dir?«

»Ich könnte eure Hilfe gebrauchen. Ein Opfer, das zum Selbstmord gedrängt wurde, und ein verrückter Pharma-Vorstand, der den Fall unter den Teppich kehren möchte.« Als Jan seine Erzählung beendet hatte, war das Taxi vor der Kripo angekommen. »Die einzigen Personen, die mir mehr über PERV9 sagen können, sind verschwunden.«

»Moment«, unterbrach Zoe. »Hast du PERV9 gesagt?«

»Weißt du etwas darüber?«, fragte Jan verwundert.

»Nein, aber als ich in der Küche war, konnte ich ein Gespräch von Maurice und einem seiner Männer hören. Sinngemäß sagte er: ›Suche die Unterlagen zu PERV9.‹ Ich hatte in dem Moment andere Sorgen, doch als du den eigenartigen Projektnamen erwähnt hast, ist es mir wieder eingefallen.«

»Jetzt wird es unheimlich«, sagte Jan. »Was hat denn der Tod von Isak Neumann mit Maurices Verrat an deinem Vater zu tun?«

»Tatsächlich ist es möglich«, begann Zoe. »So wie ich dich verstanden habe, könnte PERV9 ein illegales Experiment gewesen sein. Pharmazie-Forschung ist sehr teuer. Nichts, was man aus der Portokasse bezahlen kann, also musste von Ladeck Geldgeber suchen. Eine Bank finanziert das nicht, also kommen Leute wie mein Vater ins Spiel. Ein Medikament, das den Abstoßungseffekt bei Organtransplantationen ausschaltet, wäre ein Milliarden-Geschäft. Da würde Tony sofort einsteigen.«

»Dein Vater kennt Ferdinand von Ladeck?«

»Tony ist tiefer in der Berliner Society verankert, als du dir vorstellen magst. Jeder weiß, dass er in der Mafia mit drinhängt, aber solange er nicht ins Gefängnis wandert, ist er ein angesehener Geschäftsmann.«

»Was ist an diesen Retroviren so ungewöhnlich?«

»Genaugenommen geht es um Porcine endogene Retroviren, also die Transplantation von Schweine-Organen auf den Menschen. Das wird allgemein mit PERV abgekürzt.«

»Und das ist illegal?«

»Nein. Daran wird seit den 90er Jahren gearbeitet. Die Vorteile liegen auf der Hand. Man könnte über Nacht den Bedarf an Organen für Transplantationen decken. Keine Wartelisten mehr, Dialyse und Diabetes tauchen nur noch in Geschichtsbüchern auf. Aber die Probleme sind immens. Die Abstoßungsreaktionen treten nach Stunden auf. Außerdem kann es zu xenogenen Virus-Infektionen kommen, die im Spenderorgan vorhanden sind. Da man bei Transplantationen das Immunsystem der Organempfänger mit Immunsuppressiva unterdrückt, ist die Katastrophe vorprogrammiert.«

»Aber was hat Mentzel dazu bewogen, aus PERV9 auszusteigen, und was macht Ferdinand von Ladeck so nervös?«

»Versuche an Menschen werden in Deutschland extrem reguliert. Ladeck Pharma wird keine Lizenz bekommen und deshalb nicht genehmigte Experimente gemacht haben. Wenn das auffliegt, bekommen sie richtig Stress. Das reicht von Anzeigen wegen schwerer Körperverletzung für die beteiligten Wissenschaftler und Manager, bis hin zu ruinösen Geldstrafen für die Firma. Verständlich, dass Ludwig Mentzel nicht mitmachen wollte und Ferdinand von Ladeck alles für eine Verschleierung unternimmt. Jetzt macht die Rolle von Maurice Sinn.«

»Inwiefern?«, fragte Jan.

»Der gute Ferdinand hat ihn als Absicherung gekauft. Solange nichts über PERV9 an die Öffentlichkeit gelangt ist, hatte Ladeck Pharma nichts zu befürchten, aber der Angriff von Maurice war in der Nacht nach Isak Neumanns Tod. Von Ladeck hat Angst bekommen. Er wusste, dass Tony Unterlagen über PERV9 als Absicherung hatte.«

»Wie kam er mit Maurice in Kontakt? Der Bodyguard deines Vaters steht nicht im Telefonbuch.«

»Maurice macht die schmutzige Arbeit. Nachdem ein Deal abgeschlossen ist, überbringt er das Geld, die Waffen, die Drogen, was immer der Kunde bekommt. Wenn das Geschäft auffliegen sollte, lässt es sich nicht zu Tony zurückverfolgen.«

»Und bei der Übergabe hat sich von Ladeck die Dienste von Maurice gesichert«, bemerkte Chandu.

»Nicht ohne Risiko«, sagte Zoe. »Maurice war immer treu, aber von Ladeck muss ihm eine Summe geboten haben, die ihn ins Wanken gebracht hat.«

»Um welchen Preis?«, fragte Jan. »Maurice hat vier Leute umgelegt, von Ladeck wollte Bergman bestechen und hat einen Killer auf mich angesetzt, nur um ein nicht genehmigtes Experiment zu verschleiern?«

»Was immer PERV9 für ein Projekt war«, sagte Zoe. »Es muss so illegal gewesen sein, dass von Ladeck dieses Risiko eingehen musste.«

»Hat Maurice die Unterlagen gefunden?«

»Ich glaube nicht«, erklärte Zoe. »Ich habe Tony in seiner Mannheimer Villa nie etwas wegschließen sehen. Auch gab es keine besonders gesicherten Räume, daher wird es nicht dort gewesen sein.«

»Hast du eine Idee?«

»Da sind wir bei meinem alten Problem. Ich habe mich aus Tonys Geschäften herausgehalten.«

»Ich stecke in einer Sackgasse«, sagte Jan. »Durand und Mentzel sind untergetaucht. Ohne triftigen Grund kann ich nicht nach ihnen fahnden lassen. Grein hat die Hosen voll und lässt sich eher nach Guantanamo verschiffen, als mit mir zu reden. An von Ladeck komme ich nicht heran.«

»Was ist mit Isak Neumann?«

»Die Wohnung wurde auf den Kopf gestellt und Max hat seinen Computer gehackt, aber wir haben keinen Hinweis auf PERV9 gefunden.«

»Dann brauchst du Tonys Unterlagen«, sagte Zoe. »Was immer mein Vater an Informationen hatte, sie waren brisant genug, dass von Ladeck ihn umlegen und die Unterlagen haben wollte.«

»Wie willst du das anstellen?«

»Mein Vater ist tot oder abgehauen. Maurice hat nicht, was er wollte, aber er glaubt, dass ich es weiß, sonst würde er nicht nach mir suchen. Vielleicht sollte ich mit ihm reden.«

»Mit dem Typ, der dich umlegen wollte?«, fragte Chandu.

»In der Öffentlichkeit dürfte das kein Problem sein.«

»Sorry, Zoe, ein öffentlicher Platz wird Maurice nicht von einem Mord abhalten.«

»Zuerst braucht er mich lebend.«

»Nach zehn Sekunden wird er merken, dass du nichts weißt. Dann legt er dich um.«

»Maurice ist die einzige Spur zu den Unterlagen.«

»Wie willst du an ihn herankommen. Hast du seine Nummer?«

»Bedauerlicherweise nicht, daher gehen wir in die Öffentlichkeit. Irgendwann wird mich einer seiner Männer entdecken.«

»Ein Scheißplan.«

»Das ist die Gelegenheit, Maurice und meinem Vater eins auszuwischen«, sagte Zoe bestimmt. »Darauf warte ich schon zwanzig Jahre. Wenn die beiden im Knast sind, bekommen Lisa und ich unser Leben zurück. Keine Versteckspiele mehr. Und wenn Jan mit den Unterlagen einen Bastard wie Ferdinand von Ladeck überführen kann, umso besser.«

Chandu seufzte hörbar.

»Du wirst es ihr nicht ausreden können«, bemerkte Jan.

»Gib mir ein paar Stunden Zeit«, bat Chandu. »Ich muss meine Freunde in Berlin um einen Kontakt in Mannheim bitten. Unbewaffnet trete ich einer Truppe von Mafia-Schlägern nicht gegenüber.«

»Seid vorsichtig«, mahnte Jan. »Das ist ein großes Spiel. Von Ladeck hat kein Problem damit, wenn es zwei weitere Leichen gibt.«

Jan hatte kaum die Dienststelle betreten, als Patrick mit einem Stapel Akten unter dem Arm in sein Büro kam. Er schloss die Tür und ließ die Jalousien herunter.

»Ich bringe dich auf den aktuellen Stand.« Patrick legte ein Foto des toten Isak Neumann auf den Tisch. »Hier gibt es nicht viel Neues. Dank der Video-Aufnahme und der Spuren in der Wohnung wissen wir, dass Neumann in der Nacht angegriffen wurde und ihm jemand das Rückgrat brach. Walter aus der Rechtsmedizin hat mehr oder weniger bestätigt, dass ein stumpfer Gegenstand, wie eine Eisenstange oder ein Knüppel, dazu benutzt worden ist. Mein Favorit für die Tat bleibt Durand, aber wir haben keine Spuren gefunden, die auf seine Anwesenheit hindeuten. Der Mordfall ist offiziell abgeschlossen. Jetzt ermitteln die Kollegen vom Einbruch.«

Das nächste Foto zeigte Jans zerstörten BMW. Seine Hand fuhr unwillkürlich zum Kopf. Trotz seiner Verletzung hatte er Glück gehabt. »Wir haben die Befragung der Anwohner und Spaziergänger rund um den Sprintwiesenteich abgeschlossen. Es hat nicht einmal für eine Phantomzeichnung von Siegfried gereicht.«

»Siegfried?«

»So haben wir deinen blonden Angreifer getauft«, erklärte Patrick achselzuckend. »Niemand hat ihn aus der Nähe gesehen, und wir haben keinen Hinweis auf ein unbekanntes Fahrzeug. Es gibt keine Zeugen zum Überfall auf dich. Die Jungs von der kriminaltechnischen Untersuchung haben die ganze Nacht dein Wrack auf den Kopf gestellt. Es gab keine Spuren von Siegfried. Selbst an der Fußmatte war keine DNA.«

»Ein Profi.«

»Zweifelsohne. Vielleicht ist er auch für den Angriff auf Neumann verantwortlich?«

»Glaube ich nicht«, sagte Jan. »Der Selbstmord ist der Auslöser für den ganzen Ärger, den von Ladeck zu vertuschen versucht. Ein Profi hätte das eleganter gelöst. Das mit Neumann war etwas Persönliches.«

»Wegen der Gemeinsamkeiten zu Mentzels Unfall habe ich mir nochmal seinen Fall vorgenommen. Das Wrack ist schon vor Monaten in der Schrottpresse gelandet und die Akte gibt auch nichts her, weil es als Unfall unter Trunkenheit deklariert wurde und nicht als Mordversuch.«

Patrick legte seine Unterlagen auf den Tisch. »Um es zusammenzufassen: Wir haben wenig. Keine konkreten Hinweise auf den Angreifer, weder bei Neumann noch in deinem Fall und kaum Ahnung, was PERV9 für ein Projekt war.« Patrick schüttelte den Kopf. »Ich habe keine Idee, wie wir weitermachen sollen.«

»Solange Durand und Mentzel nicht wieder aus der Versenkung auftauchen, bleibt nur Grein.«

»Ich habe gestern versucht, ein Gespräch mit ihm zu bekommen. Trotz aller Drohungen, mir einen Gerichtsbeschluss zu besorgen und Ladeck Pharma mit Klagen zu überziehen, habe ich es nur bis zum Empfang geschafft. An Grein kommen wir nicht heran.«

»Er weiß etwas«, sagte Jan. »Seine Angst, etwas auszuplaudern, ist größer als die Strafe wegen Behinderung der Justiz. Wenn Siegfried im Auftrag von Ladecks gehandelt hat, ist diese Angst berechtigt. Außerdem war Grein in PERV9 involviert. Wenn es so illegal war, wie wir vermuten, wird das seine Bereitschaft zur Aussage nicht erhöhen.«

»Vielleicht können wir ihm Immunität anbieten.«

»Wäre eine Möglichkeit, aber dazu müssen wir erst mit ihm reden«, sagte Jan. »Morgen ist Samstag. Ich besuche ihn zu Hause. Dort gibt es weder eine übereifrige Security noch eine Rechtsabteilung. Wenn ich vor seiner Tür stehe, wird er mich nicht mehr los.«

Chandu war über Zoes Plan, in die Öffentlichkeit zu gehen, nicht glücklich. Bezüglich ihrer Wunde war es noch zu früh für längere Spaziergänge, trotz der starken Schmerzmittel, die sie mehrmals am Tag einnahm. Außerdem behagte ihm der Gedanke nicht, dass er unbewaffnet in einen von Maurices Männer laufen konnte, doch Zoe war unnachgiebig und hatte ihm nach dem Gespräch mit Jan ein paar Orte in Mannheim genannt, die sie die nächsten Tage aufsuchen würden, um die Aufmerksamkeit von Tonys ehemaligem Bodyguard auf sich zu ziehen. Die Liste reichte von Kneipen und Restaurants, über die Fußgängerzone, bis hin zu einem Wald am Rande Mannheims. Er würde ihr erstes Ziel sein.

Dort angekommen, hatte Chandu sichtlich nervös das Auto abgestellt und sich in die Menge von Joggern, Hundeliebhabern und Familien mit Kindern eingereiht, die an diesem Tag zahlreich unterwegs waren. Als er keine potenziellen Mafia-Schläger entdecken konnte, hatte ihn schnell die Ruhe der sich im Wind wiegenden Bäume erfasst. Er liebte den Wald, den torfigen Geruch des Bodens und die Stille, die einen umgab. Es hatte etwas Ursprüngliches und Ewiges zugleich. Auch wenn ein Baum starb, so überdauerte der Wald die Jahrhunderte, unveränderlich, unbeeindruckt von den Generationen, die unter seiner Krone umherwanderten.

Zoe ging über einen kleinen Trampelpfad von der Straße weg, direkt zu einem Gehege. Durch einen Zaun getrennt stand eine Gruppe Bisons auf einer Wiese, ruhig, als würden sie im Stehen schlafen, unbeeindruckt von Besuchern, schreienden Kindern oder Hunden, die auf der anderen Seite umhertollten. Sie hatten eine große Auslauffläche, mit Wiesen, Bäumen und einem kleinen Hügel, trotzdem trieben sie sich am Zaun herum, als würden ihnen die Menschen eine angenehme Abwechslung bescheren.

Zoe legte die Hand auf den Zaun und schloss die Augen. Eine Zeit lang schien sie sich in Erinnerungen zu verlieren. »Als ich klein war, ist meine Mutter immer mit mir in den Käfertaler Wald gegangen«, begann sie leise, ohne die Augen zu öffnen. »Zuerst haben wir die Wildschweine gefüttert, dann sind wir weiter zu den Bisons, den Mufflons und dem Rotwild. Ich habe alle Tiere geliebt, aber die Bisons hatten es mir besonders angetan. Sie waren so groß und stark, doch ebenso schön mit ihrem Fell und ihren kräftigen Hörnern. Ich stand stundenlang am Zaun und gab ihnen Namen. Ich redete mit ihnen, als wären sie meine Freunde. Währenddessen setzte sich meine Mutter mit einem Lächeln auf die Bank, die Augen geschlossen, als wäre sie an keinem Ort lieber als hier.«

Sie drehte sich zu der kleinen Holzbank um, als könnte sie dort den Geist ihre Mutter sitzen sehen. »Wenn ich noch nicht müde war, sind wir weiter zum Abenteuerspielplatz gelaufen, kletterten in die Baumhäuser, schaukelten so hoch wir konnten oder hängten uns an die Seilbahn.« Sie schüttelte den Kopf. »Mein Gott.« Ihre Stimme war leise. »Das ist so lange her und doch erinnere ich mich an ihr Gesicht, ihre Stimme und ihr Lachen.« Sie legte die Hand an einen Baum. »Ich habe dich vermisst, mein alter Freund. Es ist schön, wieder hier zu sein. Nirgends war ich glücklicher.«

Dann spazierte sie weiter, langsam, fast wie in Trance, auf den Spuren ihrer Kindheit.

Bernard war schon lange nicht mehr hier gewesen, zu sehr schmerzte die Erinnerung. Seit Lauretta nicht mehr bei ihm war, wirkte die Unterführung so kalt wie beim ersten Mal, als er sie betreten hatte. Achtlos abgeladener Sperrmüll blockierte den Eingang. Daneben lagen blaue Säcke mit zerrissener Tapete und ein verschimmelter Karton mit Glaswolle. Der Gestank des verstopften Abwasserrohrs hielt jeden Spaziergänger davon ab, durch die unbeleuchtete Betonröhre zu laufen. Ein guter Ort für einen Obdachlosen, fern der Wohngebiete, wenig einladend und verborgen. In einer Nische hatte Bernard seine Schlafstatt gehabt, geschützt vom beißenden Wind, der durch den Gang wehte und von schmierigen Pfützen, die nie zu trocknen schienen. Hier hatte er Lauretta das erste Mal getroffen, das erste Mal ihre Hand gehalten und das erste Mal ihre Stimme vernommen. Hier hatte sein Traum begonnen, von einer Zukunft für ein Leben, das bis dahin keine Träume mehr gehabt hatte.

Bernards Schritte hallten laut durch die Unterführung. Er ging zu der Nische, setzte seinen Rucksack ab und zog eine Decke heraus. Sie war verwaschen, ausgefranst und eingerissen und doch hatte sie ihnen in den kalten Dezembernächten Wärme geschenkt. Er schloss die Hände um die Decke und hielt sie sich an die Wange. Die kalte Wolle kratzte auf seinem unrasierten Gesicht, aber er meinte noch immer Laurettas nach Blumen duftendes Parfüm zu riechen, das sie auf der Straße gefunden hatte und von dem sie jeden Morgen etwas an ihren Hals geträufelt hatte. Für andere Menschen wäre es zu billig gewesen, zu schwer und nicht elegant genug, aber für ein Leben, das nur aus Elend und Gestank zu bestehen schien, war es wie eine kleine Wiedergeburt, ein Aufblitzen der Hoffnung an einem elenden Ort.

Als er die Augen schloss, verschwanden die dunkle Unterführung, die Kälte und der prasselnde Regen. Er meinte ihre Stimme zu hören, sah ihr sanftes Lächeln und spürte ihre

Hand an seiner Wange. In seinen Träumen war er wieder bei ihr und vergaß, dass sie längst weg war. Eine Zeit lang verlor er sich in Vergangenem, dann erinnerte er sich wieder an das Versprechen, das er ihr gegeben hatte, und kehrte in das Jetzt zurück.

Er küsste die Decke, die ihren Duft noch bewahrt hatte, als wäre es nicht der kratzige Stoff, den er berührte, sondern ihre weiche Haut, und stand auf. Seine Aufgabe war noch nicht beendet.

Jan konnte kaum die Augen offenhalten, als er die Treppe nach oben schlurfte. Wie ein alter Mann hielt er sich am Geländer fest und setzte bedächtig einen Fuß vor den anderen. Die Kopfschmerzen waren zu seinem ständigen Begleiter geworden. Der Unfall hatte ihn mehr geschwächt, als er zugeben wollte. Bei zeitkritischen Ermittlungen übernachtete er oft in seinem Büro, aber sein Körper flehte regelrecht nach einer Dusche und einem weichen Bett. Das Hungergefühl würde er mit Schokolade befriedigen müssen. Er hatte nicht einmal die Kraft, eine Tiefkühlpizza in den Ofen zu schieben.

Die Müdigkeit hatte heute ungewöhnlich früh eingesetzt und doch war er bis 22.00 Uhr in der Dienststelle geblieben. Als er merkte, dass er im Begriff stand, am Schreibtisch einzuschlafen, hatte er sich ins Auto gesetzt und war nach Hause gefahren. Vor seiner Wohnung kramte er die Schlüssel aus seiner Jacke, als er Schritte vernahm.

Seine Nachbarin Lan kam zu ihm gelaufen. Sie trug lange Röhrenjeans, die ihre schlanke Figur gut zur Geltung brachten. Ihre langen Haare waren auf die rechte Seite gekämmt und liefen über ihren beigen Pullover bis fast zu ihren Hüften. Selbst die Lesebrille konnte die Attraktivität ihrer asiatischen Gesichtszüge nicht schmälern.

»Guten Abend, Jan.« Ihr Blick fiel auf seine große Beule am Kopf. »Ich habe von dem Unfall gehört. Wie geht es dir?« Ihre Stimme klang sorgenvoll.

Jan winkte ab. »Ich habe einen harten Schädel.« Er zwang sich zu einem Lächeln.

Lan erwiderte das Lächeln schwach, wirkte aber nicht überzeugt.

»Es ist wirklich okay«, sagte Jan und schloss die Tür auf.

Sie reichte ihm einen kleinen Topf. »Ich habe Bún Cha für dich gekocht. Das hat dir das letzte Mal so gut geschmeckt.« Als sie den Deckel hob und sich der Duft des marinierten Schweinefleischs im Gang ausbreitete, hätte sich Jan am liebsten sofort auf das vietnamesische Essen gestürzt. Es kostete ihn Mühe, den Topf nur entgegenzunehmen und freundlich zu nicken.

Lan spielte unsicher mit der kleinen Silberkette an ihrem Hals, als wüsste sie nicht, was sie sagen sollte. Schließlich drehte sie sich um und winkte kurz. »Gute Nacht«, verabschiedete sie sich und ging zu ihrer Wohnung zurück.

»Warte«, sagte Jan nach einem Moment. »Tut mir leid, dass ich nicht sehr gesprächig bin, aber der Fall ist einer der schlimmsten, die ich je hatte«, begann er. »Ich weiß nicht, wann er beendet sein wird, aber wenn du möchtest, nehme ich dich dann zu meinem Lieblings-Italiener mit. Die Einrichtung ist etwas rustikal, aber er macht die besten Rigatoni der Welt.«

Für einen Augenblick kehrte das entzückende Klein-Mädchen-Lächeln auf Lans Gesicht zurück. »Das würde mich freuen«, sagte sie und ging in ihre Wohnung.

Jan blieb im Gang stehen, bis sich Lans Tür geschlossen hatte. Ihr Lächeln verzauberte ihn immer wieder. Für einen Moment waren selbst seine Kopfschmerzen vergangen. Dann eilte er in seine Küche und begann zu essen.

Bergman hatte schon viele Krisen bei der Kripo durchgestanden, Angriffe übereifriger Politiker abgewehrt und schlechte Presse mit einem Achselzucken abgetan, aber der Fall um Ferdinand von Ladeck ließ ihn nicht zur Ruhe kommen. Seit Stunden wälzte er sich unruhig im Bett herum. Er war wütend, dass er nichts gegen den Firmenchef in der Hand hatte. Je mehr sie ermittelten, umso mehr Rückschläge mussten sie verkraften, wobei der Angriff auf Jan der unrühmliche Höhepunkt in dieser Reihe war.

Bergmans Gedanken waren getrieben von der Suche nach Ideen, wie er von Ladeck beikommen sollte, aber was immer ihm einfiel, war nicht effizient genug oder illegal.

Der Kampf gegen die Verbrecher war kein faires Spiel, weil die Polizei sich an die Regeln halten musste. Bergman hatte sein Leben lang dafür gekämpft, dass dies auch so bleiben würde und doch wusste er, dass er von Ladeck mit den üblichen Methoden nicht beikommen konnte.

Vielleicht war es an der Zeit, den Pfad zu verlassen, doch Bergman fürchtete sich davor, dass er Gefallen daran finden konnte, hier eine kleine Übertretung der Regeln und dort eine Auslassung der Vorschriften. Es wäre leichter, zweifelsohne, aber es war auch ein Weg ohne Wiederkehr. Einige Kollegen hatten ihn eingeschlagen und kaum einer war unbeschadet davongekommen.

Es war eine schwierige Abwägung. Auf der einen Seite stand alles, an was er immer geglaubt hatte: Integrität, Rechtschaffenheit und Gesetzestreue. Auf der anderen Seite war Ferdinand von Ladeck, ein Verbrecher der schlimmsten Sorte, ein Mann, dem man das Handwerk legen musste.

Vielleicht nahm er sich zu wichtig, überlegte Bergman. Wenn er seine Anstellung verlieren würde, würde sein Leben weitergehen, nicht so komfortabel wie zuvor, aber er würde nicht in die Armut abrutschen. Sein Ruf war ihm egal. Was war eine unehrenhafte Entlassung im Vergleich zur Verurteilung Ferdinand von Ladecks? War er das nicht der Gesellschaft schuldig? War das nicht seine Aufgabe als Polizist?

Er vermisste Gabrielle. In solchen Momenten war seine Frau immer ein guter Ratgeber gewesen, doch würde er sie nicht mitten in der Nacht aus dem Bett holen und sie mit seinen Sorgen belasten. Er musste das mit sich allein ausmachen. Heute Nacht wünschte er sich ein wenig wie Jan zu sein, der instinktiv zu wissen schien, was richtig und was falsch war, eine Eigenschaft, die man nicht lernen konnte.

Eine Zeit lang starrte Bergman noch in die Dunkelheit seines Schlafzimmers, als könnte er darin die Lösung seiner Probleme finden, dann schaltete er mit einem Seufzen das Licht an. Er stand auf, griff nach seinem Handy und wählte eine Nummer. Es gab nicht viele Leute, denen er blind vertraute. Fabian Gisker war einer davon. Er war innerhalb der Polizei Berlins fast eine Legende, weniger wegen seiner Erfolge, sondern eher wegen seiner Verrücktheiten, die seine Vorgesetzten regelmäßig in den Wahnsinn trieben. Er und Fabian hatten zusammen die Grundausbildung an der Akademie durchlaufen. Er hatte noch nie einen Menschen getroffen, der so anders war als er, aber vielleicht waren sie gerade deshalb vom ersten Moment an Freunde geworden. Fabian hatte ihm Jan für den Dienst bei der Kripo empfohlen, ein Tipp, für den er ihm noch immer dankbar war. Sein Freund mochte auf einen Fremden faul und ungehobelt wirken, aber Bergman wusste, dass selbst ein Scheck über hundert Millionen Fabian nicht aus seinem mit Donuts überfüllten Streifenwagen locken konnte.

Sein Gesprächspartner nahm nach dem dritten Klingeln ab.

»Hier ist Klaus«, sagte Bergman. »Entschuldige die späte Störung, aber du bist doch noch in Kontakt mit pensionierten Kollegen?«

Fabian bejahte.

»Ich hätte da einen kleinen Überwachungsauftrag, von dem niemand außer uns erfahren darf.«

Tief in seinem Inneren sträubte sich etwas in Jan, samstags um sechs Uhr aufzustehen, aber er wollte Grein zu fassen bekommen, noch bevor dieser richtig ausgeschlafen hatte. Wenn er erst einmal in dessen Wohnung war, würde er Jan nicht mehr loswerden.

Jan vermisste seinen BMW. Der Leihwagen hatte nur eine schlechte Stereoanlage, keinen Getränkehalter und eine miese Beschleunigung. Die Straßen waren leer und das Neonlicht der Lampen wirkte einschläfernd. AC/DC voll aufgedreht, würde seine Müdigkeit vertreiben, aber das Radio des Dienstwagens wäre selbst mit Volksmusik überfordert gewesen. Bei keinem Fall hatte man Jan zur Arbeit motivieren müssen, doch den Verlust seines geliebten Autos und den Mordversuch auf ihn nahm er persönlich, und Grein war der Nächste, der seinen Frust darüber spüren würde.

Nach zehn Minuten Fahrt war Jan am Ziel. Grein schien ähnlich gut zu verdienen wie Isak Neumann. Das fünfstöckige Haus lag nicht weit vom Gendarmenmarkt. Die Fassade erinnerte eher an einen italienischen Prunkbau als an ein Mehrfamilienhaus. Die Fenster waren bodenlang und führten zur Straßenseite hin auf einen Balkon, der mit dunklen Metallzäunen verziert war. Jan stellte seinen Wagen in eine Seitengasse, als ihm ein Polizeiauto auffiel, das quer über den Gehweg geparkt war. Daneben stand ein Beamter im Gespräch mit einem Mann in Arbeitskleidung, der nervös die Hände wrang und zu Boden sah. Jan stieg aus und ging über die Straße. Bei den Männern angekommen, zeigte er seine Dienstmarke. »Morgen, Kollege«, sagte Jan freundlich.

»Sie sind aber schnell.« Der Polizist wirkte überrascht. »Ich habe den Fall erst vor einer Minute gemeldet.«

»Ich bin zufällig hier vorbeigekommen. Was ist passiert?«

»In der Nacht wurde ein Bewohner des Hauses Opfer eines Raubüberfalls. Da seine Leiche zwischen zwei Containern abgelegt wurde, ist der Tote erst heute Morgen gefunden worden.«

»Wer ist das Opfer?«

»Ein gewisser Hagen Grein.«

KAPITEL 7

Jan war es leid, immer zu spät zu kommen. Er fühlte sich wie die Marionette in einem großen Spiel, ferngesteuert von Ereignissen, die er nicht beeinflussen konnte. Die Leiche war zweifelsohne Hagen Grein. Sein hagerer Körper lag zusammengekrümmt neben dem Müllcontainer, als hätte er sich zum Schlafen gelegt. Sein Kinn ruhte auf der Brust, die Augen geschlossen, der Mund leicht geöffnet, wie in einem letzten Atemzug. Das Blut hatte eine große Lache gebildet und sein Hemd durchtränkt. Die zähe, rote Flüssigkeit war bis in seine lichten, dünnen Haare gelaufen und hatte sich dort zu einer unappetitlich aussehenden Masse verbunden. Einzig die geballten Fäuste ließen auf den Schmerz schließen, den der Mann in den letzten Sekunden seines Lebens hatte erleiden müssen.

Vordergründig deutete alles auf einen Raubüberfall hin. Greins Uhr war gestohlen und sein Geldbeutel ausgeräumt. Der Täter hatte ihm ein Messer ins Herz gerammt, als er aus seinem AMG ausgestiegen war, und hatte die Leiche von der Straße zu zwei nahen Müllcontainern geschleift, wo der Tote erst am Morgen vom Hausmeister gefunden worden war. Trotz der akribischen Suche würde man keine Spuren finden, die auf den Mörder hindeuten würden, dessen war sich Jan sicher. Im Gegensatz zu Neumanns Wohnung gab es hier keine Kameras, die irgendetwas aufgezeichnet hatten.

Während Patrick die Anwohner befragte, ging Jan zum Hausmeister, der mit dem Rücken zum Tatort auf der Bordsteinkante saß. Sein Platz lag zwischen zwei Einsatzfahrzeugen, als würden die Autos einen Schutzwall um ihn bilden können. Es hatte zweier Tassen Kaffee und eines Salamibrötchens bedurft, bis der Mann sich beruhigt hatte. Eigentlich hatte er einen Papiereimer ausleeren wollen, als er auf den toten Grein gestoßen war. Der Leichenfund hatte ihn sichtlich mitgenommen.

Jan setzte sich neben den Mann. Es war kaum Platz für zwei zwischen den Autos. »Geht es Ihnen besser?«

Der Hausmeister nickte. »Entschuldigen Sie. Normalerweise bin ich nicht leicht zu schocken, aber ich bin in der Blutlache ausgerutscht und beinahe auf den Toten gefallen.« Er trank einen Schluck Kaffee. »Ich konnte mich nicht einmal an meinen Namen erinnern, als ich die Polizei angerufen habe.«

»Das ist vielleicht ein guter Anfang. Mein Name ist Jan Tommen und ich arbeite bei der Kripo Berlin.« Er schüttelte dem Mann die Hand.

»Jorin Ibendorf«, antwortete dieser. »Ich bin der Hausmeister.«

»Auch am Samstag?«

»Die Kundschaft ist hier exklusiver, daher schaue ich auch am Wochenende vorbei, damit die Bewohner nicht bis Montag warten müssen, falls die Klimaanlage ausfällt oder ein Klo verstopft ist.« Er zuckte die Achseln. »Die Überstunden werden bezahlt.«

»Wann waren Sie hier?«

»Kurz vor sechs. Gestern Abend wurde eine Waschmaschine geliefert, die ich heute Morgen ausgepackt habe.

Als ich den Papiermüll zur Tonne gebracht habe, habe ich die Leiche gefunden.«

»Kannten Sie den Toten?«

»Nur vom Namen her. Ich gehe selten in die Wohnungen hinein.«

Das Gespräch wurde von einer Rangelei gestört. Ein junger Mann hatte die Absperrung durchbrochen und rannte mit seinem Handy zum Tatort. Während das vor ein paar Jahren niemand gewagt hätte, war Tatort-Hopping zu einem Trend im Internet geworden. Jeder Ort eines Verbrechens wurde sofort gepostet. Kurz darauf strömten Massen von Verrückten zum Tatort, machten Videoaufnahmen mit ihrem Handy und versuchten, die Absperrung zu durchbrechen, um ein Foto zu schießen.

Der junge Mann war dem Polizisten entkommen und rannte, das Handy im Anschlag, zu dem Sichtschutz, hinter dem Hagen Greins Leiche lag. Er würde dort ankommen, bevor die Kollegen ihn einfangen konnten. Jan wollte aufspringen, aber von rechts kam Patrick angerannt. Er rammte dem jungen Mann die Schulter in die Seite und hob ihn regelrecht hoch, bevor er unsanft auf dem Asphalt landete. Das Handy hatte eine deutlich längere Flugzeit und prallte mit einem Klirren an eine Hauswand. Der Paparazzo keuchte laut und blieb für einen Augenblick schwer atmend liegen. Sichtlich mitgenommen, wurde er von den Polizisten aufgehoben und wieder hinter die Absperrung verfrachtet.

Jan nickte seinem Kollegen zu, der seinen Anzug vom Straßenstaub befreite. »Nicht schlecht.« Er hätte Patrick nicht für einen Kämpfertyp gehalten.

»Rugby-AG an der Uni«, antwortete er achselzuckend.

Jan wollte sich wieder dem Hausmeister zuwenden, als er aus dem Augenwinkel Bernard Durand wahrnahm, der sich zu den Gaffern gesellt hatte. Sein Kopf ragte nur kurz zwischen zwei tuschelnden Frauen hervor. Ihre Blicke trafen sich einen Moment. Dann wandte sich Durand ab.

Jan sprang auf und rannte zu dem roten Plastikband. Er drängte sich zwischen den Menschen hindurch, doch bei den Frauen angekommen, konnte er Durand nicht mehr sehen. Jan zog sich auf ein Fenstersims und sah von oben auf die Schaulustigen, doch sein Hauptverdächtiger blieb verschwunden. Fluchend kletterte er herunter. Dass Durand am Tatort war, konnte kein Zufall sein.

Ihr Spiegelbild sah müde aus, viel zu dünn, fast ausgezehrt. Die Monate bei ihrem Vater hatten ihren Tribut gefordert, nicht nur in Form der Wunde, auch seelisch. Zoes Blick war leer und ohne Glanz. Chandu schlief noch. Er hatte die ganze Nacht an der Zimmertür Wache gehalten, bis die Sonne aufgegangen war. Dann hatte er sich ins Bett gelegt und war sofort eingeschlafen.

Die Anwesenheit des großen Mannes hatte ihr etwas Elan zurückgebracht, ebenso wie die Zeit bei ihrer Schwester. In deren wunderschönem Garten war ihr bewusst geworden, wie wichtig ihr die wenigen Menschen in ihrem Leben waren.

Ihre Finger fuhren über die Narbe. Zu oft hatte sie Schmerzen erleiden müssen, zu oft sich in den Schlaf geweint, zu oft Angst vor ihrem Vater gehabt. Und immer hatte sie die Menschen um sie herum anlügen müssen, ihre Freunde, ob sie Geschwister habe, ihre Lehrer, womit ihr Vater sein Geld verdiene, bis zur Personalabteilung der Polizei, warum sie nur einen Elternteil habe. Zu sehr hatte sie sich an dieses Leben gewöhnt, sodass es einen Mordversuch gebraucht hatte, um zu verstehen, wie schlimm es war. So sehr die Wunde schmerzte, hatte der Angriff also doch etwas Gutes gehabt.

Ihr Vater war verschwunden und hatte sie zurückgelassen. Nicht überraschend, aber es hatte ihr die Möglichkeit eröffnet, ein Stück ihrer Freiheit wiederzuerlangen. Um sie vollends zurückzugewinnen, musste sie Maurice aus dem Verkehr ziehen und die Geschäfte ihres Vaters aufdecken.

Jans Fall mit Ladeck Pharma war die Gelegenheit, auf die sie gewartet hatte. Sie könnte ihre Schwester sehen, wann immer sie wollte, ohne Angst zu haben. Kein Versteckspiel mehr. Dazu benötigte sie Tonys Unterlagen zu PERV9, und alles würde zu Fall kommen. Das Schicksal hatte ihr diese Chance geschenkt und sie würde sie ergreifen. Was immer es sie kosten würde, an die Aufzeichnungen zu kommen, sie war bereit, es zu bezahlen und sei es, um die Menschen zu schützen, die sie so sehr liebte.

Als er die Wand mit Tatortfotos betrachtete, wurde Jan bewusst, wie sehr er Chandu und Zoe vermisste. Die Rechtsmedizinerin hätte Neumanns und Greins Leiche besser lesen können, als der zögerliche Walter, und sein großer Freund hätte in der Unterwelt mehr über von Ladeck herausfinden können als alle Informanten der Kripo. Er hatte sich an diese Vorzüge gewöhnt, aber erst jetzt, wo er sich nicht mehr darauf verlassen konnte, wusste er sie wirklich zu schätzen. Vielleicht hatte ihr Aufenthalt in Mannheim auch etwas Gutes und brachte Neues über PERV9 zutage. Wenn Maurice dafür vier Leute getötet hatte, mussten die Unterlagen brisant sein, aber ihr Spiel war gefährlich und weder Zoe noch Chandu hatten Freunde, auf deren Hilfe sie dort zählen konnten.

Jans Gedanken wurden unterbrochen, als Max zur Tür hereinkam. Ihm folgten Patrick und Bergman.

»Zehn Uhr«, begann der Kripo-Chef. »Zeit für Neuigkeiten.« Er legte eine Aktenmappe auf den Tisch, setzte sich auf einen Stuhl und verschränkte die Arme vor der Brust. Patrick nahm neben ihm Platz, während Max eine Steckdose für den Laptop suchte.

Jan stand auf und stellte sich neben die Pinnwand mit den Tatortfotos. »Laut Rechtsmedizin wurde Hagen Grein um Mitternacht ermordet.« Jan deutete auf ein Bild der Leiche, auf dem Boden neben dem Müllcontainer.

»Grein wurde durch einen Stich mit einer dünnen Klinge ins Herz von vorne getötet. Kein klassisches Messer. Eher eine Art Stilett.« Jan deutete auf eine stark vergrößerte Aufnahme einer Faser. »Zwischen den Zähnen des Opfers wurde eine schwarze Stofffaser gefunden, die zu einem Handschuh passen könnte. Wahrscheinlich hat ihm der Mörder die Hand auf den Mund gedrückt, während er zugestochen hat.« Jan ging zum nächsten Foto, die Aufnahme einer Autotür. »Die ersten Blutspritzer haben wir an Greins Auto gefunden. Diese zogen sich dann über den Gehweg bis zu den etwa zehn Meter entfernten Müllcontainern. Dort hat der Mörder sein Opfer abgelegt.«

»Wie lange hat er noch gelebt?«, fragte Bergman.

»Ein paar Sekunden.«

»Dann lag seine Leiche fast sechs Stunden dort?«

Jan nickte. »Das Licht der Straßenlampe reicht nicht bis zu den Müllcontainern. Selbst wenn jemand Grein dort hätte liegen sehen, hätte er ihn für einen Betrunkenen halten können. Die Blutlache hat sich von der Straße weg gebildet. Ein Spaziergänger hätte sehr genau nachsehen müssen.«

»Wer hat ihn gefunden?«

»Der Hausmeister Jorin Ibendorf ist quasi über den Toten gestolpert, als er Papiermüll herausgebracht hat.« Jan deutete auf das nächste Foto. In der Blutlache vor Greins Leiche erkannte man den verwischten Fußabdruck des Hausmeisters.

»Habt ihr den Mann überprüft?«, wandte sich Bergman an Max.

»Bisher gibt es keinen Zusammenhang zu einem Opfer, Verdächtigen oder zu Ladeck Pharma«, sagte der junge

Hacker, als er neben Bergman Platz nahm. »Die Suche läuft noch, aber ich glaube nicht, dass wir einen Treffer erhalten.«

»Greins Wohnung?«

»Sind wir dran«, erklärte Patrick. »Wir haben keine beruflichen Unterlagen gefunden. Vielleicht hat er sie versteckt oder in einem Safe gelagert. Demnächst müsste Greins Laptop hier ankommen. Vielleicht findet sich darauf etwas.«

»Und sein Handy? Hat er vor seinem Tod mit jemandem telefoniert?«

»Greins letztes Gespräch war eine Stunde vor seiner Ermordung mit Ferdinand von Ladecks Handy«, sagte Max. »An sich nichts Ungewöhnliches, aber es war das sechste Telefonat mit dem Firmenchef an dem Tag und dauerte fast vierzig Minuten. In den Monaten zuvor hat Grein einmal die Woche auf von Ladecks Handy angerufen und dann kaum länger als fünf Minuten. Wahrscheinlich haben sie mehr mit internen Apparaten bei Ladeck Pharma telefoniert.«

»Also könnte der Inhalt der Gespräche etwas mit Greins Tod zu tun haben?«, fragte Bergman.

»Möglich«, antwortete Jan, »aber was ist am Freitag vorgefallen, was Grein und von Ladeck so in Unruhe versetzt hat? An dem Tag habe ich das Krankenhaus verlassen und mich in Neumanns Wohnung umgesehen. Daran kann es nicht gelegen haben.«

»Ich habe Akten gewälzt und versucht, mehr über Durand herauszufinden«, erklärte Patrick. »Ich war nicht einmal in der Nähe von Ladeck Pharma.«

»Damit wären wir bei den Mordverdächtigen«, sagte Jan.

»Grein fuhr einen Sportwagen und trug einen teuren Anzug«, ergänzte Patrick. »Seine Uhr fehlt und sein Geldbeutel wurde ausgeräumt. Die offensichtlichste Erklärung ist ein Raubüberfall.«

»Dafür gibt es zu viele Ungereimtheiten«, sagte Jan. »Ein Junkie auf Entzug hätte Grein das Messer in die Brust gerammt und die Brieftasche mitgenommen. Er hätte ihm weder die Hand auf den Mund gedrückt noch hätte er Grein von der Straße geschafft. Außerdem passt das Stilett nicht. Ein professioneller Raubmörder hätte ihm vielleicht auflauern können, aber er wusste weder, wann Grein nach Hause kommen würde, noch wo er sein Auto abstellen würde. Ich tippe auf Mord, der wie ein Raubmord inszeniert wurde. Grein ist nicht zufällig Opfer eines Verbrechens geworden.«

»Dann bleibt die Zahl der Verdächtigen übersichtlich«, sagte Bergman.

»Selbst wenn du Durand am Tatort gesehen hast, bleibt mein Favorit Siegfried«, sagte Patrick. »Der gleiche Mann, der deinen Autounfall vorgetäuscht hat, könnte auch Grein aus dem Weg geräumt haben, wenn wir davon ausgehen, dass er im Auftrag von Ladecks gehandelt hat.«

»Mir fehlt das Motiv«, sagte Jan. »Grein hat sich Ladeck Pharma gegenüber loyal verhalten. Nach meinem Unfall habe ich nicht einmal einen Termin bei ihm bekommen. Nichts was er gesagt hat, hat uns weitergebracht.«

»Das Motiv muss in den gestrigen Gesprächen mit von Ladeck liegen«, vermutete Patrick. »Grein war Teil von PERV9. Vielleicht hat von Ladeck an Greins Loyalität gezweifelt.«

»Aber ein Mord ist ein immenses Risiko«, sagte Jan. »Hätte Einschüchtern nicht genügt?«

»Grein hatte außer seinem Beruf nicht viel«, ergänzte Max. »Er ist alleinstehend, ohne Geschwister. Sein Vater ist verstorben und seine Mutter in einem Pflegeheim für Demenzkranke an der tschechischen Grenze.«

»Vielleicht ist von Ladeck nervös geworden«, sagte Bergman. »Ich habe mich nicht bestechen lassen und du hast den Unfall überlebt. Ihm ist klar geworden, dass wir jetzt umso härter an dem Fall arbeiten. Mit dem Angriff auf einen Polizisten hat er eine Grenze überschritten.«

»Wenn uns Siegfried nicht zufällig über den Weg läuft, wird es schwer. Wie sollen wir eine Verbindung zwischen von Ladeck und einem Mann herstellen, von dem wir nicht einmal eine Phantomzeichnung haben?«

»Vielleicht helfen uns von Ladecks Verbindungsdaten«, sagte Patrick.

Max räusperte sich. »Euch ist klar, dass wir keinen Beschluss der Staatsanwaltschaft haben, von Ladecks Verbindungsdaten zu überprüfen?«

»Nehmen wir an, ich wäre nicht in diesem Raum«, begann Bergman, »und statt des Praktikanten Maximilien Kornecker würde der Hacker Maximum hier sitzen. Was würde er seinem Freund Jan über von Ladecks Verbindungsdaten sagen, die er über eine kleine Hintertür beim Netzbetreiber bekommen hat?«

Max betrachtete seine Finger, als dächte er über seine Antwort nach. »Von Ladecks Handy ist die nächste Sackgasse. Ein paar Telefonate von und zu Ladeck Pharma. Die kritischen Anrufe macht er wahrscheinlich über den Büroapparat. Da es sich um eine zentrale Leitung handelt, müsste ich mich ins Verteilernetz von Ladeck Pharma einhacken, um die ausgehenden Anrufe den einzelnen Apparaten zuzuordnen. Das geht nur vor Ort.«

Patrick seufzte. »Wie kriegen wir diesen Mistkerl?«

»Von Ladeck hat jahrzehntelange Erfahrung im Aushecken solcher Pläne«, erklärte Jan. »Ein Fehler unterläuft ihm nicht. Wir können nur weiter Druck machen und hoffen, dass jemand in seinem Umfeld einknickt und den Firmenchef mit runterzieht.«

»Die Zeit wird knapp«, mahnte Bergman. »Mit Neumann und Grein sind schon zwei der Projektbeteiligten tot. Mentzel und Durand sind untergetaucht. Wir brauchen mehr Informationen über PERV9. Irgendwo muss es jemanden geben, der uns weiterhelfen kann. Mit ihm bringen wir das ganze Kartenhaus zu Fall.«

»Ich gehe zurück in Greins Wohnung und suche nach Verstecken«, sagte Patrick.

»Ich habe das Video eines Geldautomaten aus der Nähe des Tatorts abgegriffen«, sagte Max. »Es ist pixelig und dunkel wie die Hölle, aber mit dem Todeszeitpunkt finde ich vielleicht etwas Verdächtiges. Dann nehme ich mir Greins Laptop vor.«

Jan setzte sich an den Tisch. »Ich rufe von Ladeck an und frage ihn zu den Telefonaten aus. Ich werde offiziell an der Raubmord-Theorie festhalten, dann wird er uns unterstützen müssen, denn nach außen hin wird er Greins Tod bedauern.«

»Von ihm wirst du nichts erfahren«, sagte Patrick. »Von Ladeck hat sich seine Aussage schon bereitgelegt.«

»Das ist nicht der Sinn des Anrufs. Ich will ihn nervös machen. Vielleicht setzt er Siegfried wieder auf mich an. Und dieses Mal werde ich unseren blonden Freund erwarten.«

Chandu war in seinem Leben schon oft geweckt worden, aber noch nie, indem man ihm eine Zeitung auf den Kopf geschlagen hatte. Nach einem kurzen Schreck wurde ihm wieder bewusst, dass er mit Zoe in einem Zimmer schlief. Von diesem Standpunkt aus betrachtet, war diese Art des Weckens regelrecht fürsorglich.

»Endlich haben sie es gemerkt.« Zoe hielt ihm die erste Seite der Lokalzeitung vors Gesicht. In großen Lettern stand: »Brandopfer wurden ermordet«. »Hat lang genug gedauert.«

Chandu setzte sich im Bett auf und überflog den Artikel. »Inwieweit hilft uns das?«

Zoe hob einen Finger. »Erstens ist die Villa auf meinen geliebten Papa Tony eingetragen. Sollte er wieder in Mannheim auftauchen, wird er Fragen zu dem Abend beantworten müssen. Das wird ihn davon abhalten, meine Heimatstadt die nächste Zeit zu besuchen.« Sie hob einen weiteren Finger. »Außerdem setzt es Maurice unter Druck. Jetzt läuft ein Riesenapparat an. Kriminaltechnische Untersuchungen, Kripo, Fahndungen, eben alles, was das Herz begehrt. Mit jedem Tag, den er in Mannheim verbringt, steigt das Risiko, in die Fahndung zu geraten. Er muss sich beeilen, also wird er die nächste Gelegenheit nutzen, uns zu fassen. Dabei bleibt ihm wenig Zeit zum Planen – was uns in die Karten spielt.«

Zoe war euphorisch. Sie ging zu Chandus Nachttisch und nahm ungefragt sein Handy.

»Bedien dich«, bemerkte der große Mann.

Zoe scrollte durch die Kontakte, bis sie Max' Nummer gefunden hatte. Nach dem dritten Klingeln nahm er ab.

»Du musst was für mich besorgen«, begann Zoe ohne Begrüßung.

Der Hacker antwortete etwas.

»Ist mir egal, ob du seit heute Morgen einen neuen Fall hast. Glotz weniger Pornos, dann hast du mehr Zeit. Ich brauche einen forensischen Bericht der Kripo Mannheim.«

Zoe lief im Zimmer umher.

»Bin ich das Orakel von Delphi? Woher soll ich wissen, wo man den findet?«

Sie nahm eine Gauloises aus der Schachtel und griff nach ihrem Feuerzeug.

»Es geht um einen Brand mit vier Toten. So viele werden bei der Kripo nicht herumliegen.«

Sie steckte ihre Zigarette an.

»Was, morgen?«, fuhr sie auf. »Hast du deine Pickelcreme geschnüffelt? Ich gehe jetzt Kaffee holen, dann ist das Ding in meinem Postfach, oder ich reiße dir die Ohren ab.«

Zoe beendete das Gespräch und blies geräuschvoll den Rauch durch ihre Nase. »Mach mal los. Ich will frühstücken.« Sie warf Chandu das Handy hin. »Außerdem könntest du dich rasieren. Mit deinem ungekämmten Zottelhaar siehst du aus wie auf dem Weg zur Suppenküche.«

Chandu stand auf und schlurfte seufzend ins Bad. In seinem früheren Leben musste er ein übler Kerl gewesen sein, vielleicht Iwan der Schreckliche oder Vlad der Pfähler, sonst würde ihn das Schicksal nicht mit dieser Frau bestrafen.

Das Telefonat kam erstaunlich schnell zustande. Jan wurde sofort von der Assistentin zum Firmenchef weitergeleitet.

»Guten Morgen, Herr Tommen«, begrüßte ihn Ferdinand von Ladeck, als hätte er sich den ganzen Tag auf den Anruf gefreut. Jans Herzschlag beschleunigte sich und seine Hand krampfte sich um den Hörer. Er schloss die Augen und mahnte sich zur Ruhe. »Ich muss Ihnen leider mitteilen, dass ihr Mitarbeiter Hagen Grein gestern Nacht Opfer eines Verbrechens geworden ist.« Er würde das Gespräch professionell halten.

»Ich habe davon gehört. Schrecklich. War es wirklich ein Raubüberfall? Hat man den Täter gefasst?«

»Ich darf über aktuelle Ermittlungen keine Auskunft geben«, antwortete Jan unverbindlich.

»Ich verstehe. Wie kann ich Ihnen helfen?«

»Hat sich Herr Grein die letzten Tage seltsam verhalten? War er nervöser als sonst oder besonders gereizt?«

»Nein. Er war belastbar und konnte mit Stress umgehen. Er hatte immer viel zu tun und blieb oft bis tief in die Nacht. Ein verändertes Verhalten ist mir nicht aufgefallen.«

»Hat er jemals Morddrohungen erhalten?«

»Hagen Grein war ein freundlicher Mann und ein großartiger Wissenschaftler mit einer blühenden Zukunft in der Pharma-Branche. Warum sollte ihn jemand töten wollen?«

»Aus dem gleichen Grund, aus dem Isak Neumann angegriffen wurde. PERV9.«

»Wie sie wissen, haben wir mit diesem Projekt versucht, tierische Organe auf den Menschen zu übertragen, was Millionen von Leben hätte retten können. Wir sind keine Giftgas-Produzenten.«

Das Gespräch verlief so, wie Jan es befürchtete hatte. Unverbindlich und ohne weitere Erkenntnisse. Selbst mit ausgeklügelter Befragungstechnik würde er aus von Ladeck nichts herausbekommen, aber das war nicht der Zweck seines Anrufs. Es war Zeit, das Tempo zu erhöhen. »Wo waren Sie gestern Abend gegen Mitternacht?«

»Sie verdächtigen mich?«

»Würden Sie bitte auf die Frage antworten.«

»Ich war zu Hause.«

»Wo?«

»In meinem Haus im Grunewald.«

»Kann das jemand bezeugen?«

»Ich habe zwei Bedienstete im Haus. Die können Sie fragen.«

»Das werde ich«, sagte Jan. »Was war der Inhalt Ihrer Gespräche mit Hagen Grein?«

»Welche Gespräche?«

»Sie haben gestern sechsmal mit Hagen Grein telefoniert. Das letzte Gespräch war kurz vor seinem Tod.«

»Woher wissen Sie davon?«

»Bitte beantworten Sie die Frage.«

Von Ladeck seufzte. »Wir werden in diesem Jahr ein neues Medikament auf den Markt bringen. Dieser Prozess ist mit großem Verwaltungsaufwand verbunden. Ein Fehler führt zu Verzögerungen, was Ladeck Pharma viel Geld kosten würde. Und bevor Sie fragen, nein, es hat nichts mit PERV9 zu tun.«

»Also waren die Gespräche geschäftlicher Art.«

»Wie ich bereits sagte.«

»In Ordnung«, schloss Jan die Befragung. »Danke für Ihre Zeit.«

»Das war alles?«, fragte von Ladeck. Er schien vom abrupten Ende der Befragung überrascht zu sein.

»Bei einem Mordfall müssen wir das Umfeld des Opfers befragen. Hierzu gehören auch Arbeitskollegen. Unser Gespräch war nur der Vollständigkeit halber. Wir haben einen Zeugen für Hagen Greins Ermordung. Aus Sicherheitsgründen wurde er in ein Versteck gebracht, das nur mir bekannt ist. Ich bin sehr zuversichtlich, dass wir den Täter bald fassen werden.«

Ohne ein weiteres Wort legte Jan den Hörer auf und gönnte sich ein zufriedenes Grinsen. Der Köder war ausgeworfen. Er war gespannt, wie von Ladeck auf diesen Schachzug reagieren würde.

Chandu sah auf seine Uhr und seufzte. Seit einer Stunde stand Zoe auf dem Balkon und telefonierte mit ihrer Schwester. Sie sprach leise, während sie eine Zigarette nach der anderen rauchte. Vordergründig war sie wie immer. Sie griff sich manchmal an die Seite, aber ihre Genesung hatte die letzten Tage Fortschritte gemacht.

Trotzdem hasste es Chandu, dass sie ihn nicht in die Planung miteinbeziehen wollte. Auch wenn sie Maurice kannte, so unterschätzte Zoe die Gewaltbereitschaft solcher Schläger. Sie waren nicht mit normalen Maßstäben zu messen. Sie folterten Leute zum Spaß und töteten ohne Skrupel. Eine Rechtsmedizinerin und eine Krankenschwester waren einem Mafioso nicht gewachsen. Chandu hoffte, dass die Diek-Schwestern einen großen Bruder hatten. Sonst würde das Aufeinandertreffen mit Maurice eine Katastrophe werden.

Wegen der lauten Musik bemerkte er Jan erst, als dieser neben ihm stand. Max hörte mit dem Tippen auf und stellte den Mediaplayer auf Pause. Er sah sich nach einer Sitzgelegenheit für seinen Freund um, aber alle Stühle waren belegt. Schließlich wischte er mit der Hand die leeren Dosen vom Hocker, um Platz zu schaffen.

»Wie ist dein Gespräch mit dem Sonnenkönig gelaufen?«, fragte Max.

»Ganz gut.« Jan setzte sich auf den Stuhl. »Ich hoffe, er hat den Köder geschluckt. Wenn ja, wird sich Freund Siegfried bei mir melden.«

»Du glaubst, dass er seinen Killer erneut auf dich ansetzt?«

»Ich habe ihm von einem Tatzeugen erzählt, dessen Aufenthalt nur ich kenne. Wer immer seine Spitzel in der Polizei sind, sie werden nirgends eine Notiz darüber finden. Direkt danach fragen, wird mich niemand, sonst wäre von Ladecks Informant aufgedeckt, also bleibt nur dieser Weg.«

»Bei eurer letzten Begegnung hat dir Siegfried ordentlich eine verpasst, und zum Kaffee wird er dich dieses Mal auch nicht einladen.«

»Zugegeben, das wird nicht einfach, aber wenn ich darauf vorbereitet bin, wird es Blondie schwer haben und in eine abgelegene Gegend wie an den Sprintwiesenteich begebe ich mich nicht mehr.«

Max drückte ein paar Tasten auf dem Laptop. »Wo wir gerade von deinem neuen Freund sprechen …« Auf dem Bildschirm erschien ein Video. »Das ist die Aufnahme von dem besagten Geldautomaten in der Nähe des Tatorts.« Die Bildqualität war schlecht, Teile der Straße lagen im Dunkeln und die spärlich vorbeifahrenden Autos waren schwer zu erkennen. »Es war nicht viel Verkehr in der Nacht, aber um sechs Minuten nach Mitternacht fuhr ein schwarzer Jeep vom Tatort in Richtung Charlottenburg.« Max verlangsamte die Abspielgeschwindigkeit. Der Jeep, ein älterer Q5, fuhr in Schrittgeschwindigkeit an der Kamera vorbei. Bis auf die verdunkelten Scheiben konnte Jan keine besonderen Merkmale feststellen.

»Der Fahrer wäre interessant, aber bei den verdunkelten Scheiben und der schlechten Aufnahme wird das nichts.«

»Etwas Geduld«, sagte Max, während das Auto weiterfuhr. Dann blinkte ein Licht im Inneren auf. Der Fahrer hatte ein Feuerzeug angemacht und steckte sich eine Zigarette an. Das Licht hielt zwei Sekunden. Jan erkannte schemenhaft einen kräftig gebauten Mann im Anzug, mit auffallend hellen Haaren.

»Guten Abend, Siegfried.« Jan lächelte.

»Die Aufnahme ist ziemlich pixelig«, sagte Max. »Für ein Fahndungsfoto reicht es kaum.«

»Schick es an unseren Phantomzeichner. Zusammen mit meinen Erinnerungen vom Angriff am Sprintwiesenteich bekommen wir ein passables Bild zusammen.« Jan schlug dem jungen Hacker auf die Schulter. »In einer Stunde hat jeder Polizist von Berlin unseren Freund auf dem Schirm. Mal sehen, wann er uns ins Netz geht.«

Jan stürmte in Patricks Zimmer.

»Wir haben eine erste Spur zu Siegfrieds Wagen.« Jan legte einen unscharfen Ausdruck des Autos auf den Tisch. »Wir suchen einen dunklen Audi Q5 mit Berliner Kennzeichen.«

Patrick betrachtete die Aufnahme. »Habt ihr nicht mehr außer dem ›B‹ beim Kennzeichen?«

»Leider nicht. Der Winkel der Kamera gab nicht mehr her.«

Patrick blies hörbar die Luft aus. »In Berlin sind über eine Million Fahrzeuge zugelassen. Darunter einige dunkle Q5. Das wird dauern, die alle zu überprüfen.«

»Selbst wenn wir die ganze Nacht dransitzen«, sagte Jan überschwänglich, »haben wir unsere erste Spur zu Siegfried.«

Jans Freudentaumel wurde vom Klingeln seines Handys unterbrochen. Die Rufnummer war unterdrückt.

»Kommissar Tommen«, meldete sich Jan.

»Hier spricht Ludwig Mentzel.«

»Gut, dass Sie sich melden.« Er gab Patrick ein Zeichen. »Ich war bei Ihnen zu Hause …«

»Keine Zeit«, unterbrach Mentzel schroff. Ein lauter Schlag ertönte, als trete jemand gegen eine Tür.

»Was ist bei Ihnen …«

»Suchen Sie das Labor.« Jan hörte Holz brechen.

»Was für ein Labor?« Etwas fiel klirrend zu Boden.

»Die Experimente für PERV9 wurden in Berlin durchgeführt. Das ist der Grund, warum Bernard und ich das alles machen. Wenn Sie das Labor finden, können Sie alles aufdecken.«

»Wo sind Sie?«

»Vergessen Sie mich. Sie haben mich aufgespürt. Finden Sie das …«

Mit einem Knall brach die Verbindung ab.

Gleich nach dem Frühstück waren Zoe und Chandu zu einem Elektromarkt gegangen und hatten sich einen Laptop gekauft. Zoe hatte alle Beratungsversuche seitens der Verkäufer abgewehrt, sich das teuerste Modell gegriffen und war zur Kasse gelaufen. Zurück im Zimmer hatte sich Zoe über den Hotelzugang in ihre Mails eingeloggt und den rechtsmedizinischen Bericht der Kripo Mannheim heruntergeladen, den Max ihr zugesandt hatte. Das war vor zwei Stunden gewesen. Seitdem hatte sie konzentriert auf den Bildschirm geschaut. Nur einmal hatte sie ihre unbewegliche Haltung aufgegeben und eine Schmerztablette genommen. Selbst da waren ihre Augen auf den Bildschirm gerichtet gewesen. Chandu hatte die freie Zeit genutzt, um Jans SMS über den Fortschritt im Fall zu lesen und ihn seinerseits auf dem Laufenden zu halten. Nebenher beobachtete er einen Fernsehkoch dabei, wie er eine Forelle in den Ofen schob. Der Koch wandte sich gerade der Beilage für den Fisch zu, als sich Zoe ruckartig vom Stuhl erhob. Chandu hätte vor Schreck beinahe das Handy fallengelassen.

»Alles klar«, sagte Zoe. »Ich weiß Bescheid.« Sie griff nach einem Glas Wasser und leerte es in einem Zug.

»Lass hören.« Chandu schaltete den Fernseher aus und legte das Handy zur Seite.

»Nur zwei der vier Leichen wurden identifiziert. Aufgrund von Gewicht, Größe und anderer Identifikationsmerkmale weiß ich, wer die Toten sind.« Sie füllte das Glas nach. »Drei von Ihnen sind Männer, die meinem Vater treu ergeben waren. Zweien wurden die Kehle aufgeschlitzt, ein anderer wurde erschossen. Leider war Tony nicht unter den Toten.«

Chandu war überrascht, wie tief Zoes Hass auf ihren Vater war.

»Interessant ist die Nummer vier. Sein Körper hat das Feuer besser überstanden, daher konnten die Rechtsmediziner eine schwere Schnittwunde im Gesicht und an der Schulter feststellen.«

»Das war der Mann, der dich töten wollte?«

Zoe nickte. »Er bekam aus nächster Nähe eine Kugel in den Kopf. Wahrscheinlich war Maurice verärgert darüber, dass er seinen Job nicht erledigt hatte.«

»Wie hilft uns das weiter?«

»Zwei Dinge lassen sich aus dem Bericht schließen. Erstens lebt mein Vater noch und zweitens ist Maurice bereit, über Leichen zu gehen, um an die Unterlagen zu kommen.« Zoe sah auf ihre Uhr. »Kurz nach zwölf. Die Schmerzmittel wirken, meine Bank hat mir eine neue Kreditkarte zugeschickt, und wir müssen uns draußen zeigen. Mehr Öffentlichkeit als in der Fußgängerzone geht nicht, also Zeit für einen Einkauf.« Sie ging ins Bad.

Chandu griff nach seinem Handy und wählte die Nummer seines neuen Kontakts in Mannheim. Zoe nahm die mögliche Konfrontation mit Maurice zu leicht. Er musste vorbereitet sein, wenn er dem Schläger gegenüberstehen würde.

Jans anfänglicher Enthusiasmus war verflogen.

»Ich konnte den Anruf nur bis nach Wedding zurückverfolgen«, erläuterte Max. »Ich kann nicht einmal eine Straße anbieten.«

»Was macht Mentzel in Wedding?«

»Sich verstecken«, sagte Patrick. »Vielleicht bei Freunden, vielleicht hat er sich in ein Hotel eingemietet.«

»Mentzel ist von der Hüfte abwärts gelähmt und von schwächlicher Konstitution. Er kann nicht einfach im dritten Stock einer Jugendherberge absteigen.«

»Das ist ihm wahrscheinlich zum Verhängnis geworden«, ergänzte Max.

Jan sah ihn fragend an.

»Du und ich können in einer homogenen Masse von über drei Millionen Berlinern untertauchen, wenn wir gesucht werden, aber Mentzel fiel als Rollstuhlfahrer auf. Über Handy und Kreditkarte war er nicht aufzuspüren. Es haben viele Leute nach ihm gesucht, daher war es eine Frage der Zeit, bis ihn jemand gesehen hat.«

»Der Polizeifunk gibt nichts her«, sagte Patrick. »Es wurde nirgends ein gewaltsamer Einbruch gemeldet.«

»Dann müssen wir warten, bis seine Leiche gefunden wird«, sagte Jan.

»Wir können nicht mit Sicherheit sagen, ob er tot ist.«

»Mentzel wusste, dass er sterben würde. Deshalb hat er mich angerufen, um mir den letzten Hinweis zu geben, dass die Experimente für PERV9 in Berlin durchgeführt wurden.«

»Ist es noch in Betrieb?«, fragte Max.

»Wissen wir nicht«, antwortete Jan.

»Wenn nicht, warum lässt von Ladeck das Labor nicht räumen, anstatt sich mit der Kripo anzulegen und Grein zu töten?«

»Wahrscheinlich stehen dort nicht nur Reagenzgläser und Nierenschalen«, sagte Patrick. »Das aufzuräumen, könnte zu teuer oder zu riskant sein.«

»In Berlin gibt es genug alte Industriegebäude, die seit Jahrzehnten niemand mehr betreten hat. Hätten Durand und Mentzel nicht mit dem Angriff auf Neumann Staub aufgewirbelt, wäre das Labor vielleicht zwanzig Jahre weiter vor sich hingerottet. Dann wären selbst verbotene Experimente wie PERV9 verjährt gewesen.«

»Also müssen wir aufpassen, dass von Ladeck jetzt nicht alle Beweise wegräumt, egal ob das Labor stillgelegt oder noch aktiv ist«, sagte Max.

»Davor fürchte ich mich nicht«, erklärte Jan. »Wenn das Labor noch aktiv ist, kann er es nicht einfach räumen. Ist es aufgegeben, sind die Spuren schwer zu beseitigen, sonst wäre es schon damals geschehen. Von Ladeck weiß, dass wir ihn beobachten. Er wird ruhig bleiben, solange wir keinen Hinweis haben.«

»Warum brennt er das Labor nicht ab?«, fragte Max.

»Zu auffällig«, sagte Patrick. »Jeder Brand zieht eine längere Untersuchung nach sich. Ich würde stillhalten. Durand und Mentzel haben es nicht gefunden, und die beiden waren tiefer in die Sache verwickelt als wir.«

»Von Ladeck macht Ernst«, sagte Jan. »Mit Mentzel haben wir einen weiteren Zeugen verloren.«

»Dann lass uns nach Durand suchen«, schlug Patrick vor. »Sicherlich ist er noch in Berlin.«

»Er wird uns nicht helfen können«, sagte Jan. »Durand und Mentzel haben Neumann bewusst angegriffen und seinen Selbstmord provoziert, damit die Kripo in die Ermittlungen einsteigt. Hätten sie nur Rache gewollt, hätten sie Neumann und alle dafür Verantwortlichen umgelegt. Durand war bei der Fremdenlegion. Er wäre dazu in der Lage gewesen. Hinter dieser Sache steckt mehr als Vergeltung. Die beiden wollen die Wahrheit über das PERV9-Projekt ans Licht bringen.«

»Mit Isak Neumanns Tod haben sie viel ins Rollen gebracht«, sagte Patrick.

Jan nickte. »Von Ladecks Versuch, Bergman zu bestechen, der Angriff auf mich, Greins Tod und jetzt der Überfall auf Mentzel. Aus ermittlungstechnischer Sicht sieht es nicht gut aus. Wir wissen, dass Siegfried zur Tatzeit in der Nähe von Greins Wohnung war. Vielleicht finden wir ihn und sein Auto, aber wenn er ein Profikiller ist, wird er nichts sagen. Wahrscheinlich weiß er nicht einmal, warum er mich, Grein und Mentzel töten sollte. Wenn Durand Unterlagen gehabt hätte, hätte er uns diese zukommen lassen. Und so sehr ich Zoes und Chandus Talente schätze, ihr Plan ist riskant und die Erfolgsaussichten gering. Von Ladeck scheint der einzige Überlebende von PERV9 zu sein.«

Max' Laptop gab ein leises »Ping« von sich. Die Köpfe der beiden Ermittler wandten sich dem Hacker zu. Mit einem zufriedenen Grinsen drehte dieser seinen Laptop herum. »Vielleicht gibt es noch jemanden, der uns helfen kann«, sagte Max.

Chandu fühlte sich wie ein Packesel. Seine Arme taten weh und er schwitzte, obwohl ein kühler Wind durch die Straßen wehte. Mit jedem seiner Finger trug er zwei Tüten. Zoe hatte nur ein paar Dinge kaufen wollen, und Chandu hätte niemals mit einem solchen Marsch durch die Mannheimer Fußgängerzone gerechnet. Er wollte sich nicht vorstellen, was passierte, wenn Zoe länger shoppen ging.

Nachdem sie Unterwäsche, Nachthemden und Handtücher gekauft hatten, waren sie in einen Drogeriemarkt gegangen, dessen Umsatz sich durch Zoes Besuch verdoppelt haben musste. In dieser Stunde hatte Chandu mehr über Schminken erfahren, als er je wissen wollte. Der Wagen war in kürzester Zeit voll mit Foundation, Kompaktpuder, Concealer, Abdeckstiften, Blush, Bronzer, Highlighter, Mascara, Eyeliner, Lipgloss und Nagellack, dazu Pinsel für Puder, Blush und Lidschatten sowie verschiedenste Wässerchen zum Abschminken und Reinigen, neben Bergen von Tüchern und Wattepads. Es folgten Besuche in Bekleidungsgeschäften, um Zoes Grundbedarf an Röcken, Blusen und Jacken zu befriedigen. Zu diesem Zeitpunkt hatte Chandu längst keine Lust mehr gehabt, doch das Schlimmste hatte ihm noch bevorgestanden – der Schuhkauf. Sechs Geschäfte und zwölf Paar Schuhe später hatten sie das zusammen, was Zoe als Grundausstattung bezeichnete. Zwischendurch hatte Chandu mit dem Gedanken gespielt, sich von einer Straßenbahn anfahren zu lassen, um seinem Martyrium zu entkommen.

Erstaunlicherweise waren sie nur aus einem Geschäft geflogen. Chandu trieb es jetzt noch die Schamesröte ins Gesicht, wenn er an die Beleidigungen dachte, mit der Zoe den Verkäufer beschimpft hatte, weil er ihre Größe zwei Nummern zu hoch geschätzt hatte.

Sie kamen zu einem Platz, dessen Erscheinungsbild von einem großen Brunnen beherrscht wurde. Eine aus dunklem Metall gegossene Statue ragte zehn Meter in die Höhe, flankiert von Wasserfontänen. Pflastersteine führten zu gepflegten Grünflächen mit Bänken und luden zu einer Rast ein. Ein perfekter Ort, um inmitten des Einkaufsstresses zu verweilen.

»Können wir eine Pause machen?«, murrte Chandu. »Wir haben 17.00 Uhr und meine Arme fallen gleich ab.«

»Wir sind fast fertig. Ich brauche noch etwas Dreck.«

»Hast du ›Dreck‹ gesagt?«

»Genau.«

Chandu schüttelte den Kopf. Er hatte schon Halluzinationen. Trotz der Schmerzen trottete er ihr gehorsam hinterher, bis Zoe vor einem hübschen Eckhaus zum Stehen kam, das an ein barockes Gebäude erinnerte. In der weiß gestrichenen Fassade waren große Fenster mit roten Rahmen eingefasst. Der goldene Schriftzug der Konditorei war ebenso einladend wie die üppige Auslage im Schaufenster, die unzählige Köstlichkeiten anpries, die jeden Asketen in die Knie zwingen würden. Zoe hielt sich nicht lange mit der Betrachtung der Süßigkeiten auf, sondern ging hinein. Die Einrichtung war heimelig. Der Teppichboden und die hellen Leuchter waren wie eine Zeitreise in das letzte Jahrhundert, als Kaffeetrinken noch ein wichtiges sonntägliches Ritual war. Die Tische im Cafébereich waren bis auf den letzten Platz besetzt. Bedienungen eilten umher, brachten Kännchen mit Kaffee und verteilten Tortenstücke, deren Größe für eine Fußballmannschaft gereicht hätte. Der Duft nach gerösteten Bohnen, vermischt mit einem Hauch Schokolade, hatte Chandu schon beim Eintreten gefangen genommen. Trotz der vielen Gäste herrschte eine gemäßigte Lautstärke.

Die gläserne Verkaufsvitrine hielt, was die Auslage im Schaufenster versprach. Üppige Torten mit kunstvollen Mustern aus Sahne, hohe Baumkuchen und kleine Cremeschnittchen lagen neben aufwendig gestalteten Motivtorten. Auch wenn Chandu mit der deutschen Kaffee- und Kuchen-Mentalität nichts anfangen konnte, bewunderte er die Kunstfertigkeit.

»Eine große Packung Mannemer Dreck«, sagte Zoe und deutete auf einen großen Karton auf einem Regal. Die Verkäuferin reichte ihr die Packung und gab das Wechselgeld heraus. Zoe öffnete die Schachtel ehrerbietig, als handle es sich um ein Kunstwerk von großem Wert. Darin lagen zwanzig handtellergroße, schokoladenüberzogene Stückchen, einzeln in Folie verpackt. Zoe schloss die Augen und sog den Duft ein. »Der perfekte Abschluss nach einem Einkauf.«

»Sieht aus wie Lebkuchen«, bemerkte Chandu.

Die Atmosphäre im Café änderte sich binnen eines Wimpernschlags. Alle Gespräche endeten. Die Köpfe der Besucher wandten sich Chandu zu. Die Verkäuferin schien kurz vor einem Herzinfarkt zu stehen. Die Hand der Bedienung krampfte sich um das Tablett. Selbst die Kaffeemaschine hielt inne.

Zoe hatte entsetzt die Augen aufgerissen. Einen Augenblick wirkte sie wie gelähmt. Chandu hatte sie noch nie in diesem Zustand gesehen. Sie legte ihm die Hand auf die Schulter und wandte sich den Gästen zu.

»Man sieht es ihm nicht an, aber er kommt nicht von hier.« Sie lachte künstlich und tätschelte ihm die Wange.

Die Leute im Café schienen mit der Erklärung zufrieden zu sein und wandten sich wieder dem Kuchen zu. Der Atem der Verkäuferin beruhigte sich, die Bedienung setzte ihren Weg fort und die Kaffeemaschine ging wieder ihrer Pflicht nach.

»Bist du verrückt?«, zischte Zoe. »Wie kannst du uns so in Schwierigkeiten bringen?«

»Wieso?«, flüsterte Chandu. »Das sieht doch aus wie Leb…«

»Sag dieses Wort nicht«, unterbrach Zoe. »Mannemer Dreck ist eine lokale Spezialität aus Schokolade, mit Nüssen, Gewürzen und vielen anderen hochwertigen Zutaten, nicht der Müll, den man schon zu Ostern in jedem Discounter kaufen kann. Sie packte ein Gebäck aus und hielt es Chandu vor die Nase. Da er die Hände mit den Tüten und Taschen voll hatte, biss er ein Stück ab.

Es war weicher, als er geglaubt hatte. Die leichte Bitterkeit der Schokolade passte perfekt zu den Nüssen, die mit den Gewürzen ein harmonisches Ganzes ergaben. Chandu nickte anerkennend. Es hatte nichts mit ordinären Lebkuchen zu tun.

»Warum heißt ein solch leckeres Gebäck ›Dreck‹?«

»Ist eine kuriose Geschichte«, sagte Zoe. »Die erzähle ich dir auf dem Weg zurück ins Hotel.«

»Gott sei Dank.« Chandu seufzte erleichtert. »Ein weiteres Geschäft hätte ich nicht überlebt.«

»Eigentlich brauche ich noch einen Mantel«, bemerkte Zoe. »Aber seit wir das Schuhgeschäft verlassen haben, folgt uns einer von Maurices Männern.« Zoe aß den Rest des Mannemer Drecks. »Unser Plan hat funktioniert.«

»Ich habe die Anruflisten der beiden Opfer miteinander verglichen«, sagte Max. »Neumann und Grein hatten wenige gemeinsame Kontakte und alle davon arbeiten bei Ladeck Pharma. Niemand, der uns weiterbringen würde, bis mir aufgefallen ist, dass Grein nach dem Tod von Neumann mehrfach mit einer gewissen Bianca Bonbach telefoniert, hat, deren Nummer auch in Neumanns Speicher war.«

»Wer ist die Frau?«

Max' Finger flogen über die Tastatur. »Jetzt wird es spannend«, sagte der junge Mann. »Im Rahmen der Ermittlungen zu Neumanns Tod haben wir von Ladeck Pharma eine Liste der Mitarbeiter bekommen. Auf dieser steht auch Bianca Bonbach, nur ist ihr weder eine geschäftliche Mailadresse noch eine Telefonnummer zugeordnet und selbst der Hausmeister und die Empfangsdamen haben so etwas.«

»Also arbeitet sie bei Ladeck Pharma und ihre Tätigkeit ist geheim«, sagte Jan.

»Oder sie hat dort gearbeitet«, ergänzte Patrick. »Und ihr Name wurde nicht aus der Liste gestrichen.«

»Was macht Bonbach bei Ladeck Pharma?«

»Das kann ich anhand der Liste nicht sehen«, sagte Max, »aber Neumann hatte nur sehr wenige Nummern in seinem Handy gespeichert. Das hätte er nicht gemacht, wenn Bonbach keine wichtige Rolle gespielt hätte.«

Jan stand auf und ging zu seinem Telefon. »Dann lass uns mal recherchieren.« Er tippte eine Nummer ein und schaltete den Lautsprecher an.

»Ladeck Pharma«, meldete sich eine freundliche Frauenstimme. »Wie kann ich Ihnen helfen?«

»Kommissar Tommen«, sagte Jan. »Ich bin der leitende Ermittler im Mordfall Hagen Grein und würde gerne mit Bianca Bonbach sprechen.«

»Einen Moment.« Jan wurde in die Warteschleife gestellt. Er zwinkerte Max zu. »Danke, dass Sie gewartet haben, Herr Tommen«, sagte die Frau nach einem Moment. »Frau Bonbach arbeitet nicht mehr bei uns.«

»Wissen Sie seit wann?«

»Das kann ich nicht sehen.«

»Vielen Dank.« Jan legte auf.

»Wie lange brauchst du für ihre Adresse?«

»Legal dauert es eine Weile«, sagte Max. »Über eine Hintertür beim Telefonanbieter geht es deutlich schneller.«

»Ich bin nicht da«, sagte Patrick und hielt sich die Ohren zu.

»Ich mache noch kurz Halt an der Kaffeemaschine, dann werde ich Bonbach einen Besuch abstatten. Ich hoffe, sie ist nicht erfreut, mich zu sehen.«

Jan hasste es, wenn ein Fall zäh lief und er mit den Ermittlungen kaum vorankam. Bianca Bonbach könnte ihn weiterbringen, aber wenn sie nicht kooperieren wollte, hatte er nichts, um sie unter Druck zu setzen. Max hatte in den letzten dreißig Minuten wenig über die Frau herausgefunden. Bonbachs Haus stand in einer ruhigen Gegend, nicht weit vom Berliner Zentrum. Die Wohnfläche war groß genug, sodass zwei Familien Platz finden konnten. Der Vorgarten war mit hellem Kies ausgelegt, auf dem große Terrakotta-Vasen in einem kreisförmigen Muster angeordnet waren. Die Blumen in den Vasen waren farblich aufeinander abgestimmt. In der offenen Garage glänzte ein schwarzer Z4 mit Sportfelgen. Ein gepflasterter Weg führte am Haus vorbei in einen großen Garten mit Swimmingpool. Ein weiteres Mal wunderte sich Jan über die guten Gehälter der Pharma-Branche.

Er konnte sich noch kein Bild von Bonbach machen und Max' Informationen waren zu spärlich. Daher entschloss er sich zu einer anderen Taktik. Zwei Häuser weiter stand eine Frau im Garten und entfernte Unkraut aus einem Rosenbeet. Dank einer weit ausladenden Buche konnte man sie von Bonbachs Haus aus kaum sehen. Perfekte Umstände. Jan setzte ein Lächeln auf und ging zu der Frau.

»Kommissar Tommen von der Kripo Berlin«, sagte Jan und zeigte seine Marke. Die Frau riss überrascht die Augen auf und legte die Hacke zur Seite. Jan war froh, dass es noch Menschen gab, die vom plötzlichen Auftauchen der Kripo beeindruckt waren.

»Henrietta Engel.« Die Frau war sichtlich eingeschüchtert und schüttelte Jan die Hand. »Was ist passiert?«

»Sie brauchen sich keine Sorgen zu machen. Ich mache nur eine Routinebefragung.«

»Wurde jemand ermordet?«

»Bitte haben Sie Verständnis, dass ich zum Stillschweigen verpflichtet bin.« Jan holte den Block aus der Jacke. »Ich habe nur ein paar Fragen.«

Henrietta Engel nickte gehorsam.

»Wie lange wohnen Sie schon hier?«

»Mein Mann und ich sind 1984 hierhergezogen.«

»Wie gut kennen Sie Ihre Nachbarn?«

»Gut«, sagte Engel. »Bis auf Frau Bonbach wohnen hier alle seit den Achtzigern.«

»Wann ist Frau Bonbach hierhergezogen?«

Sie kratzte sich am Kopf. »Vor zwei Jahren.«

»Was ist mit den Vormietern passiert?«

»Der Mann der Familie bekam einen besseren Job in Zürich, daher sind alle umgezogen.«

»Hat Frau Bonbach Familie?«

»Sie war einmal verheiratet, aber sie lebt alleine.«

»Ein ziemlich großes Haus für eine Person.«

»Finde ich auch.«

Jan hatte Henrietta Engel, wo er sie haben wollte. Die Frau hatte ihre anfängliche Scheu überwunden und war ins Plaudern geraten. Dass sie von selbst auf Bianca Bonbach gekommen war, hätte nicht besser laufen können.

»Was ist Ihre Nachbarin von Beruf, dass sie sich so ein Haus leisten kann?«

»Bei unserem Nachbarschaftsfest hat sie mir erzählt, dass sie gelernte Krankenschwester ist, aber das war ihr wohl zu stressig, daher hat sie sich zur Ruhe gesetzt.«

»Ich wusste nicht, dass Krankenschwestern so gut verdienen.«

Die Frau rückte näher an Jan heran. »Ich habe eine Freundin, die mit der Sekretärin der Maklerin des Hauses bekannt ist«, flüsterte Engel. »Angeblich hat Frau Bonbach die erste Rate für das Haus in bar bezahlt.« Sie hob ihren Kopf und sah sich um, als wollte sie sicher gehen, dass niemand zuhörte. »Zweihunderttausend Euro.«

»Woher hat sie denn so viel Geld?« Jan senkte seine Stimme ebenfalls zu einem Flüstern. Er würde das Spiel mitspielen.

»Man vermutet, dass sie mit einem sehr reichen Mann verheiratet war, der sie gut abgefunden und mit einer Jüngeren ersetzt hat.«

»Vielen Dank für Ihre Hilfe.« Jan steckte den Block ein. »Ich möchte Sie bitten, niemandem von unserem Gespräch zu erzählen.«

Henrietta Engel zwinkerte Jan verschwörerisch zu und widmete sich wieder dem Unkraut.

Auf dem Weg zu seinem Auto, zog er sein Handy aus der Tasche und wählte Max' Nummer.

»Yo«, meldete er sich.

»Kannst du bei Bianca Bonbach tiefer graben und etwas über ihren Ehemann herausfinden? Bevor ich zu ihr gehe, wüsste ich gerne, wer er war und was er gemacht hat.«

»Kein Problem«, sagte Max. »Gib mir zehn Minuten.« Dann legte er auf.

Jans Aufmerksamkeit richtete sich wieder auf das Haus. Mit dem Gehalt einer Krankenschwester konnte sich Bonbach nicht einmal das Auto in ihrer Garage leisten, auf keinen Fall aber eine solche Hütte. Dazu kam, dass sie Ende vierzig war, daher würde sie nicht einmal Rente beziehen. Bonbach war gut versorgt und Jan vermutete, dass es nichts mit ihrem Ehemann zu tun haben würde.

Es dauerte neun Minuten, bis sich Max wieder meldete.

»Hast du was für mich?«

»Bianca Bonbach war vier Jahre lang mit einem gewissen Paul verheiratet«, begann Max. »Er ist Angestellter im Waldkrankenhaus Spandau und arbeitet im Einkauf als Sachbearbeiter.«

»Also kam das Geld nicht von ihm?«

»Unwahrscheinlich. Ich habe auch in der Zulassungsstelle und im Einwohnermeldeamt nach ihm gesucht. Paul Bonbach lebt in einer sechzig Quadratmeter großen Wohnung in Spandau und fährt einen Kleinwagen.«

»Also hat Bianca entweder im Lotto gewonnen oder …«

»Du denkst an PERV9 und Ladeck Pharma?«

»Was sonst«, sagte Jan. »Von Ladeck hat sich ihr Schweigen gekauft.«

»Nachweisen kann ich es nicht. Ein Bankkonto zu hacken ist fast unmöglich.«

»Kein Risiko. Ich überprüfe erst meine Theorie, dann sehen wir weiter.«

»Und wenn sie nicht mit dir spricht.«

»Das muss sie nicht«, sagte Jan.

»Häh?«

»Bonbach hat drei Möglichkeiten zu reagieren. Erstens, sie lässt mich rein und erklärt mir ihre Verbindung zu unseren beiden Opfern. Das würde bedeuten, dass sie mit der ganzen Sache nichts zu tun hat. Zweitens könnte sie so reagieren wie Grein, nachdem ich ihm von dem Unfall erzählt habe. Wenn sie mir in Todesangst die Tür vor der Nase zuschlägt, hängt sie mit drin und fürchtet, dass sie die Nächste ist. Das wäre nicht die schlechteste Option, da sie sich nach Greins Tod vielleicht unter unseren Schutz begibt. Die dritte Möglichkeit ist, dass sie mich energisch zurückweist. Dann wäre sie an PERV9 beteiligt gewesen und weiß genug, um von Ladeck Schwierigkeiten zu machen. In dem Fall hänge ich mich an sie dran. Vielleicht bekommt sie Besuch von Siegfried oder sie schaut im Labor nach.«

»Klingt plausibel«, sagte Max.

»Ich halte dich auf dem Laufenden«, sagte Jan und beendete das Gespräch.

Er stieg aus dem Wagen, öffnete das Tor und trat durch den Kiesgarten zum Eingang. Es läutete schrill, als er die Klingel drückte. Bianca Bonbach öffnete die Tür. Sie hatte kurze, dunkelblonde Haare, die ihr schmales Gesicht zur Geltung brachten. Die Natur hatte es gut mit ihr gemeint, sie wirkte wesentlich jünger als Ende vierzig. Sie hätte eine attraktive Frau sein können, doch ihre bösartig zusammengekniffenen Augen erinnerten Jan an die Hexen aus den Märchen der Gebrüder Grimm. Fehlte noch ein Apfel oder ein Zauberstab. Stattdessen hielt sie in der linken Hand eine Gurke und ein Schälmesser. Offensichtlich kam er ungelegen.

»Frau Bonbach, mein Name ist Jan Tommen.« Er zeigte seine Marke. »Ich bin von der Kripo …«

»Ich habe keine Zeit«, herrschte sie ihn an.

»Ich will Ihnen ein paar Fragen zum Fall …«

»Ich kenne meine Rechte«, unterbrach sie ihn. »Ich muss nichts sagen.«

»Ich will nicht Ihre Rechte beschneiden, sondern …«

»Verschwinden Sie«. Sie drohte mit dem Schälmesser. »Und belästigen Sie mich nie wieder.« Dann knallte sie die Tür zu.

Jan genehmigte sich ein Grinsen, als er zurück zu seinem Wagen ging. Es war Zeit für einen Besuch im Supermarkt, denn die nächsten Stunden würde er Bonbach keinen Schritt von der Seite weichen. Wenn er die Bösen bekämpfen musste, dann nicht mit leerem Magen.

KAPITEL 8

Mit einem Seufzer der Erleichterung legte Chandu die Tüten auf den Boden und ließ sich aufs Bett fallen. Während sein Körper sich nach Schlaf sehnte, begann Zoe die Schuhkartons auszupacken. Dabei hatte sie nicht weniger Elan als beim Einkauf vor ein paar Stunden. Entweder hatte die Rechtsmedizinerin wirkungsvolle Schmerzmittel eingeworfen oder über Nacht eine Wunderheilung erhalten.

Die Ruhepause hielt drei Atemzüge, als es an der Tür klopfte. Chandu sprang vom Bett auf. Er ging durch den engen Flur und stellte sich neben die Tür.

»Hallo?«

»Zimmerservice«, kam die Antwort. Chandu meinte, die Stimme zu kennen. Er drückte die Klinke herunter. Ein junger Mann im Anzug stand vor der Tür. Es war derselbe, der ihnen heute Morgen das Frühstück gebracht hatte.

»Guten Abend«, sagte der Mann freundlich. »Ich habe ein Paket für Sie.« Er hielt Chandu einen großen Karton hin.

»Vielen Dank.« Chandu nahm das Paket, nickte dem Mann zu und schloss die Tür. »Genau zum richtigen Zeitpunkt.«

»Warst du einkaufen?«, fragte Zoe.

»Könnte man so sagen.« Chandu riss den Karton auf. »Meine Berliner Freunde haben mir einen Kontakt in Mannheim vermittelt. Der hat mir ... Spielzeug geschickt.« Chandu zog eine Pistole aus dem Karton. Sie war kaum größer als seine Hand.

»Ist die nicht zu klein für dich?«

»Eigentlich stehe ich auf die großen Dinger, aber ich brauche eine Knarre, die ich ständig mit mir führen kann. Dafür ist eine 45er zu auffällig.«

»Und wo ist meine?«

»Du kriegst keine.«

»Wieso das?«

»Weil du eine beschissene Schützin bist und einen explosiven Charakter hast. Ich will nicht, dass du einen Verkäufer umballerst, weil er die Schuhe nicht in deiner Größe hat.«

»Die hätten perfekt zu meinem Rock gepasst«, rechtfertigte sich Zoe.

»Kein Grund, ihm eine Dose Imprägnierspray an den Kopf zu werfen.«

»Ich habe ihn nicht einmal richtig getroffen.«

»Hätte ich dich nicht zum Gehen gedrängt, hättest du das nochmal versucht.«

Zoe murmelte etwas Unverständliches vor sich hin und kümmerte sich wieder um ihre Schuhe.

Chandu riss den Karton vollends auf und zog eine schwarze Weste heraus. »Aber die ist zu klein.«

»Die ist für dich.«

»Niemals«, fuhr Zoe auf. »Das Ding lässt mich aussehen, als hätte ich keine Brüste und wäre zehn Kilo schwerer.«

»So ein Ding hat dir mal das Leben gerettet.«

»Mir Wurst.«

»Wenn wir uns auf das Spiel mit Maurice einlassen, müssen wir alle möglichen Sicherheitsvorkehrungen treffen.«

»Denk dir etwas Besseres aus.«

Chandu stellte sich vor Zoe und senkte den Kopf, bis seine Augen auf ihrer Höhe waren. »Du wirst diese Schutzweste anziehen oder wir bleiben im Zimmer, bis Maurice an Altersschwäche gestorben ist.«

»Glaubst du?« Zoe erwiderte den Blick und kniff herausfordernd die Augen zusammen.

»Ja«, sagte Chandu nicht weniger provokativ.

»Optimistisch.«

Für ein paar Sekunden standen sie sich so gegenüber, mit gesenktem Kopf, wie zwei wütende Büffel kurz vor der Attacke. Chandu würde nicht zurückstecken. Dazu war ihm ihr Leben zu wertvoll. Dann wandte Zoe den Blick ab.

»Affenarsch.« Sie ging zu ihren Schuhen zurück.

»Ich habe dich auch lieb«, erwiderte Chandu. Er legte die Schutzweste aufs Bett und begann, die Pistole zu laden. Er wischte sich den Schweiß von der Stirn. Der schwerste Kampf war gewonnen. Jetzt konnte Maurice kommen.

Sein Beifahrersitz erinnerte ihn an die Zeiten mit seinem Ausbilder Fabian. Wenn es zu dieser Zeit kein Fast Food gegeben hätte, er hätte es erfunden. Er hatte Fabian nie etwas Gesundes essen gesehen, kein Gemüse, kein Obst, kein leichtes Reisgericht oder einen Fruchtsaft. Er nahm nicht einmal Milch in den Kaffee. Zum Frühstück gab es immer Donuts, zum Mittagessen ein Burger-Menü und zum Abendessen beides. Die Pausen zwischen den Mahlzeiten wurden mit Schokolade, Gummibärchen und literweise Kaffee aufgefüllt.

Da Jan damit rechnete, die ganze Nacht und den Sonntag Wache halten zu müssen, hatte er großzügig eingekauft. Toastbrot, Scheibenkäse und Salami, dazu Paprika-Chips, Lakritzstangen und Salzbrezeln. Seinen Cola-Bestand hatte er um einen Sixpack Energydrinks erweitert, ein Gebräu, das er mit ähnlicher Freude trank wie Jauche, aber die chemische Keule hielt ihn wach. Falls er doch einnicken sollte, hatte er zur Absicherung drei leere Dosen vor der Einfahrt verteilt. Sollte Bonbach wegfahren, würde ihn das Geräusch wecken.

Jan öffnete die Chips-Tüte und betrachtete das Haus. Bonbach hatte alle Rollläden heruntergelassen und sogar das Gartentor abgeschlossen. Wäre nicht das Licht in ihrem Wohnzimmer gewesen, könnte man vermuten, dass sie in Urlaub gefahren wäre. Sein kurzer Besuch hatte den Zweck erfüllt. Bianca Bonbach war aufgescheucht. Jan hoffte, dass sie etwas Dummes tun würde.

»Sind sie noch hinter uns?«, fragte Chandu. Es war fast ein körperlicher Schmerz, sich nicht umdrehen zu dürfen.

»Das fragst du schon zum vierten Mal«, antwortete Zoe. »Die beiden Hohlbirnen verfolgen uns, seit wir das Hotel verlassen haben.«

»Warum locken wir sie nicht in einen Hinterhalt? Mit etwas … Überredungskunst nennen sie mir Maurices Versteck.«

»Und was machen wir dann? Das Haus stürmen?«

»Warum glaubst du, dass sie heute Nacht zuschlagen werden?«

»Das Hotel hat zu viele Kameras. Das hier war früher die übelste Gegend von Mannheim.« Sie deutete auf die umliegenden Gebäude, die an ein Rotlichtviertel erinnerten. »Das hat sich gewandelt, doch der Jungbusch hat noch ein wenig von dem verrufenen Charme von damals. Maurice wird sich diese Gelegenheit nicht entgehen lassen.«

Zoe deutete auf eine Tür. Sie gingen eine enge Treppe nach oben und kamen in einen großen Raum. Chandu fühlte sich wie in einer Bar der Berliner Unterwelt. Das gedimmte

Licht und das Bild einer sich lasziv räkelnden Nackten standen im Widerspruch zu der modernen Theke, dem sauberen Boden und den makellosen Barhockern.

Es war nicht viel los für einen Samstagabend. Ein paar Leute an der Bar, ein älteres Pärchen an einem Tisch, der Rest stand vor einer kleinen Bühne und lauschte den Klängen einer Rockband. Chandu meinte, Led Zeppelin zu erkennen. Er war mit der Wahl des Ortes nicht glücklich. Fenster im ersten Stock, eine viel zu enge Treppe und ein schlecht zu erreichender Notausgang. Zoe und Lisa hatten stundenlang telefoniert, um das Aufeinandertreffen mit Maurice zu planen. Es blieb ihm nichts anderes übrig, als ihnen zu vertrauen.

Eine attraktive Blonde stellte ihm mit einem Lächeln ein Bier hin und gab Zoe eine zweite Flasche. Die Rechtsmedizinerin zwinkerte ihr anzüglich zu, was die Bedienung mit einem Kichern quittierte. Chandu hatte den Eindruck, dass sie sich kannten. Zoe bewies wieder einmal guten Geschmack. Die Frau hatte wunderschöne Haare und eine perfekte Figur, sodass sich Chandu fragte, warum sie nicht mit Engelsflügeln auf einem Laufsteg stand, aber selbst diese Aussicht ließ ihn seine Nervosität nur kurz vergessen.

»Was ist los?«, riss ihn Zoe aus den Gedanken.

»Mir gefällt das nicht«, sagte Chandu.

»Du solltest Lisa und mir mehr zutrauen.«

»Ich kenne Maurice nicht, aber der Schläger eines Mafia-Paten ist immer ein sehr gefährlicher Mann. Hart, präzise und skrupellos. Ich hatte mit solchen Typen zu tun.«

»Ich bin die Tochter eines ebensolchen Paten.«

»Das ist etwas anderes«, warf Chandu ein. »Du musstest nicht gegen sie kämpfen. Ich schon, und das war nicht lustig.«

»Wir wissen, dass Maurice kommen wird. Das ist unser großer Vorteil.«

»Er wird es nicht auf eine Schlägerei ankommen lassen.

Er marschiert hier hinein und zieht seine Knarre. Mit etwas Glück ballert er nicht sofort los. Mit meinem kleinen Revolver kann ich nur wenig ausrichten, und ich habe bei keinem der Gäste eine Waffe gesehen. Keine Ahnung, was du gegen Maurices Truppe unternehmen willst, aber du hättest mich in den Plan einweihen müssen.«

»Unser Freund hat dich längst auf dem Schirm«, sagte Zoe. »Er wird davon ausgehen, dass ich mich auf dich verlasse.«

»Damit bist du bisher nicht schlecht gefahren«, beschwerte sich Chandu.

»Maurice konzentriert sich auf dich. Mit anderen Überraschungen rechnet er nicht, weil er nichts von meiner Schwester und ihren Freunden weiß. Er wird glauben, dass wir in die Bar gehen, um etwas zu trinken.«

»Und was soll ich machen, wenn Maurice mit seinen Leuten den Laden stürmt?«

»Nichts.« Sie sah ihm eindringlich in die Augen. »Du musst mir vertrauen.«

»Ich gebe mir Mühe«, murmelte der große Mann. Seine Unzufriedenheit war ihm sichtlich anzuhören.

Zoe prostete ihm mit dem Bier zu.

»So entspannt habe ich dich selten gesehen«, sagte Chandu.

»Das macht die Überdosis an Schmerzmitteln.«

»Gleich marschieren hier die Typen rein, die dich umbringen wollen und du grinst wie auf einem Kindergeburtstag.«

»Ich habe allen Grund dazu. Ich bin zurück in meiner Heimat. Die letzten Tage haben mir gezeigt, wie sehr ich das alles vermisst habe.« Sie trank einen Schluck Bier. »Maurices Angriff auf meinen Vater gab mir eine ungeahnte Möglichkeit. Ich habe etwas gebraucht, bis ich das wirklich verstanden habe. Endlich kann ich mich von meiner Vergangenheit lösen.

Ich muss nicht wissen, was zwischen den beiden vorgefallen ist, doch kann es mein Vater nicht riskieren, nach Mannheim oder Berlin zurückzukehren, und wenn ich Maurice aus dem Verkehr ziehen kann, bin ich frei. Das erste Mal in meinen beschissenen zweiunddreißig Jahren auf dieser Erde kann ich tun, was ich möchte, ohne Angst zu haben, dass Tony entdeckt, dass er noch eine Tochter hat.« Für einen Moment wurde sie ernst. »Das ist meine Chance, und ich werde sie nicht verstreichen lassen, selbst wenn ich dabei draufgehe.«

Die Band begann mit einem neuen Lied. Chandu hatte noch nie jemanden so schnell Gitarre spielen hören. Die Finger des Mannes flogen über das Griffbrett. Der Text verschwand hinter dem dumpf dröhnenden Schlagzeug. Das einzige Wort, das Chandu verstand war »Whiplash«, das der Sänger mit Inbrunst ins Mikrofon brüllte.

Zoe reckte Zeigefinger und kleinen Finger ihrer rechten Hand. Sie schrie: »Pommesgabel!«, rannte zur Bühne und rempelte einen Mann an, der zwei Köpfe größer war als sie. Der Glatzkopf trug schwarze Lederkleidung und hatte einen Zopf aus seinen Barthaaren geflochten. Er drehte sich um, stieß Zoe zurück und gab dem nächsten Zuhörer einen Stoß. Binnen eines Augenblicks entstand ein wildes Rempeln und Schieben.

Chandu rechnete mit einer Massenschlägerei, aber auf den Gesichtern der Tänzer stand ein Lächeln. Ihr Gehabe wirkte aggressiv, aber alle schienen Spaß zu haben. Er hatte Zoe selten so ausgelassen gesehen. Sie schüttelte ihre langen Haare zur Musik und hüpfte in der Masse rempelnder Körper umher wie eine Flipperkugel. Einmal verlor sie beinahe das Gleichgewicht, wurde aber von jemand aufgefangen, um einen Augenblick später wieder einen Stoß versetzt zu bekommen. Sie machte das wilde Spiel eine Minute mit, dann griff sie sich an die Seite und verließ die tobende Meute. Sie war längst nicht die Alte, dachte Chandu, aber Zoe vorzuschlagen, sich zu schonen, war ähnlich vielversprechend, wie mit dem Mann im Mond reden zu wollen.

Chandu sah sich in der Bar um. Alle waren entspannt. Niemand schien sich Sorgen zu machen, dass jeden Moment eine Gruppe brutaler Schläger einmarschieren würde. Entweder war niemand eingeweiht oder die Anwesenden hatten den perfekten Plan. Chandu hoffte Letzteres, aber seine Unruhe wuchs. Er griff unter seine Jacke und prüfte den Sitz seiner Pistole.

Er würde die Tür nicht aus den Augen lassen. Sollte sich Maurice blicken lassen, wäre ein Fehler tödlich.

Lisa saß auf einem Barhocker und wippte im Takt der Musik. Der Cocktail hatte ihre Aufregung kaum gemildert. Sie hatte lange an diesem Plan gearbeitet, mit Zoe telefoniert und ihre Freunde instruiert. Trotzdem konnte noch so viel schiefgehen. Ihr Plan war nur gut, wenn Maurice mitspielen würde und wenn sich seine Schläger so verhalten würden, wie Zoe es vorhergesehen hatte. Ihre Schwester kannte die Männer, hatte sie schon im Einsatz erlebt und Monate an der Seite von Maurice verbracht, aber vielleicht genau deshalb würde er sich anders verhalten. Lisa hoffte, dass er nicht so klug war.

Zoe spielte ihre Rolle gut. Sie war auffällig entspannt, fast aufgedreht, nur um Chandu in Sicherheit zu wiegen. Der große Mann wirkte wie ein Fremdkörper in der feiernden Masse. Immer wieder ging seine Hand an die Pistole unter seiner Jacke. Lisa hätte ihn gerne eingeweiht, aber Zoe hatte es verboten. Er wäre mit ihrem Plan nicht einverstanden gewesen, sondern hätte sich als Zielscheibe angeboten.

»Ich habe nicht seinen Hintern gerettet, dass er sich wieder umlegen lässt«, waren ihre Worte gewesen. Lisa hatte sich gefügt, aber es war ein gutes Gefühl, ihn hier zu haben.

Chandu würde selbst in einer wilden Schießerei die Nerven behalten, doch dazu sollte es nicht kommen.

Ihr Handy summte kurz. Sie las die Textnachricht, dann stellte sie sich an die Bar und gab dem Sänger der Band ein Zeichen. Sie hob vier Finger in die Höhe.

Einen Takt später veränderte sich die Musik. Aus dem wilden Heavy Metal wurde eine Rockballade. Die tobende Meute vor der Bühne kam zur Ruhe. Der Sänger zeigte vier Finger und die Zuschauer zerstreuten sich. Manche nahmen an den Tischen Platz, zwei Männer stellten sich neben die Tür, andere blieben vor der Bühne. Die Bedienung schob ihre Cocktails vom Tablett und ersetzte sie durch zwei Bierflaschen.

Es war soweit. Maurice kam.

Chandu erkannte Maurice sofort. Er trug ein dunkles Jackett über einem weißen Hemd ohne Krawatte. Er war groß und durchtrainiert, mit kurzgeschorenen Haaren und einem protzigen Goldring am rechten Daumen. Chandu schätzte sein Gewicht auf hundertzwanzig Kilo. Sein verächtliches Grinsen ließ auf Freude an Gewalt schließen. Hinter ihm standen drei Männer. Kaum weniger kräftig. Ihre Jacken waren zurückgeschlagen und gaben den Blick auf Pistolen frei, die in ihren Gürteln steckten. Eine sehr machohafte Geste, die bei Amateuren ihre Wirkung nicht verfehlte. Chandus Hand fuhr unwillkürlich zu seinem Revolver, aber einer der Männer trat in die Schussbahn zwischen ihm und Maurice, als ahnte er seine Gedanken. Lisa stellte sich neben Chandu und legte ihre Hand auf seine Schulter.

»Ruhig«, flüsterte sie. »Lass uns machen.«

Chandus Blick ging zu Zoe. Sie wirkte überrascht, als sie Maurice erblickte, als hätte sie mit seinem Besuch nicht gerechnet. Sie lehnte sich lasziv an die Bühne.

»Guten Abend, Arschloch.« Sie prostete ihm mit einer

Bierflasche zu. »Ich hatte gehofft, dass du bei dem Brand draufgegangen bist.«

Maurice schlug Zoe mit dem Handrücken ins Gesicht. »Wie lange habe ich darauf gewartet.« Er schüttelte sich vor Wonne. »Das fühlt sich gut an.«

Chandu wollte seine Waffe ziehen, aber Lisa hielt seinen Arm fest. »Versau es nicht.« Ihre Fingernägel gruben sich schmerzhaft in seine Haut.

Zoe richtete sich wieder auf. Ein dünner Faden Blut lief aus ihrer Nase, doch ihr provozierendes Grinsen war unverändert.

»Was willst du Maurice? Wenn du mir eine Kugel verpassen wolltest, hättest du längst deine Pistole gezogen. Oder willst du mich nicht vor vierzig Zeugen erschießen?«

»Ich könnte mir nichts Schöneres vorstellen, als deinen Kopf explodieren zu sehen, aber ich brauche dich noch.«

Zoe wischte sich das Blut von der Nase.

»Dein Vater hat wichtige Unterlagen versteckt. In seinem Haus sind sie nicht.«

»Wie kommst du darauf, dass ich sie habe?«

»Tony hat mir einmal gesagt, dass er seine Lebensversicherungen bei seiner Familie aufbewahrt. Sonst vertraut er keinem. Da seine Frau tot ist, bist du das letzte Familienmitglied.«

Maurice zog ein Messer aus seiner Tasche. »Also nenn mir sein geheimes Versteck.« Mit einem leisen »Klick« ließ er es aufklappen. »Wenn du mir einen Gefallen tun willst, dann sei widerspenstig.«

»Wie viel Geld hat dir Ferdinand von Ladeck für den Verrat an Tony bezahlt?«

Maurice wirkte sprachlos. Seine Augen weiteten sich und er schien für einen Moment aufzuhören zu atmen. Dann packte er Zoe am Kragen. »Du verdammte Schlampe.« Er hielt das Messer vor ihr rechtes Auge. »Sag mir, was du weißt, oder ich schneide dich in Streifen und verfüttere dich an deinen Bimbo-Freund.«

Zoes Antwort war ein Lachen. Es war ein unheimliches Geräusch inmitten der Auseinandersetzung. »Es gibt zwei Arten von Menschen, die in Mannheim nicht lange überleben«, sagte sie. »Arschlöcher und Rassisten. Und du erfüllst beide Kriterien.«

»Glaubst du …«, begann er. Weiter sollte er nicht kommen, denn eine Gitarre krachte in sein Gesicht. Maurice wurde wie eine Stoffpuppe nach hinten geschleudert und schlug gegen einen Tisch. Sein Blut spritzte bis zur Decke, und das Messer fiel zu Boden.

Dann brach die Hölle los.

Die Energydrinks hatten nicht die gewünschte Wirkung. Es war erst kurz vor dreiundzwanzig Uhr und Jan sehnte sich nach seinem Bett. Er kurbelte das Fenster herunter und atmete die kühle Luft ein, als sein Handy vibrierte. Er kannte die Nummer nicht.

»Jan Tommen«, meldete er sich.

»Hier spricht Kerima«, antwortete eine Frauenstimme. Jan war froh, dass die Psychologin anrief. Er konnte ihre Hilfe gebrauchen.

»Entschuldige die späte Störung, aber es hat eine Weile gedauert, die Unterlagen zu Ferdinand von Ladeck durchzuarbeiten. Der Charakter dieses Mannes ist … komplex. Ist er dein Hauptverdächtiger?«

»Nicht als Vollstrecker«, antwortete Jan. »Eher als Strippenzieher. Ich komme nur schwer an ihn heran. Deine Einschätzung würde mir helfen, seine Beweggründe zu verstehen. Vielleicht finde ich irgendwo eine Lücke.«

»Fangen wir von vorne an«, sagte Kerima. »Ladeck

Pharma wurde von Ferdinands Großvater gegründet. Ende der Dreißigerjahre erlebte die Firma einen Wachstumsschub, was auf eine Nähe zu den Nationalsozialisten hindeutet.«

»Überrascht mich nicht.«

»Die von Ladecks sind ein altes Adelsgeschlecht. Kein großes, aber doch mit einer Geschichte, die weit genug zurückreicht, um sich etwas darauf einbilden zu können. Sie sind wohlhabend genug, um sich ein paar Bedienstete leisten zu können.

»Was bedeutet das?«

»Ferdinand von Ladecks Leben war vom Moment seiner Geburt an vorgezeichnet. Als einziger männlicher Nachkomme bei drei Geschwistern würde er Ladeck Pharma übernehmen. Wegen ihres Wohlstands musste er sich nie die Hände schmutzig machen. Von Kindesbeinen an hat er gelernt, mit Untergebenen umzugehen, und genau das sind die meisten Menschen für ihn, Untergebene.«

»Selbst der Chef der Kripo?«

»Familien wie die von Ladecks glauben, dass das Herrschen eine Sache der Geburt ist, dem Adel vorbehalten. Demokratie ist ihnen zuwider. Ein Mittelschichtler wie Bergman ist ein Emporkömmling, mit dem sie sich normalerweise nicht abgeben. Der Bestechungsversuch zeigt, dass Ferdinand von Ladeck kein Rechtsbewusstsein hat. Der Polizeiapparat hat seinen Zwecken zu dienen und ihm nicht im Weg zu stehen.«

»Was will er?«, fragte Jan. »Was treibt ihn an?«

»Menschen wie von Ladeck haben keine Werte, wie wir sie kennen. Ehen sind Zweckbündnisse, die den Bestand des Adelsgeschlechts sichern sollen. Liebe spielt keine Rolle. Geld ist im Übermaß vorhanden, also bleibt nur der Ruhm der Firma. Dafür ist er bereit, alles zu tun.«

»Auch einen Mord?«

»Natürlich«, sagte Kerima. »Da sind wir wieder bei dem Herrschaftsgedanken. Menschen wie wir sind nur Dienstleister für das größere Ganze, was in diesem Fall Ladeck Pharma ist. Auch wenn er körperlich keine Bedrohung ist, sind ihm Skrupel und Moral fremd. Menschenleben zählen nichts. Sei vorsichtig und fühle dich nie sicher«, mahnte Kerima. »Ferdinand von Ladeck ist vielleicht der gefährlichste Mann, mit dem du je zu tun hattest.«

Selbst zwei Stunden danach war Chandu nicht sicher, was passiert war. Die Geschehnisse, nachdem Maurice zu Boden gegangen war, konnten nicht als Schlägerei bezeichnet werden. Dazu waren sie zu kurz und zu einseitig. Zoe und Lisa hatten ihn aufgeklärt und ihm ihre Freunde vorgestellt, aber sein Gehirn war noch immer am Sortieren.

Alle Besucher der Bar gehörten zu Lisas Bekanntenkreis. Es waren weniger Ärzte oder Krankenpfleger, sondern Leute aus ihrem Fitness-Studio, in dem sie dreimal die Woche Thai-Boxen trainierte.

Lisas Trainingspartner hatte sich neben der Tür aufgestellt. Burak hatte einen Kick, der einen ausgewachsenen Hengst neidisch machen konnte. Schläger Nummer eins hatte nicht einmal sagen können, mit welchem Fuß Burak ihn getroffen hatte, als sein Nasenbein bereits gebrochen war. Der zweite Treffer hatte ihn ins Reich der Träume geschickt, aber Burak hatte nicht geizig sein wollen und einen weiteren Kick nachgelegt.

Dem zweiten Schläger erging es nicht besser. Der andere Mann an der Tür war Lisas Trainer Waldemar. Mit einem gemeinen Schlag zwischen die Beine hatte sich Waldemar eine gute Kampfposition gesichert. Nachdem er den Kopf von Maurices Mann durch eine Tischplatte gerammt hatte, war auch diese Auseinandersetzung entschieden, aber Elle, die attraktive Bedienung und Lisas Schulfreundin, hatte dem bereits benommenen Schläger Nummer zwei noch eine Bierflasche übergezogen. Nur, um sicherzugehen.

Das schlechteste Los hatte Maurices dritter Mann gezogen. Der gewichtige Biker Ulf, seines Zeichens Holzfäller von Beruf, hatte seine Arme um seinen Gegner geschlungen, ihn wie ein Spielzeug angehoben und an die Wand gerammt. Chandu hatte die Rippen bis zu seinem Platz brechen hören können. Nach dem vierten Aufprall hing der Schläger schlaff in seinen Armen, aber Ulf hatte sich um seine Achse gedreht und sich wuchtig zu Boden fallen gelassen, wobei er seinen Gegner als Abfederung für den Aufprall verwendete.

Das ältere Ehepaar am Tisch waren Roswitha und Sigrid Weingard, ihres Zeichens Anwälte für Strafrecht, die alle am Kampf Beteiligten nicht nur vertreten würden, sondern auch als Nebenkläger gegen Maurice und seine Schläger auftreten würden. Sie waren erstaunlich gut auf diese Prügelei vorbereitet und würden die vier Männer mit Klagen überhäufen.

Um den Abend perfekt zu machen, waren unter den Gästen zwei frisch pensionierte Polizisten, die mit ein paar Übertreibungen ihre ehemaligen Kollegen der Bereitschaft von Maurices Gefährlichkeit überzeugten, wobei die Waffen der Schläger ihren Teil dazu beitrugen.

Chandu zweifelte daran, dass sich Maurice und seine Männer vollständig erholen würden. Vier Ärzte und sechs Rettungssanitäter waren nötig, um sie für den Transport in ein Krankenhaus zu stabilisieren. Dass Ulrich Ziegert, Lisas Kollege, einer der Ärzte war, hatte Chandu nicht überrascht. Auch wenn Mannheim dreihunderttausend Einwohner hatte, schien jeder jeden zu kennen.

Nachdem die Verletzten abtransportiert und die Polizisten die Aussagen der Beteiligten aufgenommen hatten, hatte Tama mit seiner Band wieder die Bühne betreten. Seine

Ersatzgitarre klang nicht schlechter als jene, die an Maurices hartem Schädel zerbrochen war. Tama war Lisas Freund. Der ungewöhnliche Name war auf seine Mutter zurückzuführen, die zur Hälfte Maori war.

Mit den ersten Tönen der Band stürmten die Gäste wieder an die Bühne und begannen mit ihrem irren Tanz. Selbst Elle, die sich Chandu eher in einer Szenedisko vorstellen konnte, stürzte sich ins Getümmel. Nach zwei Minuten kam die nassgeschwitzte, aber überglückliche Zoe zu ihm. Sie hatte sich ihrer kugelsicheren Weste entledigt und strahlte über das ganze Gesicht. Ihr riskanter Plan hatte funktioniert. Maurice war aus dem Geschäft.

»Was ist los?«, schrie sie gegen die Musik an. »Du bist der Einzige in diesem Laden, der keinen Spaß hat.«

»Ich bin noch überwältigt. Wie lange hat die Schlägerei gedauert? Zehn Sekunden?«

»Ich habe doch gesagt, dass wir alles im Griff haben.«

»Ich hatte fast Mitleid mit Maurices Männern«, sagte Chandu. »Das Problem ist erledigt, aber Jan werden wir nicht helfen können. Ich wollte Maurice nach der Schlägerei befragen, doch er wird für lange Zeit nicht mehr sprechen können.«

»Macht nichts«, sagte Zoe. »Ich weiß, wo mein Vater die Unterlagen versteckt hat, seine ›Lebensversicherung‹, wie er sie genannt hat.«

»Woher …«

»Sag ich dir morgen.« Sie schluckte eine Schmerztablette. »Heute feiern wir.« Dann rannte sie zurück in die tobende Menge.

KAPITEL 9

Das Knirschen der Dosen weckte Jan. Er schüttelte den Kopf, um die Müdigkeit der kurzen Nacht zu vertreiben. Die Energydrinks hatten ihn nicht wachhalten können. 7.53 Uhr. Er musste zwei Stunden geschlafen haben. Jan startete den Motor seines Autos als Bonbachs Z4 an ihm vorbeigefahren war. Die Straße war leer. Niemand in dieser Gegend war an einem Sonntagmorgen um kurz vor acht Uhr wach. Jan hoffte, dass Bonbach nicht nur ins Fitness-Studio ging oder Brötchen kaufte, sondern dass sich der Aufwand lohnen würde.

Er rieb sich die Augen. Er hatte Mühe, sich zu konzentrieren und wäre beinahe über eine rote Ampel gefahren. Jan schlug sich auf die Wange und kurbelte das Fenster herunter. Zum Glück gab es kaum Verkehr, sonst hätte er die Frau längst verloren. Er hätte jeden Betrag für einen guten Kaffee bezahlt, denn außer leeren Dosen und einer angefangenen Tüte Chips gab sein zugemüllter Beifahrersitz nichts her.

Nach zwanzig Minuten Fahrt waren sie in Charlottenburg angekommen. Bonbach hielt vor einem Altbau mit schöner Fassade und Gittern vor den Fenstern. Ein unauffälliges Schild neben dem Eingang wies auf eine Privatbank hin. Die Frau ging zu einer Metalltür und klingelte. Eine Klappe ging auf und sie hielt einen Ausweis hoch. Dann öffnete sich die Tür, und sie wurde hineingelassen.

Die Bank war sehr erlesen, wenn sie sonntags Kunden empfing. Normale Bankgeschäfte wurden an diesem Tag nicht getätigt, einzig Schließfächer waren rund um die Uhr erreichbar. Jan wertete den Besuch als gutes Zeichen. Vielleicht holte Bonbach Geld, um unterzutauchen. Möglicherweise waren es auch Unterlagen, auf denen sich ihr Reichtum begründete. Möglicherweise war Bonbach ähnlich skrupellos wie Zoes Vater Tony und erpresste Ferdinand von Ladeck. Was immer sie in der Bank machte, Jan würde sich dieses Mal nicht abspeisen lassen.

Drei Minuten später kam Bonbach wieder heraus. Sie setzte eine Sonnenbrille auf und bedeckte ihre Haare mit ihrem Halstuch. Bevor sie auf die Straße trat, sah sie sich nervös um. Jan stieg aus seinem Auto und lehnte sich demonstrativ an die Karosserie. Als sie über die Straße ging, bemerkte sie ihn und wechselte die Richtung.

»Was machen Sie hier?«, schrie sie ihn an. Obwohl sie fünfzehn Meter von ihm entfernt stand, konnte er ihre Stimme gut verstehen. »Verschwinden Sie.« Sie war noch unhöflicher als am Abend zuvor, fast hysterisch.

»Die Frage ist eher, was machen Sie hier?«, rief er zurück.

»Ich muss nicht mit Ihnen reden.« Sie wandte sich ab.

»Doch. Entweder hier oder ich nehme sie mit auf die Wache.«

Zu spät bemerkte Jan den herannahenden Jeep. Mit aufheulendem Motor hielt er auf Bonbach zu. In ihrer Wut hörte sie das Fahrzeug nicht. Jan rannte auf die Frau zu. Er schrie und winkte, aber sie reagierte nicht auf seine Warnung.

Der Jeep traf sie mit voller Wucht. Ihr Kopf prallte mit einem hässlichen Knirschen auf die Windschutzscheibe. Sie wurde ein Stück mitgeschleift, bis sie über das Dach flog und auf die Straße schlug. Der Jeep wurde nicht langsamer und steuerte auf Jan zu. Für einen Augenblick sah er Siegfrieds Gesicht. Dann rettete er sich mit einem Sprung zwischen zwei geparkten Autos auf den Gehweg. Er spürte den Luftzug des Jeeps, der nur eine Handbreit an ihm vorbeifuhr.

Jan rollte sich ab und rannte zu Bonbach. Ihr Genick war unnatürlich verdreht. Blut lief von ihrem Kopf auf die Straße. Die verrenkten Glieder ließen darauf schließen, dass jeder Knochen in ihrem Leib gebrochen war.

Jan kniete sich neben die Frau. Ihr Mund stand offen und ihre Augen blickten leblos nach oben. Jan zog sein Handy aus der Tasche und wählte den Notruf. Kaum hatte er aufgelegt, kam eine Spaziergängerin herbeigeeilt und blieb neben Jan stehen.

»Was ist passiert?«

»Ein Unfall mit Fahrerflucht«, erklärte Jan der älteren Dame. »Bleiben Sie bei ihr. Ein Krankenwagen ist unterwegs. Ich verfolge den Flüchtigen.«

Jan rannte zu seinem Auto, stieg ein und startete den Motor. Er trat das Gaspedal durch und nahm die Verfolgung des Jeeps auf.

Chandu erwachte mit Kopfschmerzen. Es hatte etwas gedauert, doch schließlich hatte er mitgefeiert. Drei Bier später hatte er sich sogar zu diesem komischen Tanz überreden lassen, auch wenn er bisher nichts mit Heavy Metal anfangen konnte. Gegen zwei Uhr hatte er den Holzfäller Ulf schließlich unter den Tisch getrunken, während Elle mit dem Kopf an seiner Schulter eingeschlafen war. Zoe hatte sich nur mit Lisas Hilfe auf den Beinen halten können.

Eine Taxifahrt später waren sie im Hotel zurück, hatten sich aufs Bett gelegt und waren in ihren Kleidern eingeschlafen. Chandus Blick ging zu Zoe, die mit ausgestreckten

Armen auf der Matratze lag. Wie immer beanspruchte sie zwei Drittel des Betts, während er sich an den Rand drücken musste, Zentimeter vor dem Absturz. Ihre Nase war von Maurices Schlag noch geschwollen, aber ein zufriedenes Lächeln lag auf ihrem Gesicht. Gestern Nacht hatte sie eine Wandlung durchgemacht. Als Maurice auf einer Trage in den Krankenwagen geschafft worden war, hatte man förmlich sehen können, wie die Ketten der Vergangenheit von ihr abgefallen waren.

Chandus Kopfschmerzen wurden stärker und sein Bauch machte komische Geräusche. In diesem Zustand konnte er sich nicht einmal seine Schuhe binden, daher richtete er sein Kopfkissen und legte sich wieder hin. Er benötigte noch ein paar Stunden Schlaf, bis er sich auf das nächste Abenteuer einlassen konnte. Dann würden sie die PERV9-Unterlagen beschaffen, wo immer sie Tony versteckt hatte.

Die Straße war weiträumig abgesperrt. Verkehrspolizisten besetzen die Kreuzungen und leiteten den Verkehr um, während ihre Kollegen die Schaulustigen zurückhielten. Alle Tatortermittler waren vor Ort, aber Jan beschlich wieder das Gefühl, dass die andere Seite ihm einen Schritt voraus war.

Bianca Bonbach war schon tot gewesen, bevor der Krankenwagen eingetroffen war. Die Minute Vorsprung, die Siegfried mit seinem Wagen gehabt hatte, hatte ihm genügt, um zu verschwinden. Jan war eine Stunde umhergefahren, hatte aber den Jeep nicht finden können. Bei seinem rettenden Sprung zur Seite hatte er wenigstens das Kennzeichen erkannt. Eine großangelegte Fahndung nach dem Wagen lief.

Patrick hielt einen kleinen Ordner in der Hand, verpackt in einen Beweisbeutel, der mit dem Blut von Bonbach bespritzt war.

»Der Wachmann hat bestätigt, dass Bianca Bonbach den Ordner in die Tasche gesteckt hatte, als sie die Bank verließ. Alle anderen Dinge in ihrer Handtasche waren unverdächtig. Sie hat weder wertvollen Schmuck noch einen gefälschten Pass oder eine größere Menge Bargeld eingesteckt.«

»Was steht drin?«

»Es ist ein Kaufvertrag über ein Gelände in Alt-Hohenschönhausen.«

»In der Berlin Eastside?«

Patrick nickte.

»Das sind zwölfhundert Hektar. Sag mir bitte, dass du eine Adresse hast.«

»Habe ich.«

»Auf wen läuft der Vertrag?«

»Eine Firma namens Perlec Medicare.«

»Sagt dir der Name etwas?

»Nie gehört. Ist was für Max. Ich leite es ihm weiter.«

»Schick mir erst die Adresse des Geländes auf mein Handy. Ich fahre hin.«

»Brauchst du Hilfe?«

»Ich schaue mich erst mal unauffällig um. Eine Spezialeinheit der Polizei würde aufschreckend wirken.«

»Dann koordiniere ich die Fahndung nach Siegfried.«

»Das wird schwierig, Stein«, mischte sich Bergman in das Gespräch ein. Jan hatte seinen Chef nicht kommen hören und zuckte vor Schreck zusammen. »Eine Streife hat den Wagen unter einer Brücke einen Kilometer von hier gefunden. Lichterloh brennend.«

Jan fluchte. »Damit sind alle Beweise vernichtet.«

»Dass es sich um den Unfallwagen handelt, werden wir nachweisen können, aber das Innere ist völlig verkohlt. Spuren des Fahrers finden wir nicht.«

»Ich habe ihn gesehen«, sagte Jan.

»Ich glaube dir«, erklärte Bergman. »Ich weiß, dass deine Sinne in Stresssituationen perfekt funktionieren, aber für eine Anklage ist das zu wenig. Vielleicht findet unser Superhacker wieder eine Aufnahme.«

»Ich habe ihn schon aus dem Bett geholt«, sagte Jan. »Er überprüft die Kameras der Bank.«

»Ich lasse ein paar Männer nach Zeugen rund um das brennende Fahrzeug suchen«, erklärte Bergman. »Vielleicht ist Siegfried umgestiegen oder wurde von jemandem mitgenommen.«

»Woher kannte er Bonbachs Aufenthaltsort?«, fragte Jan. »Wegen der nächtlichen Überwachung war ich unkonzentriert, aber der schwarze Jeep wäre mir aufgefallen, wenn er uns verfolgt hätte.«

»Ich tippe auf eine Wanze oder ihr Handy war angezapft«, sagte Patrick. »Er ist ihr nicht zufällig über den Weg gelaufen.«

»Also wusste Siegfried, was Bonbach vorhatte, und hat sie deshalb getötet«, sagte Bergman, »oder er wollte sie sowieso zum Schweigen bringen, ist ihr gefolgt und hat die Gelegenheit genutzt.«

»Wenn Bonbach einen Kaufvertrag in einem Bankschließfach aufbewahrt hatte, dann hatte das einen Grund. Entweder war sie Geheimnisträgerin im Auftrag von Ladecks oder sie hat die Unterlagen verwendet, um ihn zu erpressen. In beiden Fällen hätte Siegfried den Ordner an sich genommen, wenn er davon gewusst hätte. Er wird nur den Auftrag gehabt haben, sie zu töten.«

»Ich nehme mir den Vertrag vor«, sagte Patrick.

»Ich gehe zur Berlin Eastside und schaue mir das Gelände an«, ergänzte Jan. »Wenn ich etwas finde, melde ich mich. Dann drehen wir jeden Stein um.« Jan nickte den Kollegen zu und ging zu seinem Auto. Der Kaufvertrag war die beste

Spur seit Langem. Vielleicht konnte er damit von Ladeck zu Fall bringen.

Der Sonntagmorgen war perfekt für eine Inspektion der Berlin Eastside. Kein Berufsverkehr, keine Lkws, keine zufälligen Spaziergänger. Sein Navi hatte Jan zu einer neuartigen Industriehalle geführt. Er schätzte die Fläche des rechteckigen Blocks auf achthundert Quadratmeter. Die grauen Metallwände waren schmutzig und Unkraut hatte sich in den Steinblöcken vor dem Eingang breitgemacht. Die Halle befand sich am Ende einer Sackgasse. Das nächste Gebäude war eine Metallverwertungsanlage, auf der übereinandergestapelte Autowracks die Sicht auf die Halle verdeckten. Der Parkplatz war auf der von der Straße abgewandten Seite. Es war eine abgelegene Stelle, inmitten einer blühenden Industrielandschaft.

Jan hatte sich eine Stadtkarte von Berlin aus dem Auto genommen und lief auf der Straße umher, als wäre er unsicher, wo er sich befinden würde. Er spielte noch eine Zeit lang Theater, dann ging er zu der Eingangstür aus Metall, an der ein Schild mit der Aufschrift »Zutritt verboten« angebracht war.

»Hallo.« Sein Klopfen klang dumpf. »Ich habe mich verfahren. Können Sie mir sagen, wo wir hier sind?«

Jan legte das Ohr an die Tür. Nichts. Niemand antwortete. Keine Schritte waren zu hören. Er wartete zwei Herzschläge. Dann ging er um das Gebäude herum. Die wenigen Fenster waren aus Milchglas und durch heruntergelassene Jalousien von innen verdeckt. Es war unmöglich zu erkennen, was sich im Inneren der Halle befand. Jan umrundete das Gebäude zweimal. Nichts deutete darauf hin, dass es genutzt wurde.

Für einen Durchsuchungsbefehl hatte er keine Beweise. Noch wussten nur Patrick, Bergman, Max und er von dem

Vertrag, aber Jan hatte keine Ahnung, wie viele Informanten von Ladeck bei der Polizei hatte. Spätestens heute Abend würde er von dem Vertrag wissen. Dann würde er auch diese Spur zu verwischen versuchen.

Jan musste diesen Vorteil nutzen, also griff er sich einen faustgroßen, lockeren Pflasterstein, ging zu einem Fenster und warf ihn mit aller Kraft auf die Scheibe. Der Stein prallte ab und zischte eine Handbreit an seinem Ohr vorbei. Jan fluchte. Sicherheitsglas.

Durch das Fenster würde er nicht hineinkommen, die Metalltür war stabil, also musste er durch die Wand. Hallen wie diese bestanden aus Stahltrapezblech, gedämmt mit Mineralfasern. Es würde viel Lärm machen, ein Loch in das Blech zu schlagen, aber durch die nahe Metallverwertungsanlage würde das niemandem auffallen. Und für den Notfall hätte er seinen Kripo-Ausweis.

Er machte sich auf den Weg zurück in seine Wohnung. Dreißig Minuten später kam er mit einer Axt und einer Taschenlampe zurück.

Da er nicht vorsichtig sein musste, hatte Jan schnell eine Öffnung in die Wand geschlagen. Er versuchte, sich nicht an den scharfen Metallkanten zu schneiden, als er durch das schmale Loch kroch. Wenig Licht drang durch die Fenster, aber es genügte, um die Inneneinrichtung zu sehen. Der Raum war eine Art Labor. Die Luft roch abgestanden. Verstaubte Metalltische standen in U-Form an der Wand. Glaskolben, Schläuche und Metallhalterungen für Reagenzgläser ließen kaum Platz für eine Kaffeetasse. Geräte, die Jan an große Spülmaschinen oder Kopierer erinnerten, wurden von einem Kabelstrang aus der Wand gespeist. Neben einer Glastür standen zwei Apothekerschränke. In der Mitte des Raumes war ein großer Tisch, an dem vier Monitore rechtwinklig zueinander angeordnet waren. Die Kabel reichten zum Boden.

Die Staubabdrücke deuteten darauf hin, dass hier Computer benutzt worden waren.

Jan drückte ein paar Tasten auf den Geräten und probierte den Lichtschalter aus, aber der Strom war abgeschaltet.

Das Labor war verlassen worden, nicht in Eile, sondern ruhig und geplant, als wollte man sich die Möglichkeit erhalten, später einmal zurückzukehren. Es war schwer abzuschätzen, wie lange schon niemand mehr das Gebäude betreten hatte. Anhand des Staubes, der sich in einem sonst klinisch sauberen Labor niedergelassen hatte, tippte er auf einen Zeitraum von ein bis drei Jahren. Hätte nicht jemand die Tür zum Gang aufgelassen, wäre das Labor wahrscheinlich noch so sauber wie am Tag, an dem es aufgegeben worden war.

Jan durchsuchte die Schubladen und öffnete die Schränke, aber er fand weder schriftliche Unterlagen noch Substanzen, mit denen Experimente durchgeführt worden waren. Er schaltete seine Taschenlampe an und ging durch den Flur. Es folgten drei weitere Labore, die ähnlich aufgebaut waren. Der Gang wurde schmaler. Das Linoleum auf dem Boden war weniger abgenutzt. Es gab keine Fenster. Zwei Neonlampen hätten den Weg erleuchten können, wäre Strom auf der Leitung gewesen.

Nach drei Schritten kam Jan an eine stabile Metalltür mit einem kleinen Sichtfenster. Statt einer Klinke hatte die Tür einen breiten Hebel, der Jan an ein Kühlhaus erinnerte. Der Raum dahinter war klein, kaum zwei Meter breit und nicht viel tiefer. Die Wände waren gepolstert wie in der Weichzelle einer Psychiatrie. Die muffige Luft wurde von dem Gestank eines Kanals überlagert. Die hellblauen Polster waren befleckt. Im Schein der Taschenlampe konnte Jan nicht erkennen, ob es Blut, Erbrochenes oder eine andere Körperflüssigkeit war. Das überließ er der Spurensicherung. Das Polster am Boden war aufgerissen, als hätte jemand seine Fingernägel oder Zähne hineingeschlagen.

Jan ging den Gang weiter. Links und rechts kamen weitere Räume. Acht an der Zahl. In allen waren Spuren der Verzweiflung zu erkennen. Der Gang endete in einem großen Raum. Der mit Fliesen ausgelegte Boden hatte eine leichte Neigung zu einem Kanal, um das Putzen des Raums zu erleichtern. In der Mitte standen zwei Metalltische. Kalt. Verstaubt. Am Kopf- und Fußende sowie in der Mitte des Tischs waren Lederfesseln angebracht, breit genug, um selbst den kräftigsten Mann wehrlos zu machen. Ein großes OP-Licht hing bedrohlich von der Decke. Die drei Leuchten darin starrten auf das Metall, als könnten sie es kaum erwarten, dass das nächste Versuchsopfer darauf angeschnallt wurde. Neben dem Tisch standen Infusionshalter sowie ein Rollstuhl, dessen gummiartige Sitzfläche verschlissen war, als wäre er rege in Gebrauch gewesen.

Jan fröstelte. Der Raum strahlte etwas Düsteres, Menschenverachtendes aus, als hätte er das Leid der Opfer bewahrt. Welche Experimente für PERV9 auch immer notwendig gewesen waren, hier waren sie durchgeführt worden.

Jan ging zurück, vorbei an den Zellen und den Laboren, bis zum Eingang. Von dort kam er zu einem Aufenthaltsraum, vollgestellt mit Plastikstühlen und Tischen, Regalen mit Geschirr und Besteck. Der Staub war hier stärker und doch meinte Jan, den bitteren Geruch von Kaffee zu vernehmen. Der Raum öffnete sich in einen Hof. Ursprünglich war er vielleicht als eine Art Lieferanteneingang gedacht gewesen, aber das große Tor war zugeschweißt und der Betonboden aufgerissen. Statt einer kahlen Einfahrt erhob sich ein Wildgarten, dessen Grün in dieser kalten Halle deplatziert wirkte. Der Weg durch die Glastür des Aufenthaltsraums war der einzige Zugang hinein. Die umgebenden Blechmauern der

Halle hielten viel Sonnenlicht draußen, doch war es genug gewesen, um das Gras und die Büsche wachsen zu lassen. Der Efeu hatte die Wand erklommen. Jan mühte sich durch hohes Gras, das von Unkraut gesprenkelt war, bis zu einem kleinen vertrockneten Brunnen an der hinteren Seite des Gartens, der von einem Feld aus Zierbambus umgeben war, das fast bis zur Decke reichte. Eine Spinne hatte ihr Netz zwischen die langen Hölzer gespannt, nicht weit von einer Raupe, die sich langsam an einem Blatt hochschlängelte.

Jan wollte zurück zum Eingang, als ihm ein kleiner weißer Stein im Bambus auffiel, dessen Farbe nicht zu den grünen Blättern passen wollte. Jan holte seine Axt und fing an, den Bewuchs um die Stelle abzuschlagen. Er hackte die Stöcke entzwei, warf Gestrüpp zur Seite und kämpfte sich durch den kleinen Bambuswald, bis er den Stein erreichte. Seine Oberfläche war erstaunlich glatt. Jan kniete sich auf den Boden und kehrte die Erde zur Seite und legte den Stein Zentimeter um Zentimeter frei. Als Jan bewusst wurde, was er ausgegraben hatte, trat er zwei Schritte zurück. Es war kein Stein.

Er starrte in die leeren Augenhöhlen eines Totenschädels.

Obwohl er das Frühstücksritual schon mehrfach mitgemacht hatte, war Chandu immer noch von Zoes Essgewohnheiten fasziniert. Nachdem sie eine Kanne Kaffee bestellt hatte, ging sie zum Büfett und lud sich drei Croissants auf den Teller, marschierte zur Kinderecke, leerte den Vorrat an Nutella-Schälchen und füllte sich schließlich eine Müsli-Schale mit Kirschmarmelade voll. Am Tisch angekommen, machte sie sich nicht die Mühe, das Croissant aufzuschneiden, sondern schmierte Nutella und Kirschmarmelade in dicken Schichten darauf, bevor sie es genüsslich verschlang.

Auch wenn Chandu vor Neugier platzte, war es sinnlos, Zoe beim Essen zu stören. Außer einem genervten Stöhnen würde er nichts aus ihr herausbekommen. Nachdem die Kanne geleert und die Croissants den Weg in ihren Magen gefunden hatten, lehnte sie sich zurück und seufzte.

»Du willst sicher wissen, wo Tony die Unterlagen versteckt hat«, fragte sie beiläufig, während sie sich Nutella-Reste von den Fingern wischte.

»Wäre schön.« Chandu verkniff sich eine bösartige Bemerkung. »Ich habe die halbe Nacht nicht geschlafen und mir Maurices Bemerkungen durch den Kopf gehen lassen, aber keinen Hinweis auf die Unterlagen gefunden.«

»Nicht direkt«, erklärte Zoe. »Dafür kennen weder du noch Maurice unsere Familiengeschichte gut genug. Der entscheidende Satz war: ›Tony hat mir einmal gesagt, dass er seine Lebensversicherungen bei seiner Familie aufbewahrt.‹ Von da an wusste ich, wo ich suchen musste.« Zoe sah zur Decke, als überlegte sie, wo sie anfangen sollte. »Tony war ein Waisenkind. Seine Eltern starben bei einem Autounfall, als er sechs Jahre alt war. Damit er nicht in ein Heim abgeschoben werden musste, nahmen ihn Freunde der Familie auf. Sein neuer Vater wurde Renato Speca, ein Restaurantbesitzer aus Mannheim, der Tony wie seinen Sohn aufzog und ihm nach der Schule eine Stelle als Koch verschaffte. Doch Tony war mit der Aussicht auf ein Leben im Restaurant nicht zufrieden, und so ließ er sich mit der Mafia ein. In den folgenden Jahren wurde er vom Laufburschen zu einem geachteten Mitglied des organisierten Verbrechens und beendete seine Lehre als Koch.«

Zoe winkte der Bedienung und bestellte eine neue Kanne Kaffee. »Tony sieht in Renato bis heute seinen Vater. Vielleicht ist er der einzige Mensch, dem er wirklich vertraut.«

»Daher vermutest du die Unterlagen dort?«

»Ist eigentlich logisch. Mein Vater reist sehr viel. Egal in welchem seiner Häuser er die Unterlagen verstecken würde, er könnte sie dort nicht dauerhaft bewachen. Mitnehmen ist zu umständlich und Bankschließfächer hält er für zu unsicher.«

»Wie willst du dort rankommen?«, fragte Chandu. »Zu Renato gehen und ihn danach fragen?«

»Ich habe mit ihm vor Jahren gebrochen. Renato ist ein ähnlicher Bastard wie mein Vater, daher müssen wir uns etwas anderes einfallen lassen.«

»Irgendwelche Ideen?«

»Die Unterlagen werden in Renatos Büro sein. Dort durfte ich schon als Kind nicht hinein. Selbst wenn er nur kurz auf die Toilette ging, hat er die Tür immer abgeschlossen.« Zoe füllte sich die Kaffeetasse. »Das letzte Mal war ich vor fünfzehn Jahren im Restaurant. Ich muss mich erst umsehen.«

»Und wenn er dich erkennt?«

»Renato ist ein alter Mann, der schon mit vierzig kurzsichtig war. Er wird nicht mehr in der Küche stehen, daher werden eine Perücke und eine Sonnenbrille genügen.«

»Na denn.« Chandu prostete Zoe mit seinem Orangensaft zu. »Lass uns heute Mittag italienisch essen gehen.«

»Einen Bastard haben wir im Knast. Ich kann es kaum erwarten, bis ihm mein Vater folgt.«

Seit Jans Chef an den Tatort gekommen war, hatte er kaum ein Wort gesprochen. Mit jeder gefundenen Leiche war Bergman stiller geworden, bis das Entsetzen ihn schließlich hatte vollends verstummen lassen. Sie hatten lange graben müssen, bis alle acht Leichen geborgen waren, und während dieser Zeit war der Kripo-Chef keinen Schritt vom Tatort gewichen. Erst als der letzte Tote geborgen worden war, hatte er sich an Jan gewandt.

»Wie kann so etwas passieren?« Bergmans Stimme war ungewöhnlich leise. »Hier, mitten unter uns, in Berlin. Niemand hat etwas bemerkt, niemand hat diese Menschen vermisst, als hätten sie nie existiert.«

»Wir wissen noch nicht, wer die Toten sind«, sagte Jan. »Wir haben jeden Zentimeter des Gartens umgedreht, aber wir fanden nichts, was uns einen Hinweis auf deren Identität geben könnte. Hätte der Bambus den Totenschädel nicht an die Oberfläche getrieben, wären wir nie darauf gestoßen.«

»Wie lange liegen sie schon hier?«, wandte sich Bergman an den Rechtsmediziner.

»Die Leichen haben eine braune, ledrige Beschaffenheit. Unter Berücksichtigung dieser Tatsache, den vorliegenden Umgebungsbedingungen und dem Mumifizierungsgrad ist von einem Todeszeitpunkt vor zwei bis drei Jahren auszugehen«, ließ sich Walter zu einer ersten Schätzung hinreißen.

»Die Todesursache?«, fragte Jan.

»Nichts Sichtbares. Ich sehe nur bei einer Leiche ein mögliches Einschussloch. Keine zertrümmerten Schädel oder ein anderes Zeichen für Gewaltanwendung.«

»An Altersschwäche werden sie nicht gestorben sein«, bemerkte Jan.

»Wenn ich mich hier umsehe, tippe ich auf eine tödliche Nebenwirkung von irgendwelchen Medikamententests. Sie könnten auch erstickt worden sein, ein gezielter Stich mit einer dünnen Klinge oder ein Stromschlag mit …«

»Schon gut«, unterbrach Jan. »Ich weiß, dass du dich nicht festlegen willst. Sag mir lieber, was das für Geräte in den Laboren sind«

»Eine Menge teures Zeug. Massenspektrometer, Thermocycler, DNA-Sequenzer, Elektronenmikroskope und Zentrifugen. Alles auf dem neuesten Stand der Technik.«

»Und hoffentlich voller Fingerabdrücke«, bemerkte Jan.

»Wäre ich nicht so optimistisch«, sagte Patrick. »Die Spurensicherung hat den ersten Raum vollständig eingedampft und nicht einen Fingerabdruck gefunden. Bevor das Gebäude aufgegeben worden ist, scheint alles geputzt worden zu sein.«

»Nicht unbedingt«, warf Walter ein. »Die Forscher werden während ihrer Arbeit Schutzanzüge und Handschuhe getragen haben. Die Chancen, Fingerabdrücke zu finden, ist auf den Kaffeetassen höher als auf den Geräten.«

»Kannst du mir sagen, was hier gelaufen ist?«

»Anhand der Geräte nicht«, sagte Walter. »Wenn ich mir die Leichen genauer ansehe, werde ich wahrscheinlich Häufungen von ungewöhnlichen Stoffen finden. Daraus lassen sich Rückschlüsse auf die Experimente ziehen.«

»Wie lange wird das dauern?«

»Ein paar Tage. Und das nur, wenn wir die Nacht durcharbeiten.«

Jan fluchte. »Wie sieht es mit der Identifizierung der Leichen aus?«

»Ist ähnlich schwierig. Wir versuchen das Gesicht der Toten wiederherzustellen, dann können wir das mit der Vermisstendatenbank abgleichen. Das gleiche gilt für die DNA. Wenn sie in unserem System ist, kriegen wir einen Treffer, sonst wird es schwer.«

»Und Fingerabdrücke von den Leichen?«

»Nach so langer Zeit nicht.«

»Funktioniert Thanatoprint?«, fragte Patrick.

»Was für ein Ding?« Jan hatte das Wort noch nie gehört.

»Hierbei wird zuerst die Arteria radialis freigelegt«, begann der Rechtsmediziner lehrerhaft. »Dann kann man am Retinaculum flexorum ein Sicherheitsvenenverweilkatheter handwärtig ausgerichtet legen …«

»Gossmann«, unterbrach Jan genervt.

Der Rechtsmediziner war von der Störung sichtlich beleidigt. Wie immer schien er es nicht zu verstehen, warum ein

Zuhörer seinen wissenschaftlichen Ausführungen nicht folgen wollte.

»Bei Thanatoprint wird dem Toten Balsamierungsflüssigkeit in den Unterarm gespritzt«, erklärte Patrick. »Dadurch kommen die Fingerkuppen wieder so in Form, dass Fingerabdrücke genommen werden können.«

»Ist ein gutes Verfahren«, ergänzte Walter, »nur funktioniert es bei einem solchen Verwesungsgrad nicht mehr.«

»Wir haben in dem gesamten Labor nicht ein Stück Papier gefunden. Irgendjemand hat hier gründlich aufgeräumt. Nur die Leichen können uns weiterbringen.«

»Du könntest die Spur der Geräte verfolgen«, sagte Walter. »Jedes von ihnen hat eine Seriennummer, die sich mindestens zum Hersteller und vielleicht zum Käufer zurückverfolgen lässt.«

»Darum kümmere ich mich«, sagte Patrick.

»Ich treffe mich mit Max bei der Kripo«, sagte Jan. »Wir versuchen hinter den Besitzer der Scheinfirma zu kommen. Vielleicht treffen wir auf einen alten Bekannten.«

»Hoffen wir, dass es Ferdinand von Ladeck ist.«

»Würde mich nicht überraschen«, murmelte Jan.

»Ich will ihn haben«, meldete sich Bergman wieder zu Wort. Er hatte die ganze Zeit daneben gestanden und das Gespräch stumm verfolgt. »Das schulden wir diesen Menschen, die für von Ladeck nicht mehr als Laborratten waren.« Er ballte seine Faust. »Es ist mir egal, was es kostet. Nehmt, was ihr braucht, macht, was ihr tun müsst, wenn es schiefgeht, gebt mir die Schuld, aber stoppt diesen Wahnsinnigen, bevor noch mehr Unschuldige sterben.«

Max liebte den Umstand, dass die Kripo an diesem Sonntag leergefegt war. Er hatte die Füße auf den Schreibtisch gelegt und bewegte den Kopf im Takt der viel zu lauten Technomusik. Auf seinem Schoß lagen ein halbvoller Pizzakarton und die Tastatur. Die leeren Energydrinkdosen vibrierten im Takt des dumpfen Basses, den man in dieser Lautstärke auch zum Abreißen eines Einkaufszentrums benutzen könnte. Hätte ihm Jan nicht auf die Schulter geklopft, hätte er seinen Freund nicht bemerkt. Er drehte die Anlage leiser.

»Du kommst genau richtig.« Max bot Jan ein Stück Pizza an, was dieser mit Blick auf die kleinen Knoblauchstücke ablehnte.

»Wie wir vermutet haben, lief der Kauf des Geländes über eine Scheinfirma. Diese hatte ein paar Tage Bestand und wurde wieder aufgelöst. Der Besitzer der Firma war unter einer falschen Identität eingetragen, daher war diese Spur eine Sackgasse.«

»Überrascht mich nicht«, sagte Jan.

»Ich bin den Weg über den Vorbesitzer gegangen und bin über dessen Unterlagen auf die Bankverbindung des Käufers gekommen.«

»Hoffentlich kein Konto auf den Cayman Islands.«

»So clever waren die Jungs nicht«, fuhr Max fort. »Es ist ein Konto in Deutschland, was wir nur mit einer staatsanwaltlichen Verfügung in Erfahrung gebracht hätten, daher wäre der Umweg mit den Cayman Islands nicht notwendig gewesen, hätte nicht ein äußerst fähiger Hacker den Account geknackt.«

»Ich dachte, das sei sehr schwer.«

»Nur, wenn man auf das Konto zugreifen will. Ich bin aber über die Kundenverwaltung gegangen, in der vergleichsweise harmlose Sachen, wie die Adresse stehen. Das war kein großes Ding für den mächtigen Maximum.«

»Sag dem mächtigen Maximum, er soll nicht damit prahlen, denn auf eine solche Aktion stehen ein paar Jahre Knast. Außerdem lassen sich diese Informationen in einem Gerichtsverfahren nicht verwenden.«

»Unwichtig, weil niemand wissen muss, wie du daran gekommen bist.« Max tippte auf dem Laptop. Ein kurzer Applaus ertönte und ein Foto erschien auf dem Bildschirm. Der Mann trug ein rotes Hemd und eine blaue Krawatte. Seine Augen waren zusammengekniffen, als wäre er vom Licht geblendet. Das etwas gezwungene Lächeln offenbarte zwei schiefstehende Vorderzähne. Jan schätzte den Mann mit dem schütteren Haar auf Ende vierzig.

»Darf ich vorstellen: Gunther Lang.«

»Wer ist das?«

»Eine gute Frage.« Max drückte wieder auf eine Taste. Ein Lebenslauf erschien. »Gunther Lang hat nach seinem Schulabbruch eine Menge Jobs gehabt. Diese reichen von Kneipenbesitzer, über Versicherungsmakler, bis hin zum Autoverkäufer. Spannend ist aber, dass er ein paar Tage der Geschäftsführer von Perlec Medicare war.«

»Der Firma, der das Gelände auf der Berliner Eastside gehört?«

»Exakt.«

»Hast du eine Adresse von unserem neuen Freund?«

»Ist bereits auf deinem Handy.«

Jan schlug Max auf die Schulter. »Die nächste Pizza geht auf mich.«

»Quattro formaggi mit Zwiebeln und extra Knoblauch.«

»Besorge ich auf dem Rückweg, wenn ich Gunther Lang eingesammelt habe«, sagte Jan. Mit einem kurzen Winken verließ er Max' Reich.

»Gute Jagd«, rief ihm der Hacker hinterher. Dann drehte er die Anlage wieder auf.

Es war ein schöner, fast sommerlicher Tag. Eigentlich zu warm für Ende September. Chandu hatte sich auf seinem Stuhl zurückgelehnt und genoss einen Espresso. Das Essen war perfekt gewesen. Ein kleiner Meeresfrüchte-Salat zu Beginn, dann hausgemachte Tortellini in einer Spinat-Sahnesoße, alles abgerundet mit einem trockenen Barolo. Hier ließ es sich aushalten.

Zoe wischte sich den Mund mit einer Serviette ab und stand auf. Die braune Kurzhaar-Perücke stand ihr gut. Zusammen mit der Sonnenbrille würde nicht einmal er sie auf der Straße erkennen, geschweige denn ein Kurzsichtiger, der sie seit fünfzehn Jahren nicht mehr gesehen hatte.

»Ich gehe schnell in die Gekachelten.«

»Wohin?«

»Auf die Toilette.«

»Ah«, sagte Chandu, ohne sein Lächeln zu verlieren. Gemächlich rührte er etwas braunen Zucker in den Espresso. Der ideale Abschluss eines guten Mahls. Chandu nahm sich vor, mehr über die italienische Küche zu lernen. Das Essen heute hatte ihm gezeigt, dass er Aufholbedarf hatte. Es war nicht nur das perfekte Zusammenspiel der Tomaten mit dem Spinat, es war auch die Kreation der selbstgemachten Tortellini, die sich merklich von allem Kaufbaren im Supermarkt unterschieden. Er verlor sich im Grübeln über den perfekten Nudelteig, bis er die drei Männer vor seinem Tisch bemerkte. Einer von Ihnen war der Ober. Der zweite Mann war von ähnlich schlanker Statur, trug einen dunklen Anzug und hatte eine Flasche Grappa in der Hand. Wegen der weißen Schürze um den stattlichen Bauch, musste der Dritte der Koch sein. Von der anfänglichen Freundlichkeit im Gesicht des Obers war nichts mehr vorhanden.

»Figlio di puttana«, stieß er zwischen zornig zusammengepressten Lippen heraus.

»Bitte? Ich verstehe kein …«

»Testa di cazzo«, legte der Koch nach. Erst jetzt bemerkte Chandu den Fleischklopfer in dessen Hand. Seine schnelle

Reaktion rettete ihn. Er stieß sich mit den Füßen vom Tisch ab und bugsierte den Stuhl aus der Schlagreichweite des Kochs. Der Fleischklopfer zischte eine Handbreit an seinem Kopf vorbei.

Noch bevor sich Chandu vollständig vom Stuhl erheben konnte, stürzte sich der Ober auf ihn und riss ihn zu Boden.

Offensichtlich gab es hier ein Missverständnis, aber Chandu musste erst verhindern, Opfer der wütenden Männer zu werden, bevor er dieses aufklären konnte.

Gunther Lang wohnte in einem Mehrfamilienhaus am Rande von Neukölln, nicht weit vom ehemaligen Todesstreifen. Durch die Haustür aus Sicherheitsglas zog sich ein Riss und die Scheibe hätte eine Reinigung vertragen können, aber es war nicht die schlechteste Wohngegend. Eine Querstraße weiter gab es Einfamilienhäuser. Der Weg zur U-Bahn war nicht weit.

Jan ging die Klingelschilder durch, konnte aber keinen Eintrag auf den Namen Gunther Lang finden. Er überprüfte die Adresse, die Max per SMS auf sein Handy geschickt hatte. Er wollte den jungen Hacker gerade anrufen, als ein Mann in Arbeitskleidung aus der Tür kam. Er trug einen Werkzeugkoffer in der Hand und hatte eine Leiter geschultert.

»Guten Tag«, sagte der Mann freundlich. Er hatte einen leichten Akzent, der auf eine russische Herkunft schließen ließ. »Kann ich Ihnen helfen?«

Jan zeigte seine Marke. »Kommissar Tommen. Wohnen Sie hier?«

Der Mann schüttelte den Kopf. »Ich komme aus Tempelhof. Ich bin der Hausmeister.«

»Sonntags?«

»Ein Stromausfall.«

»Dürfte ich Ihren Namen erfahren?«

»Ewgenij Timofejew.« Der Mann stellte den Werkzeugkasten auf den Boden und schüttelte Jan die Hand.

»Ich suche einen Mann namens Gunther Lang.«

»Gunther? Der wohnt nicht mehr hier.«

»Wohin ist er umgezogen?«

»Weiß ich nicht.«

»Hat er keinen Nachsendeantrag hinterlassen?«

»Das ist kompliziert«, sagte Ewgenij und setzte die Leiter ab. Er zog eine Schachtel Marlboro aus der Tasche und bot Jan eine Zigarette an. Jan lehnte höflich ab.

»Gunther Lang lebte drei Jahre in einer kleinen Einzimmerwohnung. Er war ein Chaot, aber ich verstand mich gut mit ihm. Er hat mir nie erzählt, was er beruflich gemacht hat, doch eines Abends kam er mit einer Flasche Wodka zu mir und sagte, dass er ein tolles Geschäft abgeschlossen hatte.«

»Was für ein Geschäft?«

»Er wollte noch nichts verraten, aber ich erinnere mich gut an den Umtrunk, weil ich ihn an diesem Tag das letzte Mal gesehen habe.«

»Ist er ausgezogen?«

»Er war einfach verschwunden. Eine Woche später bin ich in seine Wohnung gegangen, weil ich mir Sorgen gemacht habe. Seine Kleidung war unordentlich auf dem Boden verstreut, die Pflanzen waren am Eingehen und aus seinem Kühlschrank roch es sonderbar.«

»Warum haben Sie nicht die Polizei gerufen?«

»Ich hätte nicht in die Wohnung hineingedurft. Ich dachte, dass er mit dem Geld aus einem neuen Geschäft in Urlaub gefahren ist. Er erzählte immer, wie gerne er nach Florida wollte.«

»Kam Gunther Lang noch einmal zurück?«

»Ich habe ihn nie mehr gesehen.« Ewgenij zog an seiner Zigarette. »Zwei Monate später wurde seine Wohnung zwangsgeräumt. Er hatte keine Miete mehr gezahlt.«

»Wann war das?«

»Vor gut zwei Jahren.«

»Hat ihn niemand vermisst gemeldet?«

»Keine Ahnung. Gunther war alleinstehend, und von einer Familie hat er mir nie etwas erzählt.«

Jan hatte eine Idee. »Was wurde mit den Sachen aus der Wohnung gemacht?«

»Vieles davon musste ich wegwerfen. Seine Kleidung und den Fernseher habe ich im Keller eingelagert.«

»Könnte ich die Kleider sehen?«

»Kein Problem.«

Ewgenij führte Jan in einen staubigen Kellerraum, schob einen Schubkarren zur Seite und zog einen großen Karton hervor.

Die Kleidung hatte den muffigen Geruch des Kellers angenommen. Jan fand ein paar Jeans, einen billigen Anzug, zwei abgetragene Sweatshirts. »Welche Haarfarbe hatte Gunther Lang?«

»Schwarz«, antwortete der Hausmeister. »Wieso?«

Jan hob einen Teil der Kleidung aus dem Karton.

»Was suchen Sie?«

»Einen Hinweis.«

»In dem Karton liegen Kleider.«

»Ha!« Jan zog eine Mütze der Eisbären Berlin heraus. Er hob sie gegen das fahle Kellerlicht. Dann nickte er zufrieden.

»Ist das ihr Hinweis?«, fragte Ewgenij.

Jan nickte. »Die Mütze wird mir sagen, wo Gunther Lang abgeblieben ist.«

KAPITEL 10

Chandu erhob sich keuchend zwischen zwei zertrümmerten Stühlen. Er hielt sich die aufgeplatzte Augenbraue, aus der Blut tröpfelte.

»Das hat aber lange gedauert«, sagte Zoe mit Blick auf die drei Männer, die sich schmerzerfüllt auf dem Boden wälzten.

»Die wollten mir den Schädel einschlagen.« Chandu rang um Fassung.

»Kein Wunder«, sagte Zoe. »Dem Koch habe ich von dir ausrichten lassen, dass sein Essen wie aus der Mülltonne gefischt schmeckt. Du hast aber keine Zeit, ihm eine zu verpassen, weil du die Frauen vom Manager und vom Ober im Hotel triffst, damit sie mal einen richtigen Mann abbekommen.«

»Du hast was?«

»So etwas kann einen Italiener richtig wütend machen.«

»Was du nicht sagst. Der Ober wollte mir eine Grappa-Flasche über den Kopf ziehen und der Koch mir mit einem Fleischklopfer den Schädel einschlagen, was ihm beinahe auch gelungen wäre.« Er deutete auf die aufgeplatzte Augenbraue. »Warum, zum Teufel, hast du das gemacht?«

»Ich brauchte eine Ablenkung, um das Restaurant zu überprüfen. Was Besseres ist mir auf die Schnelle nicht eingefallen.«

»Warum hast du mich nicht gewarnt?«

»Es musste authentisch wirken.«

»Du bist total irre«, fuhr Chandu auf. »Die hätten mich umbringen können.«

»Übertreib nicht. Sie waren nur zu dritt.«

»Für wen hältst du mich? Den Hulk?«

»Wer ist der Hulk? Ist das einer dieser Jedi-Ritter?«

Chandu schlug die Fäuste vor den Mund und unterdrückte einen Schrei. »Warum passiert das immer mir? Warum muss ausgerechnet ich mit der irrsten Braut von ganz Berlin unterwegs sein?«

Zoe steckte sich eine Zigarette an. »Stell dich nicht so an. Ist nur ein leichter Cut. Vier Stiche und alles ist gut.« Sie zog Chandus Handy aus ihrer Tasche. »Dafür habe ich Fotos von allen Schlössern und dem Hintereingang gemacht«, flüsterte sie mit Blick auf die drei Männer. »Damit kannst du dir überlegen, wie wir heute Nacht hier hineinkommen.«

»Oh, einbrechen darf ich auch.«

»Hat doch beim letzten Mal gut funktioniert.«

»Das war ein Notfall«, sagte Chandu. »Damals habe ich Jan geholfen, seine Unschuld zu beweisen.«

»Wenn du dich besser fühlst, kann ich den Einbruch auch als Notfall deklarieren.«

Chandu seufzte. Er reckte seine Hände zum Himmel und verfluchte die höhere Macht, die ihn zu dieser Frau getrieben hatte. »Wenn wir die Nacht arbeiten müssen, gehe ich jetzt ins Hotel zurück und lege mich aufs Ohr. Währenddessen kannst du dir überlegen, wie du die Blutung ohne Schmerzen stoppst.«

»Ich habe im Bad ein Nähset gesehen.«

»Ich sagte, ohne Schmerzen.«

»Gott, sind wir heute sensibel«, bemerkte Zoe. »Ich gehe in die Apotheke und hole ein Anästhetikum für unser Mädchen.«

»Das ist auch das Mindeste«, brummte Chandu. Er hatte keine Ahnung, wie er ohne Spezialwerkzeug in das Restaurant einbrechen sollte. Hoffentlich hatte sein neuer Kontakt in Mannheim nicht nur Waffen im Angebot.

Nachdem sich Gunther Langs Spur ebenfalls als Sackgasse herausgestellt hatte, hatte sich Jan auf die Suche nach Bernard Durand begeben. Bei mehr als zehntausend Obdachlosen in Berlin ein fast hoffnungsloses Unterfangen, aber er hatte keine bessere Idee, was er diesen Sonntag anstellen sollte. In den letzten Stunden hatte er ein Übergangshaus für wohnungslose Männer in Pankow besucht, war in einer Obdachlosentagesstätte in Mitte gewesen, hatte in einer Wärmstube in Neukölln einen Tee getrunken und Durands Foto in zwei Wohnheimen in Schöneberg herumgezeigt. Niemand hatte ihn gesehen oder Jan von dessen Aufenthaltsort erzählen wollen. Er hatte sich als Bruder Durands ausgegeben und eine Geschichte von ihrem sterbenden Vater erfunden. Als Polizist hätten sie ihn im besten Fall ignoriert, eher Prügel angedroht und ihn vertrieben.

Es war dunkel geworden. Die Straßen waren leer und er war vom Herumlaufen müde. Er wünschte sich eine Pizza, ein Bier und ein Fernsehprogramm, das ihn von unbekannten Toten und verzweifelten Menschen am Rand der Gesellschaft ablenken würde, doch dann würde von Ladeck davonkommen. Jede Stunde, die der Industrielle nicht im Gefängnis saß, war eine Stunde zu viel. Er war das den Toten schuldig. Wenn nicht Neumann und Grein, dann wenigstens Ludwig Mentzel und den acht Leichen, deren Körper man im Labor verscharrt hatte. Vielleicht gehörte Lauretta dazu, auch wenn Jan noch immer nicht wusste, wer Durands Freundin war.

Er erreichte ein verlassenes Industriegebiet. Stinkig, dreckig, vermüllt mit Plastiktüten, die sich standhaft weigerten, zu verwesen, und sich in einem alten Rinnstein sammelten. Dazwischen weggeworfene Verpackungen einer Hamburger-Kette, alte Zeitungsprospekte und Scherben leerer Bierflaschen. An der windabgewandten Seite eines Brückenpfeilers entdeckte Jan einen verlassenen Stapel zusammengeknüllter Decken, kaum sauberer als der Rinnstein. Ein Sozialarbeiter aus einem Wohnheim hatte ihm den Tipp gegeben. Rund um die Säulen der Autobahnbrücken war ein Lager für Obdachlose entstanden.

Jan streifte vorbei an graffitiübersäten Gebäuden mit zugenagelten Fenstern, Toren, deren Angeln schief im Boden hingen und löchrigen Maschendrahtzäunen. Zusammen mit dem kalten Wind, der zwei leere Kaffeebecher vor sich hertrieb, verschlechterte sich Jans Stimmung weiter. Er zog den Kragen seiner Jacke enger um den Hals.

Ein weniger erfahrener Kripo-Beamter hätte die Veränderung nicht bemerkt, aber Jan war jahrelang Streifenpolizist gewesen und seine Sinne funktionierten selbst in dem trüben Licht und mit wenig Schlaf. Er war nicht mehr allein. Jan ging weiter, ohne sich etwas anmerken zu lassen, aber seine Augen suchten den Boden nach etwas Brauchbarem ab. Das erste Mal in seinem Leben freute er sich über den Müll, den der Regen in einer Ecke zusammengetrieben hatte. Seine Hand huschte kurz nach unten, dann war die gesprungene Glühbirne in seiner Jacke verschwunden.

Etwa zwanzig Schritte vor ihm war ein kleiner Grünstreifen mit ein paar Büschen, inmitten von Sperrmüllresten. Er genehmigte sich ein Lächeln und zerbrach das Glas der Glühbirne in kleine Stücke.

Zeit für ein Spiel.

Patrick kam mit einem Stapel Ausdrucke in Bergmans Büro und schloss die Tür. Der Kripo-Chef war über eine Akte gebeugt und betrachtete ein Tatortfoto.

»Ich habe die ersten Ergebnisse zu den Labor-Maschinen.« Patrick setzte sich auf einen Stuhl. Bergman hob den Kopf.

»Sonntagabends ist es schwer, jemanden ans Telefon zu bekommen«, fuhr Patrick fort, »aber über die 24-Stunden-Hotline eines Herstellers habe ich einen Kontakt vermittelt bekommen.« Er legte Fotos der Maschinen auf den Tisch. »Drei Geräte stammen von dieser Firma. Sie hatten die Serien-Nummern im System. Diese stammen aus einem Verkauf an ein Biotech-Labor in Potsdam, das vor knapp drei Jahren insolvent gegangen ist. Als die Geräte im Rahmen einer Versteigerung verkauft werden sollten, war die Halle bereits ausgeräumt. Der Dieb wurde nicht gefasst.«

»Also ist es Hehlerware?«

Patrick nickte.

»Wieder eine Sackgasse?«, fragte Bergman.

»Momentan, ja«, erklärte Patrick. »Aber ich bin noch nicht durch. Ein Treffer genügt und wir stellen Ladeck Pharma auf den Kopf.«

»Mein Gefühl sagt mir, dass von Ladeck auch auf die Idee gekommen ist, dass man die Geräte nachverfolgen kann und sich ausschließlich auf dem Schwarzmarkt bedient hat.«

»Niemand ist perfekt«, sagte Patrick. »Er wird Fehler gemacht haben und diese werden wir finden.«

»Hoffen wir, dass Jans Suche erfolgreich ist«, sagte Bergman. »Uns läuft die Zeit davon. Wir brauchen Durand.«

Jan saß auf dem feuchten Boden zwischen zwei Büschen und hatte die Augen geschlossen. Er hielt eine armlange Holzlatte in der Hand und versuchte den nahen Lärm der Stadtautobahn auszublenden. Er würde nur eine Chance haben, aber diese würde ihm den entscheidenden Vorteil verschaffen. Er atmete tief ein und versuchte sein klopfendes Herz zu beruhigen, als er ein leises Knacken vernahm. Jemand war auf seine ausgestreuten Glasscherben getreten.

Jan sprang auf, trat einen Schritt zur Straße und schwang seine Latte auf die Stelle zu. Um einen Gegner sicher zu treffen, war es sinnvoll, ihn von der Seite anzugreifen. Einer Attacke von oben war leichter auszuweichen oder abzuwehren. Dabei war die Höhe des Angriffs entscheidend. Anfänger wählten immer den Kopf, aber der Mensch hatte einen natürlichen Instinkt, die Arme hochzureißen und diesen zu schützen. Das Bein in Höhe des Knies war ideal. Hoch genug, damit er nicht darüber springen konnte, zu niedrig um den Angriff mit den Händen abzufangen.

Jan traf fast perfekt. Die Holzlatte barst mit einem lauten Knirschen, als sie an Siegfrieds Oberschenkel splitterte. Der Mann ging in die Knie. Jan lies den Rest des Holzes fallen und zog seine Pistole.

»Guten Abend«, sagte er vergnügt. »Schön, dass wir uns persönlich treffen. Ich wollte mich mit Ihnen über die Reparatur meines Autos unterhalten.«

Siegfried erhob sich mit schmerzverzerrtem Gesicht, ohne Jans Pistole aus den Augen zu lassen. Er war eine beeindruckende Gestalt. Massig, kräftig und mit kalten, grünen Augen, die perfekt zu einem Serienmörder aus einer Krimiserie passen würden. Jan zog Handschellen aus der Tasche.

»Ich würde mich freuen, wenn du diese anlegen würdest. Wenn du Ärger machst, schieße ich dir eine Kugel ins Knie und mache es selbst.«

Der große Schläger zeigte keine Reaktion. Er rieb sich mit der linken Hand über sein Bein. Jan warf ihm die Handschellen zu. Diesen Moment nutzte Siegfried. Er tauchte unter

Jans Pistole hinweg und schlug mit seinem Arm nach oben. Siegfried hatte sich unglaublich schnell bewegt. Ein Schuss löste sich und schlug in einen Brückenpfeiler. Jans Waffe flog auf die Straße. Siegfried drehte sich um die eigene Achse und versetzte Jan einen Tritt mit seinen dunklen Lederstiefeln. Obwohl Jan den Angriff hatte kommen sehen, konnte er ihm trotzdem nicht ausweichen. Er nutzte den Schwung und lies sich zurück in den Sperrmüll fallen, weg von Siegfrieds Reichweite und hinein in einen Haufen alten Holzes. Bevor der Schläger bei ihm war, hatte Jan ein Stuhlbein zu fassen bekommen. Er versuchte, die gleiche Stelle an Siegfrieds Bein zu treffen, aber der Schläger brachte den Arm nach unten und schützte seine empfindliche Stelle. Der Treffer entlockte Siegfried nur ein kurzes Grunzen. Der blonde Mann verpasste Jan einen Schlag in den Solarplexus, der ihm die Luft raubte. Bevor er die Linke nachlegen konnte, sprang Jan einen Schritt zurück, um dem Schlag auszuweichen. Dieses Mal wurde ihm der Sperrmüll zum Verhängnis. Er stolperte über einen alten Hocker und fiel auf den Rücken. Siegfried setzte nach und hieb ihm seine Faust ins Gesicht. Jans Augenbraue riss. Blut ergoss sich über sein Gesicht, lief in seine Augen und trübte seine Sicht. Ein weiterer Hieb an seine Schläfe lies ihn taumeln. Jan hatte Mühe, bei Bewusstsein zu bleiben. Er rechnete damit, dass der Schläger nachlegen würde, stattdessen wandte der sich zur Straße und ging zur Pistole. Jan versuchte aufzustehen, aber seine Beine gehorchten ihm nicht, und er fiel zurück in den Holzstapel.

Dann hatte Siegfried die Waffe erreicht.

Chandu hatte alles, was er für den Einbruch brauchte. Der Preisaufschlag für die kurzfristige Lieferung war Raub, aber die Ware war von guter Qualität. Die Schlagschlüssel waren aus Stahl, das Brecheisen klein, aber robust und der Glasschneider unbenutzt. Sicherheitshalber hatte er noch ein Nachtsichtgerät dazu bestellt.

»Bist du soweit?«, unterbrach Zoe ungeduldig.

»Es ist 20.00 Uhr. Wir werden uns noch die Zeit vertreiben müssen. Vor halb eins gehen wir nicht los.«

»Wieso so spät? Das Restaurant macht um 22.00 Uhr zu. Nachdem du die Drei vermöbelt hast, wird die Abendschicht sowieso ausfallen.«

»Es ist Sonntag. Selbst hier in Mannheim haben viele Kneipen bis ein Uhr auf. Bis sich diese leeren, vergehen ein paar Minuten. In dieser Zeit ist nicht mehr viel los, aber immer noch genug Treiben, dass wir als Pärchen auf dem Heimweg durchgehen.«

»Hast du schon einen Plan?«

»Nennen wir es eine Idee.« Chandu kratzte sich am Kopf. »Durch die Tür am Hintereingang kommen wir nicht hinein. Die ist aus Metall und hat ein Sicherheitsschloss. Die Fenster daneben sind vergittert.«

»Im Restaurant habe ich einen Bewegungsmelder gesehen. Dieser Weg bleibt uns auch verwehrt. Willst du einen Tunnel graben?«

»Die Fenster mögen vergittert sein, aber Renato hat sich schlecht beraten lassen, denn die senkrechten Stangen haben keine Querverstrebung. Mithilfe eines kleinen Wagenhebers lässt sich das Metall zur Seite biegen. Dann komme ich an das Fenster heran.«

»Die Fenster sind winzig. Wie willst du da durch kommen?«

»Das machst du«, sagte Chandu lächelnd.

»Oh.«

»Irgendwo wird ein Schlüssel für die Tür herumliegen. Du lässt mich rein und dann knacke ich das Büroschloss mit einem Schlagschlüssel.«

»Wie lange brauchst du?«

»Eine Minute. Deinem Foto nach zu schließen, ist das Schloss uralt. Wird kein Problem sein.« Chandu zuckte die Achseln. »Ins Büro kommen wir, aber wir wissen nicht, was uns dort erwartet. Hoffen wir, dass Renato keinen Safe hat.«

»Hast du keine Bohrmaschine?«

»Damit kommt man nicht durch einen Safe. Dazu benötigt man mindestens einen hydraulischen Bohrhammer mit einem Hartmetallbohrer. Davon wacht die halbe Stadt auf. Einen Sicherheitsschrank kriege ich mit dem Brecheisen auf. Mehr geht nicht.«

»Klingt easy.«

»Theoretisch ja, vielleicht hat er Hochsicherheitsglas an der Tür, vielleicht hat er einen Wachhund …«

»Du bist vielleicht zu pessimistisch.«

»Das ist nicht Pessimismus, das ist Vorbereitung.«

»Wir brauchen die Unterlagen«, sagte Zoe. »In erster Linie, um Jan zu helfen. Möglicherweise reicht es auch, um meinen Vater zu Fall zu bringen.«

»Vielleicht solltest du dich hinlegen«, sagte Chandu. »Ein paar Stunden Schlaf tun dir und deiner Wunde gut. Solange werde ich mir die Straßenkarten der Umgebung ansehen und unseren Fluchtweg planen. Ich wecke dich um Mitternacht. Dann ziehen wir los.«

Siegfried nahm die Waffe auf, kontrollierte die Munition und ging auf Jan zu. Alles mit einer Routine, die einen professionellen Mörder auszeichnete. An Wegrennen war nicht zu denken, also wartete er, bis Siegfried kam. Einen Polizisten erschießen würde er nicht riskieren, sonst hätte er dies schon am Sprintwiesenteich getan. Er würde es wieder wie einen Unfall aussehen lassen wollen. Jan vermutete einen Selbstmord. Ein verzweifelter Kripo-Beamter, der eine abgelegene

Gegend aufgesucht hatte, um sich das Hirn herauszupusten. Doch dazu musste er Jan die Pistole an die Schläfe setzen. Das würde er ihm nicht leicht machen.

Siegfried hob die Waffe und zielte auf Jans Kopf. Er war noch drei Schritte entfernt, als eine Gestalt aus dem Gebüsch sprang und eine Eisenstange auf das Knie des blonden Mannes schlug. Der Angreifer hatte besser gezielt als Jan, denn der Knochen brach mit einem unangenehmen Knirschen. Siegfried fiel schreiend zu Boden. Der Mann setzte nach und hieb ihm die Stange auf den Arm. Die Pistole fiel aus seiner Hand.

Erst jetzt erkannte Jan den Angreifer. Es war Bernard Durand. Er kickte die Waffe auf die Straße und verpasste Siegfried einen Hieb ins Gesicht. Der Kopf des Schlägers fuhr zurück. Seine Augen wurden glasig.

Durand ließ die Stange fallen und ging zu Jan. »Alles okay?«

»Es geht«, murmelte Jan. Er war noch immer benommen und seine Schläfe pochte höllisch. Durand reichte ihm die Hand und zog ihn auf die Beine.

»Tut mir leid, dass ich so lange gezögert habe. Ich wollte Ihnen die Chance geben, ihn alleine fertigzumachen.«

»Wie edel«, sagte Jan und versuchte, nicht zu wanken. »Aber das war eine Nummer zu groß.« Sein Blick ging zu Siegfried, der noch immer am Boden lag.

»Grämen Sie sich nicht.« Durand nahm die Handschellen und fesselte dem Schläger die Hände damit. »Unser gemeinsamer Freund ist ein harter Hund. Er war jahrelang bei einer südafrikanischen Spezialeinheit, bevor er sich als Söldner verdingt hat. Ohne Eisenstange wäre ich ihm nicht gegenübergetreten.«

»Ein Glück, dass Sie in der Nähe waren.«

Durand reichte Jan ein altes Taschentuch, das er sich dankbar auf die Wunde drückte. »Oh, mit Glück hatte das nichts zu tun. Meine Freunde und ich beobachten Sie seit der Tagesstätte in Mitte.«

»Ich suche Sie schon den ganzen Tag. Hätten Sie sich nicht versteckt, hätten wir uns das ersparen können. Ich wollte Sie nur etwas fragen, und Ihnen nichts antun.«

Durand deutete auf eine alte Bank auf der anderen Straßenseite. Er zog Jan mit sich, der kaum laufen konnte. »Ich hatte keine Sorge, dass Sie mir etwas antun wollen. Ich habe Sie als Lockvogel benutzt, um an von Ladecks Schläger heranzukommen.«

»Siegfried?«

Durand lachte kurz. »Sein Name ist eigentlich Pieter van Beek, aber Siegfried passt auch.« Er setzte Jan vorsichtig auf die Bank. »Wie viele Leichen haben Sie im Labor gefunden?«

»Woher wissen Sie davon?«

»Lange Geschichte.«

»Acht«, sagte Jan, ehe er sich bewusst wurde, dass er eine vertrauliche Information preisgegeben hatte.

»Jeder von ihnen wurde von Siegfried entführt.«

»Können Sie das beweisen?«

»Das muss ich nicht.« Durand setzte sich neben Jan.

»Ohne Beweise kann ich ihn nicht vor Gericht bringen.«

»Das Urteil ist bereits gefällt.« Durand deutete auf Siegfried, der sich zu erheben versuchte. Aus dem Schatten trat eine Gruppe von Männern. Sie waren bewaffnet. Einer von ihnen trug einen Schlagring, ein anderer einen Hammer, zwei trugen Knüppel in ihren Händen. Sie umstellten Siegfried.

»Das ist Selbstjustiz«, fuhr Jan auf. Er griff automatisch nach seiner Pistole, aber sein Halfter war leer. Er wollte aufstehen, doch Durand drückte ihn mit seinem rechten Arm zurück auf die Bank. Jan versuchte, sich zu wehren, aber er war zu schwach.

»Das sind die Freunde und Verwandten derjenigen, die dieser Bastard entführt hat. Sie haben ein Recht darauf.«

Die Männer begannen, auf Siegfried einzuprügeln. Die Geräusche brechender Knochen waren ekelerregend. Eine Zeit lang hörte Jan die Schreie von Siegfried, als wollten die Männer sein Leiden verlängern. Dann verstummte auch dieses Geräusch, und die Gruppe verschwand im Dunkeln. Zurück blieb Siegfrieds Leiche, in einer Lache von Blut.

Durand zog Jans Handy aus seiner Tasche, wählte den Notruf und legte das Telefon auf die Bank. Er nickte Jan kurz zu, als wollte er sich bedanken. Dann verschwand er.

Der Hintereingang lag in einem kleinen Hof, der durch eine unverschlossene Tür zu erreichen war. Zwei große Müllcontainer und eine ausgediente Waschmaschine standen zwischen Kartons mit Altpapier und prall gefüllten Gelben Säcken. Als Chandu hineinhuschte, reagierte der Bewegungsmelder und ein Licht ging an. Nur eine kleine Glühbirne, aber in der Nacht hell genug, um den Hof zu erleuchten. Der große Mann klebte ein Stück Industrieband auf den Sensor und eilte wieder hinaus. Er schloss die Augen und lauschte, ob irgendwo ein Fenster aufging, doch es blieb still. Eine Minute später war das Licht wieder aus und Chandu sah in den Hof. Die Fenster der angeschlossenen Wohnungen waren dunkel. Er zog sein Nachtsichtgerät hervor. Es sah aus wie ein Kameraobjektiv, doch durch die empfindliche Linse konnte er nicht nur so gut wie am Tag sehen, es hatte auch eine hervorragende Zoom-Funktion. Geduldig prüfte er Fenster um Fenster, ob nicht doch ein Anwohner einen Blick in den Hof gewagt hatte, aber er konnte niemanden erkennen und die Vorhänge bewegten sich nicht.

Er nickte Zoe zu und ging mit ihr in den Hof. Der Sensor reagierte nicht, also zog er den handlichen Wagenheber hervor und setzte ihn zwischen die mittleren Gitterstäbe eines schmalen Fensters neben dem Hintereingang.

»Und das funktioniert?«, fragte Zoe. Sie trippelte unruhig auf der Stelle und blickte sorgenvoll nach oben. Eigentlich hatte Chandu sie gebeten, nur im Notfall zu sprechen, aber er musste sie beruhigen. »Das ist ein Scherenwagenheber«, flüsterte er. »Der stemmt bis zu 1500 Kilogramm. Da ich die Stützen oben und unten abgemacht habe, bekomme ich ihn zwischen die Stäbe und muss nur die Kurbel betätigen.« Chandu steckte einen Metallstab in den Wagenheber und begann, ihn im Uhrzeigersinn zu drehen. Ohne Kraftanstrengung verbog sich das Gitter. Es knirschte einmal kurz, als eine Stange aus der Verankerung sprang, ansonsten arbeitete der große Mann lautlos. Nach einer Minute war die Lücke breit genug, dass Zoe durchschlüpfen konnte. Chandu zog den Wagenheber heraus, setzte einen Plastikpfropfen an die Scheibe dahinter und trennte mit einem Glasschneider ein großes Stück heraus.

Zoe wollte hineinklettern, aber Chandu hob die Hand. Er setzte das Nachtsichtgerät an sein rechtes Auge und prüfte den Raum. Soweit er sehen konnte, gab es weder eine Alarmanlage, noch streunte ein Hund herum. Auch wenn er sehr leise gearbeitet hatte, ein Hund wäre auf das Geräusch des Glasschneiders aufmerksam geworden.

Chandu stellte sich unter das Fenster und legte die Hände zu einer Räuberleiter zusammen, als er Schritte vernahm. Zwei Männer unterhielten sich in einer fremden Sprache und schienen auf den Hof zuzustreben. Zoe stellte den Fuß in seine Hände und streckte sich zum Fenster.

Die Stimmen kamen näher. Chandu konnte die Sprache nicht zuordnen. Vielleicht Italienisch. Es könnte auch Jugoslawisch sein. Sie mussten von der Tür weg. Er gab Zoe einen kleinen Stoß, der die Rechtsmedizinerin mit Schwung in das Gebäude katapultierte. Dem überraschten Quietschen nach zu urteilen, hatte sie nicht damit gerechnet. Die Männer waren jetzt vor der Hoftür.

Er nahm seinen Rucksack, rollte sich zu den Müllcontainern und drückte sich zwischen die Gelben Säcke.

Die Schritte der Männer hallten laut im Hof. Einer von ihnen stieß ein bellendes Lachen aus, aber nach einem Moment entfernten sich die Stimmen, bis sie kaum noch zu hören waren.

Chandu ging zum Fenster. »Alles okay?«, rief er leise hinein.

»Darüber reden wir noch«, antwortete Zoe mürrisch.

»Schau in den Vorraum, ob du den Schlüssel finden kannst.«

»Bin dabei.« Es dauerte ein paar Sekunden, dann hörte Chandu, wie die Tür geöffnet wurde.

Zoe ließ ihn hinein. Drinnen klebte der große Mann das Fenster mit einer dunklen Folie ab, bevor er die Taschenlampe anschaltete. Der Geruch der Küche drang zu ihnen. Eine Mischung aus Fett, durchzogen von dem beißenden Gestank chemischer Reinigungsmittel. Rechts von der Küche war das Kühlhaus. Daneben das Büro.

Chandu betrachtete das Schloss und steckte einen Schlagschlüssel hinein. Eine Minute später war die Tür offen.

Der Strahl der Taschenlampe gab den Blick auf ein Büro frei, das an eine Papier-Sammelstelle erinnerte. Der schmale Schreibtisch lag voller Briefe, Zeitungen und Ausdrucke. Ein leichter Windhauch würde genügen, um alles zum Einsturz zu bringen. Die Unordnung setzte sich auf dem Boden fort. Prospekte, leere Flaschen und ein Pizzakarton lagen zwischen Blisterfolie, einem abgerissenen Kalender und einem angebrochenen Pack Druckerpapier. Selbst auf dem abgewetzten Bürostuhl lagen Umschläge.

»Gemütlich«, sagte Chandu und leuchtete die Wand aus. Auf zwei Regalen standen unzählige Ordner, beschriftet mit Jahreszahlen. Daneben wirkte der braune Metallschrank wie ein Fremdkörper. Er war staubfrei, ohne Flecken und Kratzer.

»Ich denke, wir haben das Versteck gefunden«, sagte Zoe. »Kriegst du den auf?«

»Das Schloss lässt sich mit einem Schlagschlüssel nicht knacken, aber mit roher Gewalt geht es. Dafür habe ich mein Brecheisen.« Er deutete auf den Rucksack.

»Das wird Lärm machen.«

»Nur kurz«, sagte Chandu. »Der Schrank ist so alt wie das Schloss zum Büro. Eine dünne Tür mit einem etwas besseren Schloss. Weder feuerfest noch chemisch hoch beständig. Der Korpus ist nicht mehrwandig und hat auch keinen Schutz gegen mechanische Einbruchswerkzeuge.« Chandu zuckte die Achseln. »Ein gut angesetzter Ruck, und die Tür ist auf.«

Zoe ließ ihren Blick durch den Raum schweifen. »Dann leg los.«

Chandu setzte die Spitze des Brecheisens an das Schloss des Metallschranks, drückte sie zwischen die beiden Türen und lehnte sich mit seinem ganzen Gewicht dagegen. Dann riss er die Arme zurück. Während der Schrank mit einem Knall aufging, begann im Restaurant eine Sirene zu heulen.

»Renato ist wohl doch nicht so dumm, wie wir dachten«, sagte Chandu und packte das Brecheisen in seinen Rucksack. »Die Tür war an die Alarmanlage gekoppelt.«

»Ich brauche die Unterlagen.« Zoe rannte zum Schrank. Das Innere fasste drei Reihen unbeschriftete, schwarze Ordner.

»Greif dir den für PERV9 und los.«

»Ich benötige mehr Zeit.« Zoe zog einen Ordner hervor, blätterte kurz durch und ließ ihn zu Boden fallen.

»Wir haben vielleicht zehn Sekunden.«

»So schnell ist die Polizei nicht.« Zoe nahm einen weiteren Ordner, warf ihn aber nach Betrachten der ersten Seite weg.

»Die Polizei ist nicht unser Problem, sondern die Typen, die noch wütend auf mich sind und wahrscheinlich bewaffnet sein werden.« Wie um Chandus Worte zu unterstreichen, wurde ein Fenster geöffnet, und ein Ruf hallte durch den Hof.

Zoe fluchte und warf einen weiteren Ordner zu Boden. »Nur verdammte Bauprojekte.«

Im Gang ging ein Licht an.

»Fünf Sekunden. Dann sind wir tot.«

»Ich beeile mich.«

Schritte näherten sich.

Chandu ging zur Tür und presste sich an die Wand. Der Koch stürmte ins Büro. Als er Zoe erblickte, hob er eine Waffe. »Quanto sei fesso?«

Chandu drehte den Arm des Mannes zur Seite und verpasste ihm einen Hieb mit dem Ellenbogen, der ihn umwarf. Er blieb benommen am Boden liegen.

Zoe ließ zwei weitere Ordner fallen. Das Licht im Restaurant ging an.

»Beeil dich«, rief Chandu. Ein zweiter Mann ließ sich nicht so leicht überrumpeln.

»Ich hab's.« Zoe klemmte sich einen Ordner unter den Arm, sprang über den am Boden liegenden Koch und rannte los. Chandu öffnete die Hintertür und sprintete mit Zoe hinaus durch den kleinen Hof.

Eine Frau hatte ihren Kopf weit aus einem Fenster gelehnt. Sie schrie hysterisch.

»Renn!« Chandu drängte sich zwischen zwei parkenden Autos durch und rannte die Straße entlang. Zoe war einen Schritt hinter ihm. Nach kurzem Sprint hastete er über eine breite Steintreppe in einen Park. Er war nur einen Häuserblock groß, aber er war kaum beleuchtet und daher der perfekte Ort, damit Verfolger ihre Spur verlieren konnten. Sie rannten quer über die Grasfläche, vorbei an ausladenden Lärchen, durch zwei Büsche, bis sie auf der anderen Seite des Blocks wieder herauskamen.

Dann verlangsamten sie ihr Tempo und gingen weiter in Richtung Fußgängerzone wie bei einem späten Stadtbummel. Chandu hatte der Sprint nichts ausgemacht, aber Zoe keuchte wie nach einem Marathon. Sie hielt sich die verwundete Seite.

»Alles okay?«

»Nichts, was sich mit einer Ladung Ibuprofen nicht hinbiegen lässt.«

Er legte Zoe den Arm um die Schulter und führte sie weiter. Sie durften nicht ausruhen. Chandu drehte sich zum Park, sah aber niemand herauskommen. Sie gingen zu einer kleinen Passage, weg von der Straße, vorbei an Geschäften, um eine Ecke. Zoe lehnte sich schwer atmend gegen das Fenster einer Kunstgalerie. Schweiß lief ihr über die Stirn und ihr Gesicht war kreidebleich.

»Ich habe es.« Sie tätschelte den Ordner unter ihrem Arm. »Alles, was mein Vater über PERV9 zurückgehalten hat.«

Trotz dreier Aspirin und sechs Stunden Schlaf schmerzte Jans Kopf noch immer. Die Wunde hatte nicht genäht werden müssen, aber er musste ein Klammerpflaster tragen, damit sich die Ränder wieder gut verschlossen und nicht ständig zu bluten anfingen. Wie immer, wenn er zu den Kriminaltechnikern ging, parkte er sein Auto im absoluten Halteverbot. Jan stieg aus und hastete über eine viel befahrene Straße, keine fünf Meter von einer Fußgängerampel entfernt.

In der Kriminaltechnik angekommen, zeigte Jan am Empfang seine Kripo-Marke. Der Mann winkte ihn durch.

Er grüßte freundlich und ging zur Rechtsmedizin in den Keller. Die Räumlichkeiten ließen ihn immer wieder erschauern. Die kalten Fliesen am Boden, die chromfarbenen Tische und das künstliche Licht. Zusammen mit den Kühlfächern an der Wand und dem unangenehmen Geruch nach Formalin war ihm dieser Ort unheimlich. Dass manchmal noch Kollegen an Leichen arbeiteten, machte den Besuch nicht besser. Mit Grausen dachte er an eine Visite, kurz nachdem eine Wasserleiche geöffnet worden war.

Walter saß am Computer und tippte mit zwei Fingern auf die Tastatur, als hätte er es das erste Mal in seinem Leben mit einem solchen Gerät zu tun. Jetzt verstand Jan, warum seine Berichte so lange auf sich warten ließen. Im Hintergrund arbeiteten zwei seiner Kollegen an einer Leiche. Er vermutete, dass es Siegfrieds toter Körper war.

»Hast du etwas für mich?«

Walter zuckte erschrocken zusammen. Er drehte sich mit vorwurfsvollem Gesicht herum. »Ich sage es nicht gerne, aber du hattest recht.«

Jan zeigte ein Lächeln.

»Die DNA der Haare aus Gunther Langs Mütze stimmt mit der DNA von einem der Toten überein, die wir in der Industriehalle gefunden haben.« Walter reichte ihm die Ausdrucke des Tests. »Einen haben wir. Bleiben sieben.«

»Die anderen könnten schwierig werden. Wie ich Durand verstanden habe, handelte es sich um Obdachlose. Wenn diese nicht straffällig geworden sind, werden wir ihre DNA nicht in der Datenbank haben.«

»Irgendjemand wird sie doch vermissen.«

»Durand würde uns helfen können, doch der war an Siegfrieds Ermordung beteiligt. Er wird nicht für einen Plausch vorbeikommen.«

»Lass nach ihm suchen.«

»Die Fahndung läuft, aber Durand wird den Kopf unten halten.«

Das Klingeln seines Handys unterbrach das Gespräch. Das Display zeigte Chandus Nummer. Jan ging vor die Tür des Labors, um ungestört reden zu können.

»Hi, Alter«, begann Jan. »Ich habe deine SMS von heute Nacht bekommen. Herzlichen Glückwunsch zu eurer erfolgreichen … Besorgung.«

»War aufregender, als ich es mir gewünscht habe«, antwortete Chandu. »Das erzähle ich ausführlich, wenn ich wieder in Berlin bin, aber es hat sich gelohnt. Zoe war so aufgedreht, dass sie die ganze Nacht die Unterlagen gesichtet hat. Heute Morgen um acht habe ich das Ding verpackt und zu einem höllisch teuren Botendienst gebracht, der ihn bis 15.00 Uhr in der Kripo Berlin abliefern wird. Natürlich ohne Absender versehen, damit du es der Staatsanwaltschaft als anonymen Tipp verkaufen kannst.«

»Perfekt«, sagte Jan. »Wie geht es unserer Prinzessin?«

»Sie hat um sieben mit einem zufriedenen Lächeln den Ordner zugeklappt, sich aufs Bett gelegt und ist sofort eingeschlafen. Körperlich ist sie fast die Alte. Wie läuft es bei euch?«

»Wir machen kaum Fortschritte. Noch immer fehlt uns der entscheidende Beweis, um von Ladeck festzunehmen.«

»Dann stell schon mal den Champagner kalt«, sagte Chandu. »Laut Zoe ist in dem Ordner genug Material, um sowohl ihn als auch Tony in den Knast zu schicken. Ich habe sie selten so zufrieden gesehen.«

»Du rettest meinen Tag«, sagte Jan. »Wenn eure Unterlagen angekommen sind, melde ich mich.«

»Okay. Bis später.« Chandu beendete das Gespräch.

»Ha.« Jan ballte eine Faust. Auf seine Freunde konnte er sich verlassen. Pfeifend lief er die Treppe zum Ausgang hoch und winkte dem Beamten am Empfang, als er das Gebäude verließ. Was immer der Bote bringen würde, es würde von Ladecks Ende sein.

Ferdinand von Ladeck hatte schon bessere Montage gehabt. Laut seinen Informationen war Pieter van Beek tot. Auch wenn ihm das jetzt fünfzehntausend Euro im Monat sparte, konnte er nicht zufrieden sein, denn der Söldner hatte seine Arbeit nicht erledigt. So nützlich er die letzten Jahre gewesen war, einen aufdringlichen Polizisten wie Jan Tommen hatte er nicht aus dem Weg räumen können.

Von Ladeck hatte seinem Geschäftspartner in Südafrika von dem Ausfall berichtet. Dieser hatte baldigen Ersatz versprochen, aber bis sich mögliche Nachfolger bei ihm vorgestellt hatten, würden noch Tage vergehen. Er musste sich selbst um die Sache kümmern.

Von Ladeck stand auf, ging zu einem verschlossenen Aktenschrank und tippte eine sechsstellige Nummer in das Zahlenschloss. Er ging behutsam vor, denn schon bei der ersten falschen Zahl würde der Inhalt in Flammen aufgehen. Als sich die Tür öffnete, zog er eine Mappe aus einem Regal, die mit »Kripo Berlin« gekennzeichnet war. Er legte die Unterlagen auf den Schreibtisch und setzte seine Brille auf. Auf der ersten Seite prangte ein Bild von Jan. Breit lächelnd mit einer Bierflasche in der Hand. Von Ladeck blätterte weiter. Laut seinen Unterlagen hatte der Kommissar eine beeindruckende Verhaftungsquote und gute Bewertungen von seinen Vorgesetzten. Dem gegenüber stand ein durchschnittliches Ergebnis bei der Aufnahmeprüfung zur Kripo, in Sport besser, in Deutsch schlechter. Eine zeitweise Suspendierung, als er unter Mordverdacht gestanden hatte. Danach die Wiedereinstellung mit Auszeichnung. Keine besonderen Aktivitäten außerhalb seines Berufslebens. Nichts deutete auf einen Mann hin, der ihm gefährlich werden konnte. Und doch hatte Jan Tommen mehr Ärger gemacht als alle seine Vorgänger zusammen.

Die ersten Angriffe hatte er abwehren können, doch mit der Entdeckung des Labors war eine kritische Grenze überschritten worden.

Von Ladeck griff nach seinem Telefon und wählte eine Nummer, die er nur in seinem Kopf gespeichert hatte. Nach dem zweiten Klingeln nahm sein Gesprächspartner ab.

»Sie wollten doch immer nach Thailand und eine kleine Bar am Strand eröffnen«, begann von Ladeck ohne Begrüßung. »In einer Stunde wird Ihnen ein Bote einen Umschlag mit einer Anzahlung bringen. Schaffen Sie mir eine Lästigkeit vom Hals, erhalten sie das Zehnfache von diesem Betrag.«

»Reden Sie weiter«, antwortete ein Mann.

»Kennen Sie Kommissar Jan Tommen?«, fragte von Ladeck.

KAPITEL 11

Je näher es auf 15.00 Uhr zuging, umso unruhiger wurde Jan. Er suchte immer wieder einen Grund, sein Büro zu verlassen und am Empfang vorbeizuschlendern. Sei es, um seine Kaffeetasse zu füllen, die Toilette aufzusuchen oder den nächsten Schokoriegel aus dem Automaten zu ziehen. Einmal ging er sogar in Bergmans Büro, was den Kripo-Chef sichtlich verwirrte.

Er war gerade zum siebten Mal an diesem Nachmittag auf dem Weg zur Toilette, als ein junger Mann mit einem Karton unter dem Arm in die Wache schlenderte. Weil Lieferungen nur bei der Paketstelle abgegeben werden durften, war sein Kollege am Empfang überrascht, dass jemand eine Sendung vorbeibrachte. Jan rannte wenig schicklich zwischen zwei Polizistinnen hindurch und kam schlitternd vor den beiden Männern zum Stehen.

»Ist in Ordnung«, sagte er seinem Kollegen. »Ich warte auf die Lieferung.«

»Du weißt, dass Pakete nur über die zentrale Sammelstelle ...«

»Ja, ja«, wimmelte Jan ab. »Es ist wichtig.«

»Sind Sie Herr Tommen?«, fragte ihn der Bote.

Jan nickte und zeigte seinen Kripo-Ausweis.

»Unterschreiben Sie hier und das Paket gehört Ihnen.«

Jan kritzelte seinen Namen auf ein Formular und nahm den Karton entgegen. Er verabschiedete sich mit einem schnellen Gruß und hastete in sein Büro zurück, sehr zur Verwunderung einiger Kollegen, die Jan schon lange nicht mehr so enthusiastisch gesehen hatten.

Er öffnete das Paket und zog einen schwarzen Ordner hervor, den er vorsichtig aus einer dünnen Folie auspackte. Die erste Seite war mit »PERV9« und »Ferdinand von Ladeck« beschriftet. Jan stieß einen Freudenschrei aus. Das letzte Mal hatte er so gejubelt, als Deutschland Fußball-Weltmeister geworden war. Auf der Innenseite des Ordners war eine DVD befestigt, die ebenfalls den Projektnamen trug. Das war eine Aufgabe für Max.

Er setzte sich an den Schreibtisch, legte den Ordner vor sich und arbeitete die Unterlagen durch. Sein Grinsen würde die nächsten Stunden nicht nachlassen.

Max legte die DVD ins Laufwerk, startete sein Crack-Programm und lehnte sich zufrieden auf seinem Stuhl zurück. Er trank einen Schluck Ovomaltine-Cola und griff nach der Tüte mit Krabbenchips.

»Das ist alles?«, fragte Jan. »Ich dachte, ein Passwort zu knacken wäre aufwendiger.«

»Wäre es, wenn es mindestens eine 128-Bit-Verschlüsselung wäre. Für die DVD reicht John, the Ripper.«

»Wer?«

»Das ist ein frei verfügbares Programm, um Passwörter mithilfe einer Brute-Force beziehungsweise Dictionary Attack zu entschlüsseln. Unser Freund hier knackt Standards wie BSDI, Kerberos oder Microsoft LM, aber auch MD5 oder Blowfish.«

»Ah«, sagte Jan.

»Es gibt Bessere, aber John ist nicht einmal illegal, was Bergman gefallen dürfte.«

»Wie lange wird es dauern?«

»Höchstens ein paar Minuten. Im schlimmsten Fall eine Stunde.«

Max biss in einen Krabbenchip. »Du kannst in dein Büro gehen und weiter den Ordner durcharbeiten. Sobald ich Daten extrahiert habe, gehe ich sie durch und schiebe sie auf deinen Ordner des Kripo-Servers.«

Jan schlug ihm auf die Schulter und verließ Max' kleines Reich. Der junge Hacker stellte die Musik wieder an und legte die Füße auf den Schreibtisch. Was immer auf der DVD versteckt war, es wäre der nächste Nagel in von Ladecks Sarg.

Es war 20.00 Uhr. Jan verspürte noch immer keine Müdigkeit. Der Ordner war das Paradies für jeden Ermittler. Detaillierte Protokolle mit Namen und Zeitangaben. Forschungsberichte und Projektpläne, ergänzt mit Fotos von den Experimenten.

Die DVD enthielt Bilder. Max' schätzte ihre Zahl auf mehr als dreitausend, aber die Ordner waren ähnlich verschlüsselt wie die DVD, sodass er zwei Stunden mehr benötigen würde. Morgen früh wären alle Aufnahmen auf Jans Computer, hatte ihm der junge Hacker versprochen.

Die Dienststelle war fast leer. Noch hatte Jan die Kollegen nicht über den Inhalt des Ordners informiert, aber jeder hatte Jans blendende Laune bemerkt. Sobald der Haftbefehl für von Ladeck erlassen worden war, würde er ausgiebig berichten. Nur das Versprechen, zwei Kästen Bier auszugeben, hatte die Kollegen zufrieden gestimmt.

Jan wurde von leisem Flaschengeklirr in seiner Konzentration gestört. Er stand auf und sah aus seinem Büro in den Gang. Ein ehemaliger Kollege aus seiner Zeit bei der Polizei schob einen Bürostuhl vor sich her. Auf ihm lagen vier Flaschen Whisky. Ihm folgte ein junger Mann, an den sich Jan nur schwach erinnerte.

»Jan«, sagte der Mann mit dem Bürostuhl. »Schön, dass du noch da bist.«

»Adam.« Er schüttelte seinem ehemaligen Kollegen die Hand. Er hatte ihn schon zwei Jahre nicht mehr gesehen. Sein dunkles Haar war von grauen Strähnen durchzogen und sein Vollbart akkurat gestutzt. Vielleicht die eine oder andere Falte mehr im Gesicht, ansonsten hatte er sich kaum verändert. Adams Handschlag war fest wie immer.

»Mein Partner Julian ist heute Mittag Papa geworden«, sagte er mit leichtem Berliner Akzent. Seine raue Stimme erinnerte Jan an eine Deutsch sprechende Version von Joe Cocker.

Jan gratulierte dem jungen Mann. Jetzt erinnerte er sich wieder an die Weihnachtsfeier der Polizei, auf der er Julian kennengelernt hatte. Damals war dieser ein verunsicherter Frischling gewesen, gerade der Schule entwachsen. Jan schätzte ihn auf Anfang dreißig. Wegen seiner hellblonden Haare und seinem glattrasierten Gesicht wirkte er jünger.

»Vor Jahren hat er mir versprochen, ein paar Flaschen aus seinem beeindruckenden Whisky-Bestand zu spendieren, sollte es ein Sohn werden.« Adam deutete auf den Stuhl. »Wie wäre es mit einem Drink zum Wohle der nächsten Generation Polizisten?«

»Da sage ich nicht Nein«, bemerkte Jan mit Blick auf die Flaschen.

»Ich empfehle den fünfzehn Jahre alten Macallan«, sagte Julian. »Er hat eine leicht harzige Würze und einen langen, samtigen Abgang.«

»Klingt gut.«

»Lass uns in dein Büro gehen«, schlug Adam vor. »Nicht, dass Bergman uns erwischt, wie wir auf dem Gang Whisky trinken.«

Jan winkte die Männer hinein. Adam zog drei Gläser aus einem Karton und ließ sie Julian mit der bernsteinfarbenen Kostbarkeit füllen.

»Auf deinen Nachwuchs.« Jan prostete seinen Kollegen zu. Er schloss die Augen und genoss den Geschmack des Whiskys, wie ihn Julian beschrieben hatte.

Adam seufzte zufrieden. »Ein wirklich edles Getränk.«

»Wie läuft es auf eurer Wache?«

»Die alte Leier«, sagte Adam. »Zu wenig Personal und zu viele Überstunden mit ständigen Budgetkürzungen.« Bitterkeit hatte sich in seine Stimme geschlichen. »Dann die zermürbenden Nachtschichten, den Stress mit Dealern, Schlägern oder alkoholisierten Jugendlichen vor Diskos, und das alles für einen beschissenen Lohn.«

»Wie immer«, bemerkte Jan und trank das Glas aus.

Sein Kollege nickte. Für einen Moment schwiegen die drei Männer. Dann ergriff Adam wieder das Wort.

»Das sieht nach einer Menge Arbeit aus.« Er deutete mit dem Glas auf den Ordner. Jan hatte ein paar Seiten herausgenommen und sie auf seinem Schreibtisch verteilt, damit er die verschiedenen Protokolle besser zuordnen konnte.

»Halb so wild«, wiegelte er ab. »Das ist der entscheidende Beweis, der uns gefehlt hat. Ich bereite das Material für den Staatsanwalt auf und treffe mich morgen früh mit ihm. Dann stecken wir die Verantwortlichen in den Knast und ich mache zwei Wochen Urlaub.«

Julian schenkte ihm nach.

Adam hob das Glas. »Dann haben wir einen zweiten Grund zum Feiern.«

Jan prostete ihm zu. Ihm wurde schwindelig. Eigentlich vertrug er Alkohol gut. Vor zwei Stunden hatte er eine Pizza gegessen, also konnte es nicht an einem leeren Magen liegen.

»Alles in Ordnung?«, fragte Adam.

»Ich bin nichts mehr gewohnt.« Jan stellte lächelnd das Glas ab.

Adam griff nach seinem Arm und führte ihn zu seinem Stuhl. »Setz dich einen Moment. Das wird gleich besser.«

Jan fühlte sich wie nach einer durchzechten Nacht. Sein Kopf sank auf den Schreibtisch. Durch die leicht geöffnete Tür konnte er in Max' Raum sehen. Die Computer waren an. Der junge Hacker lag auf seiner Tastatur. Die Arme hingen an den Seiten herunter.

»Was zum Teufel …«, konnte Jan noch sagen. Dann fielen ihm die Augen zu.

»Vergiss nicht die Wanze an seinem Schreibtisch zu entfernen«, hörte er Adams Stimme wie aus weiter Ferne. Sein Kopf wurde angehoben und die Notizen darunter weggezogen.

Dann verlor er das Bewusstsein.

Chandu hätte den Tag nach ihrem Einbruch gern im Zimmer verbracht. Renatos Restaurant lag keine zweihundert Meter von ihrem Hotel entfernt, und es war nicht unwahrscheinlich, dass die Italiener nach ihm suchen würden. Wegen seiner Größe und seiner auffallenden Tätowierung auf der Stirn, konnte er sich nicht verstecken, doch Zoe hatte darauf bestanden, auszugehen und den Sieg über ihre begrabene Vergangenheit zu feiern. Nach langer Diskussion hatte sie sich wenigstens dazu überreden lassen, mit einem Tuch ihre Haare zu bedecken und eine Brille aufzusetzen, für den Fall, dass sie jemand beim Einbruch erkannt hatte. Chandu hatte eine Strickmütze auf und trug eine Jacke mit hohem Kragen, den er nach oben geschlagen hatte. Ein Telefonat mit Max hatte Chandu insoweit beruhigt, dass ihre Tat nicht der Polizei gemeldet worden war. Der junge Hacker hielt die eingehenden Meldungen bei der Mannheimer Kripo im Blick und würde anrufen, sollte sich daran etwas ändern.

Auf Lisas Empfehlung waren sie in ein Restaurant nahe der Fußgängerzone gegangen. Zoes Schwester hatte überschwänglich von der Qualität der Küche geschwärmt. Anfänglich war Chandu skeptisch, aber nach dem Hauptgang musste er zugeben, dass er die beste Seezunge seines Lebens gegessen hatte. Er hätte seine Seele dafür geopfert, einen solchen Fisch auf Champagnersoße zubereiten zu können.

Das Restaurant lag im fünften Stock eines großen Bekleidungsgeschäfts. Es wirkte exklusiv, aber versprühte nicht die abschreckende Arroganz, die manche Sternerestaurants umgab. Entlang einer langen Bar waren rund zwanzig Tische gestellt, stilvoll gedeckt und mit geschultem Personal, das einen reibungslosen Service garantieren konnte. Am Fenster sitzend, hatte man einen guten Überblick über die Stadt, wobei sich Chandus Blick eher auf die offene Küche hinter der Bar konzentrierte, in der man einen ergrauten Koch bei der Arbeit beobachten konnte.

Zoe war an diesem Abend ungewöhnlich schweigsam. Die meiste Zeit starrte sie aus dem Fenster und betrachtete die Umgebung, als könnte sie sich nicht an ihrer alten Heimat sattsehen. Während der Hauptgang abgeräumt wurde, schenkte Chandu Wein nach. Zoe schien von alledem nichts mitzubekommen. Die letzten Tage hatten sie verändert. Sie hatte nichts von ihrer in Berlin gefürchteten Bissigkeit eingebüßt, aber ihre oft so vergrämten Gesichtszüge waren milder geworden.

»Danke«, sagte sie leise. Ihre sonst so eindringliche Stimme ging fast in dem Grundrauschen des Restaurants unter.

»Wofür?«, antwortete Chandu. »Maurices Niederlage war der Verdienst der Diek-Schwestern.«

»Ohne dich hätte ich nicht den Mut gehabt, mich dem allem zu stellen.«

»Ich schulde dir mein Leben.«

Sie griff nach dem Glas und prostete Chandu zu. »Deine Schuld ist mehr als abgegolten.«

»Es war mir ein Vergnügen.«

»Mögen die nächsten Monate weniger aufregend sein«, sagte sie und trank. Dann wandte sie ihren Blick wieder den Lichtern der Stadt zu. Chandu betrachtete sie noch eine Zeit. Die so umtriebige Zoe war zur Ruhe gekommen. Sie hatte ihren Frieden mit ihrer Vergangenheit gemacht. Das erste Mal schien sie sich auf ihre Zukunft zu freuen.

Die Müdigkeit war verschwunden. Jan wusste nicht, ob es an dem dritten Kaffee lag, oder ob die Betäubungstropfen ihre Wirkung verloren hatten.

»Wie lange warst du bewusstlos?«, fragte Bergman von seinem Schreibtisch aus.

»Zehn Minuten«, sagte Jan.

»Bei mir war es nicht länger«, ergänzte Max.

»Keine Ahnung, wie sie das gemacht haben«, sagte Jan. »Sie haben beide mitgetrunken.«

»Sie haben das Mittel in das Glas geschüttet. Ein paar Tropfen genügen.«

»Mein erster Whisky«, murmelte Max kopfschüttelnd.

»Habt ihr irgendwelche Aufzeichnungen gemacht?«, fragte Bergman. »Kopien von den Dateien?«

»Nichts«, sagte Jan. »Ich war noch am Sichten.«

»Die DVD ist weg. Was auf der Festplatte war, haben sie dauerhaft gelöscht.« Max trank einen Schluck von seinem Energydrink. »Dafür haben sie mein eigenes Löschprogramm benutzt.«

»Also sind unsere Beweise weg.« Bergman fluchte.

»Ich habe kurz mit Zoe telefoniert. Sie hat Bilder gemacht, doch ohne die Originale werden wir von Ladeck kaum festnageln können.«

»Wer waren die Typen?«, fragte Max.

»Zwei Streifenpolizisten«, sagte Jan. »Adam kenne ich schon lange. Seine Akte ist fast makellos. Warum macht er das?«

»Von Ladeck hat eine große Kriegskasse«, bemerkte Bergman. »Und jeder hat seinen Preis.«

»Wir sind am Arsch«, murmelte Jan. »Wir haben nicht nur die Arbeit für von Ladeck gemacht, indem wir die belastenden Unterlagen von Tony geklaut haben, jetzt haben wir sie ihm noch exklusiv geliefert.«

»Woher wusste er von dem Ordner?«

»Das mysteriöse Paket von heute Nachmittag hat sich herumgesprochen«, erklärte Jan. »Außerdem war mein Schreibtisch verwanzt. Ich habe mit Zoe telefoniert. Ein interessierter Zuhörer wird sofort verstanden haben, wie brisant die Unterlagen sind. Dabei habe ich die DVD erwähnt«, wandte er sich an den jungen Hacker.

»Der Raub ist zwei Stunden her«, sagte Max. »Die beiden korrupten Polizisten haben den Ordner längst an von Ladeck übergeben. Wahrscheinlich brennen die Unterlagen fröhlich in seinem Kamin.«

»Nein«, sagte Bergman. »Adam und Julian haben ihn noch nicht getroffen.«

»Woher wissen Sie das?«, fragte Jan.

»Ich lasse von Ladeck überwachen.«

»Ich wusste gar nicht, dass wir eine Genehmigung dafür haben«, wunderte sich Jan.

»Haben wir auch nicht«, sagte Bergman. »Ich lasse ihn trotzdem nicht aus den Augen.«

»Aber, Chef.« Jan zwinkerte ihm grinsend zu. »Sie haben doch nicht gegen geltende Gesetze verstoßen?«

»Doch«, sagte Bergman mürrisch. Es fiel ihm sichtlich schwer, dies zuzugeben. »Und wenn du es jemandem erzählst, kürze ich dein Gehalt und versetze dich in die Nachtschicht.«

Jan lachte. Er konnte kaum glauben, was er eben gehört hatte. Wenn das jemals herauskommen würde, wäre Bergmans Karriere am Ende. Von Ladeck schien es ihm angetan zu haben. »Wo ist er?«

»Er ist seit 19.00 Uhr bei einem Empfang in Grunewald. Wahrscheinlich hat er diesen Termin bewusst gewählt, um nicht mit den Geschehnissen in Verbindung gebracht werden zu können.«

»Vielleicht haben ihm Adam und Julian die Arbeit abgenommen und die Unterlagen entsorgt«, sagte Max.

»Das glaube ich nicht«, erwiderte Jan. »Von Ladeck ist ein Kontrollfreak. Er traut niemandem. Er ist erst beruhigt, wenn er den Ordner persönlich vernichtet hat.«

»Also steht das Treffen noch aus.«

Bergman nickte.

»Dann müssen wir warten, bis unsere beiden korrupten Polizisten aus ihrer Deckung kommen«, sagte Max.

»Zu gefährlich«, widersprach Jan. »Das Treffen könnte über einen Mittelsmann erfolgen oder die Unterlagen könnten per Post ins Büro geschickt werden. Wir können nicht alle Möglichkeiten berücksichtigen, vor allem wenn wir keinen Zusammenhang zwischen Adam, Julian und von Ladeck beweisen können. Wir müssen die beiden finden.«

»Die Fahndung ist bisher erfolglos«, sagte Bergman. »Sie sind nicht zu Hause und ihre Autos stehen in der Garage. Wir durchsuchen seit einer Stunde ihre Wohnungen, haben aber noch keinen Hinweis gefunden, wo sie sich aufhalten könnten. Offensichtlich ist nur, dass sie gepackt haben.«

»Also hauen sie nach der Übergabe ab.«

»Die nächsten Stunden bleiben sie in Berlin. Heute Nacht werden sie keinen Schritt aus ihrem Versteck machen. Morgen oder übermorgen erfolgt die Übergabe. Von Ladeck wird sie mit Bargeld ausgestattet haben, vielleicht sogar mit falschen Pässen.« Bergman schüttelte den Kopf. »Wir haben maximal vierundzwanzig Stunden, um sie zu fassen.«

»Auf die Fahndung können wir uns nicht verlassen«, sagte Jan. »Die beiden wissen, wie sie unter dem Radar bleiben.«

»Ich bin zu lange aus dem Spiel«, erklärte Bergman. »Ich habe keine Informanten mehr.«

»Meine Leute können wir dafür auch vergessen«, sagte Jan. »Aber beim letzten Fall habe ich jemanden getroffen, der jede miese Ratte von Berlin kennt. Wenn wir ihn ordentlich bezahlen, kann er uns helfen.«

»Was ist ordentlich?«, fragte Bergman.

»Tausend als Anzahlung und die Aussicht auf mehr bei Erfolg.«

»Weißt du, wo er sich aufhält?«

Jan sah auf seine Uhr. »Um die Zeit wahrscheinlich in seiner Lieblingskneipe.«

»Ich gehe zum Geldautomaten und hebe die Tausend ab.« Bergman stand auf und griff nach seinem Mantel. »Pack deine Sachen und warte am Auto. Von Ladeck darf nicht davonkommen.«

Jan wunderte sich, dass die schmuddelige Absteige in der Kurfürstenstraße den Namen »Café« trug. Der abblätternde Putz an der Wand gab den Blick auf ein altes Backsteingemäuer frei, das hier und da mit Graffiti verschönert worden war. Die Fenster waren seit dem Tag ihres Einbaus nicht mehr geputzt worden, und die vor der Kneipe herumlungernden Gäste brachten jeden Spaziergänger dazu, die Straßenseite zu wechseln. Selbst ohne Knast-Tattoos war deutlich zu sehen, dass alle Besucher ihre Probleme mit dem Gesetz hatten.

Heute schien eine Art Happy Hour zu sein, denn statt auf den Hockern zu sitzen, prügelten sich die Gäste. Da jeder der Beteiligten einen Kopf größer und doppelt so schwer wie Jan war, entschloss er sich, vorerst die frische Abendluft zu genießen. Eine Minute später kam ein massiver Eichentisch durch das Fenster geflogen, was die Stimmung des Kneipenbesitzers nicht zu verbessern schien. Der tätowierte Glatzkopf war sichtlich wütend, während er den Kopf eines Bikers durch die Theke hauen wollte.

Jan lehnte sich bequem an eine Laterne, als der Lärmpegel weiter anschwoll. Jan war versucht, sein neues Handy aus der Tasche zu holen und eine Skat-App zu starten, als die gesuchte Person mit einem langgezogenen Schrei aus dem bereits zerstörten Fenster flog. Wegen seiner kleinen Statur und seines geringen Gewichts hatte er eine beeindruckende Flugkurve. Er wäre zur Mitte der Straße geflogen, aber glücklicherweise stand ein großer SUV dort. Sein Kopf knallte gegen den Kotflügel und seine dicke Brille schlitterte in den Rinnstein. Mit einem kurzen »Urgh« ging er zu Boden.

Tim, die Ratte, hatte sich die letzten Monate nicht verändert. Er hatte weder mehr Zeit in die Pflege seiner schwarzen, in alle Richtungen abstehenden Haare verwandt, noch sich die Mühe gemacht, seinen verfleckten Pullover zu waschen. Er drehte sich mit einem Stöhnen herum und hielt sich seine viel zu große Nase.

Jan ging neben ihm in die Hocke. »Guten Abend.«

Tim verdrehte die Augen und nuschelte etwas, was sich wie »Du schon wieder« anhörte. Durch die Hand vor dem Mund war seine Aussprache undeutlich.

Jan half dem kleinen Mann auf und gab ihm seine Brille. »War das Bier alle, oder warum ist die Stimmung gekippt?«

»Eine harmlose Pokerrunde«, erklärte Tim. »Ich kann nichts dafür, wenn die Jungs nicht spielen können. Ich war nur der Geber.«

»Ich hätte vielleicht einen Auftrag für dich.«

Tim setzte die Brille auf. »Ist die verrückte Blonde dabei?« Er sah sich hektisch um, als suche er einen möglichen Fluchtweg.

»Zoe hat heute keine Zeit«, antwortete Jan.

Tim wurde merkbar ruhiger. Ein weiterer Mann flog durch das offene Fenster. Er war muskulös, etwa 1,95 m groß und 130 kg schwer. Wer immer das zustande gebracht hatte, Jan wollte ihm nicht begegnen.

»Lass uns einen kleinen Spaziergang weg von dieser … Party machen«, sagte Tim.

»Wie geht es Chandu?«, fragte der kleine Mann, nachdem sie ein paar Schritte gegangen waren.

»Die ersten Tage nach seiner Entführung waren hart. Er hat sich nicht verziehen, den Vater des Mädchens verprügelt zu haben. Anfänglich wirkte er verloren, aber schließlich hat er sich von der Berliner Unterwelt abgewandt.«

»Wird nicht leicht«, sagte Tim. »Die Bezahlung ist besser als in einem legalen Beruf.«

»Er versucht es«, bemerkte Jan achselzuckend.

»Ist er wieder in Schwierigkeiten?«

»Dieses Mal geht es nicht um Chandu, sondern um korrupte Polizisten.«

Tim stieß einen leisen Pfiff aus. »Wenn ein Kripo-Beamter zu mir kommt und Hilfe wegen korrupter Polizisten benötigt, muss es schlecht um die Berliner Polizei stehen.«

»Schlecht ist untertrieben. Die beiden haben wichtige Unterlagen aus der Dienststelle gestohlen. Ohne die Beweise löst sich unser Fall in Luft auf.« Dass er den Ordner verloren hatte, unterschlug Jan.

»Das muss sich gelohnt haben«, sagte Tim. »Wenn sie gefasst werden, sind sie am Ende. Im Knast werden sie fertiggemacht und draußen bekommen sie nicht einmal in der Sicherheitsbranche einen Job.«

»Der Auftraggeber hat eine beeindruckende Kriegskasse.«

»Von wem reden wir?«

Jan zögerte. Irgendetwas in ihm sträubte sich, vertrauliche Informationen einem Mann wie Tim zu geben, aber die Ratte war der einzige Strohhalm, an den er sich klammern konnte. »Ferdinand von Ladeck«, sagte Jan schließlich.

»Hui«, sagte Tim. »Da habt ihr euch mit einem großen Fisch eingelassen.«

»Wem sagst du das.«

»Von Ladeck hat eine lange Liste an Leuten, die er schmiert. Die reichen von Verwaltungsbeamten der Stadt, über das Finanzamt, bis hin zur Wirtschaft. Von der hiesigen Politik will ich gar nicht reden. Die versorgen ihn mit allen Informationen. Er weiß mehr über die Vorgänge in Berlin, als der Regierende Bürgermeister. Das ist aber nichts im Vergleich zu seinem Schläger, der die Drecksarbeit für ihn macht.«

»Um den brauchst du dir keine Sorgen mehr zu machen«, sagte Jan.

»Gut zu hören«, erwiderte Tim. »Das macht es leichter.«

»Ich brauche das Versteck der korrupten Polizisten. Bis morgen früh.«

»Wenig Zeit.«

»Hast du eine Idee?«

»Zu meinem Bedauern ist die Berliner Polizei eine saubere Truppe«, sagte Tim. »Ein Gefallen vielleicht, aber bei allem, was über ein Freibier geht, stößt man auf Granit. Trotzdem gibt es ein paar Mann, die mit ihrem Gehalt nicht zufrieden sind. Nicht viele und eine verschworene Gemeinschaft, die schlau agiert. Keine Mails, wenig Telefonate, bei denen weder Namen noch Summen genannt werden.«

»Es gibt immer Gerüchte«, ergänzte Jan. »Innerhalb der Polizei werden sie das ›Schwarze Netzwerk‹ genannt. Sie sollen im Zusammenhang mit dem Berliner Flughafen Unternehmer eingeschüchtert und interne Details zu Ausschreibungen weitergegeben haben. Die Untersuchung war erfolglos.«

»Ich habe kaum Informationen über dieses Netzwerk, doch mit den gestohlenen Beweisen bekommt das eine neue Dynamik. Fang am besten von vorne an.«

Die nächsten zehn Minuten sagte Jan alles, was er über Adam und Julian wusste. Einzig die Details zu PERV9 ließ er aus. »Ich habe noch eine Liste von den Orten dabei, an denen wir schon gesucht haben«, schloss Jan die Erläuterung. »Als Aufwandsentschädigung gebe ich dir tausend Euro sofort.« Jan zog das Geld aus seiner Tasche. »Noch mal tausend, wenn wir ihr Versteck kennen.«

»Plus einen Gefallen«, sagte Tim.

»Was für ein Gefallen?«

»Eine kleine Sache. Man hat mich der Hehlerei verdächtigt, weil ich eine exklusive Kaffeemaschine verkauft habe, bei der die Seriennummer entfernt war. Sicher nur ein Missverständnis.« Tim zeigte ein breites Lächeln, das wegen seiner schiefen Zähne fast bedrohlich wirkte.

»Ich rede mit den Kollegen«, sagte Jan, »wenn du mir die Mistkerle bis morgen früh auf einem Silbertablett lieferst.«

Tim steckte die tausend Euro ein. »Was immer die beiden geklaut haben, die Unterlagen müssen heikel sein. Adam und Julian sind für das Netzwerk nicht mehr zu gebrauchen und müssen aus Deutschland verschwinden. Da sind mindestens hunderttausend geflossen. Eher mehr.«

»Was willst du mir damit sagen?«

»Mit guten Worten werden Sie Ihre ehemaligen Kollegen nicht überzeugen können. Wenn ich ihr Versteck finde, dann nehmen Sie besser Verstärkung mit.«

Jan nickte. »Verlass dich darauf.«

Tim richtete seine Brille und winkte Jan zu. »Ich mache mich an die Arbeit. Ihre Handy-Nummer habe ich.«

Dann verschwand er in einer Seitengasse.

Ferdinand von Ladeck schob die Akte des Polizisten zur Seite. Er hatte viel Zeit und Geld in Adam Winter investiert, seine Karriere gefördert und ihn an Geschäften beteiligt, die ihm seinen Sportwagen finanziert hatten. Innerhalb des Netzwerkes war Adam ein gerne vermittelter Mann. Sie hatten nur unwillig den Auftrag angenommen, weil Adam und Julian danach nicht mehr zu gebrauchen waren. Es hatte von Ladeck weitere fünfzigtausend Euro gekostet, bis sie sich einig geworden waren.

Er hätte den Polizisten ihren Lebensabend am Strand gegönnt. Auch wenn er nicht glaubte, dass Adam oder Julian die Zeit bis zu ihrem Treffen nutzen würden, um die Unterlagen zu sichten, durfte er kein Risiko eingehen. Er konnte keine weiteren Mitwisser gebrauchen. Jeder, der etwas über PERV9 wusste, war eine Gefahr für Ladeck Pharma, selbst wenn er in Thailand war.

Für einen Augenblick bedauerte er, dass sein Sicherheitsmann verstorben war, auch wenn sein Versagen ein Grund für von Ladecks Schwierigkeiten war.

Er würde mit seinem Kontakt in Südafrika telefonieren und auf eine schnelle Lösung drängen müssen. Es gab viel zu bereinigen. Adam und Julian wären nur der Anfang.

Das klingelnde Handy ließ Jan aus dem Schlaf hochschrecken. Er hatte die Nacht eigentlich wachbleiben wollen. Mechanisch nahm er das Gespräch an.

»Hallo?«

»Kommissar Tommen, hier spricht Tim.«

»Haben Sie etwas gefunden?«

»Wahrscheinlich.

»Nur wahrscheinlich?«

»Ich habe das mögliche Fluchtauto gefunden.«

»Ein Fluchtauto?«

»Es gibt einen Kerl in Wedding, der sichere Autos besorgt. Er hat in ganz Berlin Spione, die Informationen über Autobesitzer sammeln, die länger im Ausland sind und ihr Auto nicht abgemeldet haben. Keine Luxuskarren, sondern Kleinwagen oder Transporter. Diese Autos klaut er und fälscht die Papiere. Selbst bei einer Polizeikontrolle fällt niemandem auf, dass es sich um Diebesgut handelt, weil das Auto nicht auf der Fahndungsliste steht.«

»Und ein solches Auto hat er Adam und Julian besorgt?«

»Exakt«, antwortete Tim. »Die Info hat mich vierhundert Mücken gekostet, aber der Autoverschieber hat Ihre beiden Freunde erkannt. Er musste die Karre an einem bestimmten Ort abstellen und hat den Schlüssel in einen Briefkasten geworfen.«

»Wo?«

»In einem Leerstand am Kotti.«

»Sicher?«

»Habe ich überprüft. Das Auto steht noch dort.«

»Schick mir die Adresse aufs Handy.«

»Wird gemacht. Ich melde mich wegen der restlichen Kohle.«

»Gib mir einen Tag«, sagte Jan. »Und halte den Kopf unten.«

»Bin schon weg«, sagte Tim und beendete das Gespräch.

Jan blätterte durch das Adressbuch seines Handys. Zeit für Verstärkung.

Das Versteck war gut gewählt. Die Gehwege waren verdreckt, die Straßenlampen kaputtgeschlagen und die Parkbuchten von Autowracks belegt. In der Nacht wurden die Rollläden heruntergelassen und man verließ das Haus nur, wenn es unbedingt sein musste. Jeder kümmerte sich um seine eigenen Angelegenheiten und mischte sich nicht in die der anderen ein.

Jan hatte den Lieferwagen vierzig Meter vom verdächtigen Auto entfernt geparkt. Nahe genug, dass die Straße noch einzusehen war, weit genug entfernt, um nicht vom leerstehenden Gebäude aus entdeckt werden zu können.

Jan drückte sich mit Max auf einen kleinen Hocker. Ihm gegenüber saßen Patrick, Bergman und sein alter Ausbilder Fabian. Wieder einmal bedauerte er, dass Chandu nicht bei ihm war, aber sie würden diese Sache ohne seinen großen Freund lösen müssen.

»Wir fünf sind die einzigen, die von dem Versteck wissen«, begann Jan. »Sonst traue ich niemandem.«

»Mehr als genug für die korrupten Schweine«, sagte Fabian und zwängte sich in eine kugelsichere Weste. Jan war überrascht, dass es für den dicken Bauch ein Modell gab, aber nach einigem Gezerre und nicht jugendfreien Bemerkungen über die Hersteller war auch Fabian verpackt.

Mit Patrick hatte Jan schon mehrere Einsätze gehabt und Max würde im Auto zurückbleiben, aber Bergman in Kampfmontur zu sehen, war ungewohnt. Früher war sein Chef ein erfolgreicher Ermittler gewesen, doch seit er ihn kannte, hatte er immer einen Anzug getragen und nie eine Pistole in der Hand gehabt.

»Das Gebäude steht leer«, sagte Jan. »Laut meinem Informanten liegen die Schlüssel in einem Briefkasten, daher glaube ich, dass Adam und Julian drinnen sind.«

»Können wir sicher sein, dass sie drin sind?«, fragte Bergman. »Und wenn ja, wo?«

»Ich bin mit einer kleinen Parabolantenne, versteckt in einer Plastiktüte, am Gebäude vorbeigelaufen«, sagte Max.

»In der Wohnung links neben dem Eingang habe ich Geräusche gehört. Klang wie ein Film. Wahrscheinlich vertreiben sich die beiden die Zeit bis zum Treffen mit von Ladeck.«

»Wir wissen nicht, ob es Adam und Julian sind.«

»Nein«, sagte Jan. »Doch etwas Besseres haben wir nicht.«

»Wir könnten warten, bis sie herauskommen«, schlug Patrick vor.

»Zu riskant«, sagte Jan. »Der Hinterhof ist offen, ohne Versteckmöglichkeiten. Er ist schwer zu überwachen. Von dort gelangt man in eine Seitenstraße und zu einem anderen Gebäude. Selbst wenn wir eine Überwachungskamera installieren, wären wir nicht schnell genug dort, um sie zu fassen. Da reichen zwanzig Meter Vorsprung.«

»Ich habe den Fluchtwagen mit einem GPS-Tracker versehen«, ergänzte Max. »Wir können nur spekulieren, ob sie mit dem Auto zum Treffen fahren. Vielleicht werden sie abgeholt.«

»Also müssen wir rein«, stellte Fabian fest.

»Eingänge?«, fragte Bergman, während er die Munition in seiner Pistole überprüfte.

»Zwei«, erklärte Jan. »Ein Vordereingang und ein Hintereingang in den Hof.«

»Kommen wir über die Fenster hinein?«, fragte Fabian.

»Ist alles mit Holzbrettern vernagelt. Dauert zu lange, die alle abzureißen. Die Türen sind unsere beste Option.«

»Kannst du die Schlösser knacken?«, fragte Bergman.

»Nicht mit meiner Ausrüstung. Da wäre Chandu unser Mann. Da er sich noch in Mannheim herumtreibt, müssen wir es mit Gewalt versuchen.« Jan legte den Grundriss des Gebäudes auf den Tisch. »Max hat sich den Plan vom Grundbuchamt heruntergeladen«, begann er. »Vorder- und Hintereingang zweigen vom gleichen Flur ab. Auf der linken Seite sind zwei Wohnungen. Die vordere wird wahrscheinlich von unseren ehemaligen Kollegen bewohnt.« Jan deutete auf den Plan. »Es ist eine Zweizimmerwohnung mit Bad. Max hat die Geräusche aus dem ersten Raum gehört. Ich nehme an, dass einer von beiden Wache hält. Sobald wir eine Tür aufbrechen, hat er genug Zeit, seine Waffe zu ziehen und sich bereitzumachen. Wenn wir schnell genug sind, ist der zweite Mann nicht richtig wach, bis wir drin sind.«

»Der Wächter wird auf alles ballern, was zur Tür hineinkommt«, sagte Fabian.

»Dank der Berechtigungen unseres Chefs bekamen wir unkompliziert Zugang zum Waffenlager des SEK.«

Jan hob eine Granate hoch. »Die Blendgranate hat sogar Chandu umgehauen. Für Adam und Julian wird es reichen.«

»Wie willst du die Türen aufkriegen?«, fragte Fabian.

»Auch da war das SEK gut ausgerüstet.« Jan schob eine Tasche in die Mitte und öffnete den Reißverschluss. »Zwei Brecheisen und zwei Vorschlaghämmer.« Er deutete auf die schweren Werkzeuge. »Damit kriegen wir jede Tür auf.«

»Wie ist der Plan?«, fragte Bergman.

»Die Sonne geht kurz nach sieben auf. Wir sollten uns die Dunkelheit zunutze machen. Es ist 6.44 Uhr. Um 6.50 Uhr gehen Patrick und ich von vorne hinein. Ihr beide kommt über den Hintereingang, um diesen möglichen Fluchtweg abzuschneiden. Ich nehme das Brecheisen für die Vordertür. Patrick den Hammer. Sobald die Vordertür auf ist, lasse ich mein Werkzeug fallen und ziehe meine Waffe. Ich gehe davon aus, dass sich die beiden in der Wohnung verschanzen, also schlägt Patrick ein Loch in die Tür, während ich ihm Deckung gebe. Ist die Öffnung groß genug, werfe ich die Granate hinein.« Jan verteilte schwarze Ohrenstöpsel aus Wachs. »Der Knall ist 180 Dezibel laut. Die Dinger schützen ein wenig, aber haltet euch trotzdem die Hände auf die Ohren und wendet euer Gesicht ab, damit euch der Lichtblitz nicht blendet.«

»Dann geben wir der Tür den Rest und stürmen hinein«, sagte Jan. »Entweder können wir die beiden einsammeln …«

»… oder wir überzeugen sie damit«, beendet Fabian den Satz und lud seine SIG Sauer durch.

»Seid vorsichtig«, sagte Jan. »Die beiden haben mit dem Raub alles auf eine Karte gesetzt. Sie werden sich nicht freiwillig ergeben.«

Bergman lud seine Pistole durch und steckte sie in sein Halfter. »Ich nehme den zweiten Vorschlaghammer.«

Der Gott der Spezialeinheiten meinte es gut mit ihnen. Die Straße war verlassen. Die Junkies hatten sich einen anderen Ort für ihre Drogensucht gesucht, und die Trinker waren dabei, ihren Rausch auszuschlafen. Der Gehweg war vollgeparkt. Die Autos boten einen guten Schutz, um sich ungesehen an das Haus vorzupirschen. Bis auf zwei waren alle Straßenlaternen zerstört. Es war dunkel. Noch ein paar Minuten. Lange genug.

6.49 Uhr.

Er und Patrick waren am Haus. Jan betrachtete die Tür. Es wäre kein Problem, das Brecheisen zwischen Rahmen und Holztür anzusetzen. Ein starker Ruck könnte genügen.

Dreißig Sekunden.

Jan wischte seine feuchten Hände an der Hose ab. Er überprüfte den Sitz seiner Pistole und sah zu Patrick. Sein Kollege hatte seine Finger fest um den Griff des Vorschlaghammers geschlossen, als könnte er es kaum erwarten, zuzuschlagen.

Zwanzig Sekunden.

Die Zeit verrann zu langsam. Jan meinte Stimmen aus dem Raum zu hören. Es hätten Adam und Julian sein können, aber auch zwei Schauspieler von irgendeiner DVD. Es war zu spät, sich darüber Gedanken zu machen. Entweder konnten sie seine ehemaligen Kollegen überraschen oder zwei illegale Hausbesetzer würden den Schreck ihres Lebens bereitet bekommen.

Zehn Sekunden.

Jan tastete nach den beiden Granaten in seiner Jackentasche. Dann setzte er das Brecheisen an und drehte das Handgelenk, damit er den Sekundenzeiger seiner Uhr im Blick hatte.

Drei Sekunden.

Jan nickte Patrick zu. Sein Kollege erwiderte die Geste. Sein grimmiger Gesichtsausdruck zeigte, dass er bereit war.

Er legte sein Gewicht in das Brecheisen und schlug den Stahl zwischen Rahmen und Türschloss. Mit einem lauten Krachen sprang das Schloss aus der Fassung. Jan ließ das Brecheisen fallen und rammte die Schulter gegen die Tür. Sie sprang leichter auf, als er gedacht hatte. Er stolperte in den Gang. Patrick stürmte an ihm vorbei. Jan rappelte sich auf, zog seine Pistole und gab ihm Deckung.

Ein lautes Krachen ertönte vom Hintereingang, einen Augenblick bevor Patrick ein Loch in die Tür schlug. Die Tür war aus Pressspan und splitterte unter dem Aufschlag des Hammers. Die Öffnung war groß genug für die Granate. Glücklicherweise hatte sich Patrick beim Schlag neben den Eingang gestellt, denn einen Moment später wurde das Feuer durch die Tür eröffnet.

Die Schüsse hallten ohrenbetäubend in den Gang. Holz splitterte. Jan ging in die Hocke, zog den Abzug der Granate und warf sie in das Loch. Dann wandte er sich ab und presste die Hände auf die Ohren, ohne jedoch seine Waffe niederzulegen.

Bergman und Fabian kamen den Gang entlang, als die Granate zündete. Jan konnte den Druck in seinem Magen spüren. Teile der Türfassung wurden herausgeschleudert.

Seine Ohren pfiffen. Er mochte sich nicht vorstellen, was die Granate mit seinem Gehör angestellt hätte, wenn er nicht darauf vorbereitet gewesen wäre.

Der Beschuss hatte aufgehört. Ein Tritt von Patrick ließ die Reste der Tür aufschwingen. Neben einem Sessel lag Julian mit einer Pistole in der Hand. Seine Augen waren weit aufgerissen. Er starrte an die Decke, aber schien nichts sehen zu können. Blut lief aus seinen Ohren. Jan wartete nicht, bis sich der junge Mann erholt hatte, sondern sprang hinein, rammte ihm den Ellenbogen auf die Nase und schlug ihm die Pistole aus der Hand.

Dass er auf dem Boden lag, rettete ihm das Leben. Ein Schuss aus einer Schrotflinte zerriss den Zugang zum Nebenzimmer. Holzsplitter flogen durch die Luft und bohrten sich in die gegenüberliegende Wand. Die Explosion der Blendgranate war nicht stark genug gewesen, um auch Adam auszuschalten. Die geschlossene Tür hatte ihn vor Schlimmerem bewahrt. Jan wandte sich von dem ohnmächtigen Julian ab, kroch zur Wand und presste sich neben einen Kühlschrank.

Adam war in einen Kampfrausch geraten. Schuss um Schuss gab er blindwütig in den Raum ab. Eine Ladung verfehlte Julian nur knapp und ließ das Laminat am Boden aufspritzen. Es war eine Frage der Zeit, bis ein Querschläger Jan treffen würde. Er legte die Hände über den Kopf und schloss die Augen. Kleine Splitter trafen ihn, bohrten sich in seinen Arm oder prallten von der kugelsicheren Weste ab.

Dann ertönten weitere Schüsse. Bergman erwiderte das Feuer. Von seiner Position aus konnte er Adam nicht sehen, aber er zielte auf das Zimmer. Die Kugeln durchschlugen die Wand. Wo immer sich Adam aufhielt, er musste in Deckung gehen, um nicht vom explodierenden Putz getroffen zu werden. Bergman leerte sein Magazin binnen dreier Sekunden, nur um von Fabian abgelöst zu werden. Kaum war ihm die

Munition ausgegangen, stellte sich Patrick neben die zwei Männer und malträtierte die Wand mit seiner Waffe.

Jan verstand den Plan. Solange sie den Beschuss aufrechterhalten würden, konnte Adam nicht zurückschießen. Jan kroch hinter dem Kühlschrank vor, zog seine zweite Granate und warf sie durch die zerfetzte Tür in den Raum. Patrick, Fabian und Bergman rannten zurück in den Gang. Jan hechtete hinter den Kühlschrank zurück. Er kniff die Augen zusammen und presste sich die Hände auf die Ohren. Der zweite Knall war ebenso ohrenbetäubend wie der erste. Selbst durch die geschlossenen Augen schmerzte der Blitz. Trotzdem rappelte sich Jan auf und rannte mit der Pistole im Anschlag in den Nebenraum. Adam lehnte sich schwer atmend an ein Regal. Sein Kopf war nach unten gerichtet, und er mühte sich, nicht die Balance zu verlieren. Die Schrotflinte lag auf dem Boden. Jan nahm Anlauf, sprang über einen umgeworfenen Stuhl und rammte Adam das Knie ans Kinn. Wie von einer Abrissbirne getroffen, fiel er zu Boden. Während Jan die Schrotflinte zur Seite kickte, stürmte Bergman ins Zimmer, gefolgt von Fabian und Patrick. Alle vier stellten sich mit gezogenen Waffen um den Mann.

Bergman tippte Adam mit dem Fuß an. Als sich dieser nicht rührte, steckte er seine Pistole weg. »Gute Arbeit, Männer.«

Patrick wischte sich Holzsplitter von seiner Hose. »Hoffen wir, dass die Beweise die Schießerei überstanden haben.

Jan deutete auf den Ordner in der Ecke. Der Einband war etwas verschmort und die Blätter waren herausgefallen, aber die Unterlagen schienen unversehrt. »Hat jemand die Nummer vom Staatsanwalt?«

KAPITEL 12

Bergman kam als Letzter in Jans Büro. Patrick hatte es sich mit einer Tasse Kaffee bequem gemacht, während Max drei Löffel Ovomaltine in seine Cola rührte. Jan fegte die Reste seines Bami Gorengs in den Müll und ging zu seiner Pinnwand. Er deutete auf die Fotos, Ausdrucke und Notizen, die er im Laufe der letzten Stunde angeklebt hatte.

»Um es kurz zu machen«, begann er gut gelaunt, »Ferdinand von Ladeck ist am Arsch.«

Max hob sein Glas zum Gruß. »Aber so was von.« Lachend stieß er mit Patricks Kaffeetasse an.

»Ein wenig ausführlicher hätte ich es schon gerne«, bemerkte Bergman.

Jan deutete auf eine Geschäftsbilanz. »Die letzten Jahre hatte Ladeck Pharma keine Innovationen vorzuweisen. Bereits bestehende Patente liefen aus und die Forschungen an Transplantationen von Schweine-Organen auf den Menschen, Projekt PERV9 genannt, waren wenig erfolgversprechend. Ferdinand von Ladeck versuchte, die Behörden zu einer Lockerung der Richtlinien zu verleiten, was aber misslang. Die Firma musste Millionen abschreiben.«

Jan ging zu einem Bild, das Tony Mazur zeigte. Außer

ihm wussten nur Chandu und Max, dass Zoe mit dem Mafiapaten verwandt war. Er gedachte nicht, das zu ändern. »Retter in der Not war Tony Mazur, eine bekannte Unterweltgröße, der von Ladeck ein Darlehen von zwanzig Millionen Euro gewährte. Dafür bekam er ein Drittel an den Medikamentenrechten versprochen, zusätzlich zur Rückzahlung des Betrags innerhalb der nächsten zehn Jahre.«

»Zwanzig Millionen?«, fragte Bergman. »Die wird er nicht bar ausgezahlt haben.«

»Laut den Unterlagen hat Mazur ein Konto auf den niederländischen Antillen eingerichtet, auf das keine deutsche Behörde Zugriff hat«, ergänzte Max.

»Dafür hat von Ladeck das Gelände in der Berlin Eastside über den Mittelsmann Gunther Lang gekauft.«

»Warum in Berlin?«, fragte Bergman. »Warum ist er nicht nach Westafrika oder Asien? Dort zählt ein Menschenleben nichts, und mit Geld kann man alles kaufen.«

»Mit Afrika hatte von Ladeck schlechte Erfahrungen gemacht«, sagte Jan. »In den Neunzigern hatte er ein Labor in Simbabwe, das 2001 von Robert Mugabes Männern enteignet wurde, samt Gelände auf dem es gebaut war. Das geht aus einem Mailwechsel mit Mazur hervor, den sich unser Mafiapate sorgsam ausgedruckt und abgeheftet hat. Dieser Verlust hätte Ladeck Pharma im gleichen Jahr fast in den Bankrott getrieben.«

Jan deutete auf das Foto von Isak Neumann. »Als Koordinator für das Projekt setzte von Ladeck seinen langjährigen Vertrauten Isak Neumann ein. Skrupellos, und wegen seiner Beteiligung an Ladeck Pharma entsprechend darauf bedacht, viel Profit zu machen.« Jan ging zum nächsten Bild. »Dann begannen die Schwierigkeiten. Ludwig Mentzel hatte aufopferungsvoll an der Transplantation von Schweine-Organen auf den Menschen geforscht. Das Geschäft war ihm egal.

Außerdem würde er sich niemals zu illegalen Praktiken verleiten lassen. Er wusste schon zu viel, also beauftragte von Ladeck seinen Schläger, um Mentzel mit einem fingierten Unfall aus dem Weg zu räumen.«

»Was misslang«, sagte Bergman.

»Eigentlich nicht«, widersprach Jan. »Mentzel kam bei dem Unfall nicht ums Leben, doch durch den Alkohol im Blut wurde er diskreditiert und seine lange Reha gab von Ladeck genug Zeit, die Beweise in Mentzels Büro und seiner Wohnung zu beseitigen. Somit war er keine Gefahr mehr.«

»Währenddessen begann von Ladeck mit der Einrichtung des Labors«, ergänzte Patrick. »Er kaufte gestohlene Maschinen, weit unter dem Einkaufspreis. Wir wissen nicht, wer ihm diese beschafft hat. Wir vermuten, dass das Geschäft über Mazur zustande gekommen ist.«

»Als Ersatz für Mentzel ernannte von Ladeck dessen ehemaligen Assistenten Hagen Grein zum Forschungsleiter.«

»Neben der verantwortungsvollen Position erhielt Grein eine ordentliche Gehaltserhöhung«, ergänzte Max. »Zwei Monate später sagte er seiner Studentenbude auf Wiedersehen und bezog eine schicke Wohnung in Mitte.«

»Mit Geld hat er auch Bianca Bonbach überzeugt«, fuhr Jan fort. »Die gelernte Krankenschwester kaufte ein großes Haus und gönnte sich einen Sportwagen.«

»Der Mensch ist ein geldgieriges Tier, und diese Eigenschaft kommt allzu oft seiner Güte in die Quere«, sagte Bergman.

Jan sah ihn verständnislos an.

»Das ist aus Moby Dick.« Er winkte ab. »Mach weiter.«

»Mit Neumann, Grein und Bonbach war das erste Forschungsteam komplett.«

»Es gab mehr Beteiligte«, ergänzte Patrick, »aber Tony Mazurs Unterlagen geben keine weiteren Namen her. Wenn wir erst einen Durchsuchungsbefehl für Ladeck Pharma haben, finden wir auch diese.«

»Jetzt wird es hässlich«, sagte Jan. »In den folgenden Wochen wurden fünf Obdachlose entführt, im Labor gefangen gehalten und für Versuche missbraucht.«

»Man hat ihnen die Organe von Schweinen transplantiert«, bemerkte Bergman.

Jan nickte. »Wir haben nur wenige Details über die Versuche, aus Zwischenberichten, die von Ladeck an Mazur geschickt hat. Es war wohl Teil ihrer Vereinbarung, dass der Mafiaboss regelmäßig über den Fortschritt von PERV9 informiert wird.«

»Aber wir haben acht Leichen gefunden«, sagte Bergman. »Fünf Obdachlose und der ermordete Gunther Lang sind nur sechs.«

»Die Experimente an den fünf Obdachlosen scheiterten«, erklärte Jan. »Grein bekam den Abstoßungsprozess nicht in den Griff, also konzentrierte er sich auf die Herstellung eines Präparats, das diesen mindern oder ganz vermeiden konnte. Dafür zogen sich die Wissenschaftler ein paar Monate zurück, bevor sie wieder Obdachlose entführen ließen, um das Präparat zu testen.«

»Die beiden anderen Leichen«, sagte Bergman.

»Jetzt wird es verwirrend«, sagte Jan. »Laut dem Briefwechsel zwischen Mazur und von Ladeck waren es drei Obdachlose. Wir sind uns sicher, dass wir keine Leiche übersehen haben, also fehlt eine Person in unserer Rechnung.«

»Es gibt einen Überlebenden«, stellte Bergman fest.

»Vermuten wir auch, denn die Arbeit an PERV9 wurde fast über Nacht eingestellt. Wahrscheinlich gelang einem Obdachlosen die Flucht, was von Ladeck dazu veranlasst hat, das Labor aufzugeben und seine Spuren zu verwischen.«

»Aber die Einrichtung war noch vollständig vorhanden.«

»Die Sorgen von Ladeck Pharma waren nicht weniger geworden. PERV9 war die letzte Hoffnung für neues Kapital. Wahrscheinlich wollte von Ladeck nur warten, bis etwas Gras über die Sache gewachsen war.«

»Könnte Bernard Durand der Überlebende gewesen sein?«, fragte Bergman.

»Der Verdacht liegt nahe«, erklärte Jan, »aber dann hätte er den Standort des Labors gekannt. So wie ich Mentzel verstanden habe, sollte der Angriff auf Neumann Staub aufwirbeln, damit die Polizei auf die illegalen Experimente aufmerksam wird und das Labor findet.«

»Wer ist dann unsere gesuchte Person?«

»Lauretta.«

»Wer ist Lauretta?«

»Durands Freundin«, erklärte Jan. »Im Verhör erzählte er mir von ihr, und dass Neumann sie ihm genommen hatte. Da alle Leichen im Labor Männer waren, bleibt nur Lauretta. Sie ist das Entführungsopfer, dem die Flucht gelungen ist.«

»Wie finden wir sie?«

»Ich habe eine Suche über alle Anzeigen der letzten Jahre gestartet, in dem der Namen Lauretta vorgekommen ist«, sagte Max. »Lediglich vier Treffer und keiner passt.«

»Wir konzentrieren uns jetzt auf Fälle mit Obdachlosen und Opfern, deren Namen nicht gestimmt haben, ergänzt um alle Entführungsfälle der letzten drei Jahre«, sagte Patrick. »Der Stapel reicht vom Boden bis zur Decke. Das wird eine Weile dauern.«

»Trotz der fehlenden neunten Person genügen die Unterlagen, um Ferdinand von Ladeck festzunehmen und anzuklagen«, sagte Jan.

»Hat er Verdacht geschöpft?«, fragte Bergman.

»Wir vermuten nicht«, antwortete Jan. »Wir haben Adam und Julian davon überzeugt, wie positiv es für ihr künftiges Leben sein könnte, wenn sie bedingungslos mit uns zusammenarbeiten. Die Aussicht, in Moabit einzusitzen, wenn alle Mithäftlinge wissen, dass du ein korrupter Polizist bist, hat sie schließlich überzeugt.«

»Sie haben uns nicht nur von Ladecks Schmiergeld übergeben und uns ein paar interessante Details über ihn erzählt, sie wollen auch mit den internen Ermittlern zusammenarbeiten, um weitere Korruption aufzudecken«, ergänzte Patrick.

»Indem wir ihnen ein Zeugenschutzprogramm in Aussicht gestellt haben, konnten wir sie zu einem Anruf nötigen. Eigentlich hätten sie sich heute Nachmittag mit von Ladecks Mittelsmann treffen sollen, um die Unterlagen zu übergeben, aber sie haben ihm auf die Mailbox gesprochen, dass sie mehr Geld wollen und ansonsten die Beweise direkt zur Staatsanwaltschaft schicken würden.«

»Sie haben von Ladeck Bedenkzeit bis morgen früh gewährt«, sagte Patrick, »was uns genug Zeit verschafft, die Verhaftung vorzubereiten, ohne dass er Verdacht schöpft.«

»Wahrscheinlich hat unser Aristokrat ein Kopfgeld auf Adam und Julian ausgesetzt«, sagte Jan. »Wir haben sie vorerst in Fabians Gästebad festgekettet.«

»Da werden sie wenig Spaß haben«, bemerkte Bergman.

»Soweit der Stand der Ermittlung«, schloss Jan den Bericht. »Der Staatsanwalt stellt gerade den Haftbefehl aus. Außer uns, ist er die einzige Person, die momentan davon weiß. Er wollte sich mit uns absprechen, wann und wo wir von Ladeck verhaften, damit er keine Gelegenheit bekommt, weitere Beweise zu vernichten.«

»Ich weiß den perfekten Zeitpunkt.« Bergman verschränkte die Hände hinter dem Kopf und lehnte sich lächelnd auf dem Stuhl zurück. »Das wird ein Riesenspaß.«

Ferdinand von Ladeck wollte zu gerne den Namen des inkompetenten Eventplaners wissen, der Anfang Oktober einen Empfang im Freien organisierte. Wer immer das geplant hatte, musste daran gehindert werden, jemals für seine Firma tätig zu werden. Die kleinen Öfen an jedem der zwölf Tische und die rundherum aufgestellten Gaslaternen hielten zwar die Kälte ab, aber es blieb eine widersinnige Idee, wenn zehn Meter von der Terrasse ein geeigneter Innenraum zur Verfügung stand. Dass für die Tische nicht mehr genug Platz sein würde, wenn die Bühne für den Stargast des Abends aufgebaut worden wäre, akzeptierte er als Ausrede nicht, da er für das Dinner eine vierstellige Summe bezahlt hatte, um die nutzlose Inklusions-Schule zu erweitern.

Inklusion, dachte von Ladeck. Eine euphemistische Bezeichnung für Behinderte, die ihr Leben lang der Gesellschaft zur Last fielen und im besten Fall Männchen aus Korken basteln konnten. Niemals hätte er freiwillig nur einen Euro aus seinem Vermögen dafür ausgegeben, doch die Gesellschaft war zu illuster, um sie ignorieren zu können.

Mit Freuden ließ von Ladeck den Hauptgang abservieren. Die Waldpilz-Terrine war schon eine Katastrophe gewesen, aber die Jakobsmuscheln mit der Kaviarvinaigrette grenzten an Körperverletzung. Wenigstens waren die Olivengnocchi genießbar gewesen. Während die Bedienung sein Glas mit einem dem Anlass unangemessen billigen Riesling auffüllte, sah von Ladeck auf sein Handy. Seit einer Stunde hatte er keinen Empfang. Grunewald lag etwas abseits, aber es war keine dörfliche Provinz in Brandenburg, die sich bereits über eine geteerte Straße freuen konnte. Ein schneller Blick über die Runde zeigte, dass er nicht der einzige mit Empfangsproblemen war. Von Ladeck schloss die Augen, atmete tief durch und steckte das Handy wieder in die Innentasche seines Jacketts.

Jemand schlug mit einem Löffel an ein Champagnerglas. Die Menge verstummte und wandte sich dem Redner zu, der sich vom Platz erhob. Irgendjemand aus dem Bildungsministerium. Unbedeutend, langweilig und mit einem schlechten Geschmack bei der Wahl seines Schneiders. Von Ladeck unterdrückte ein Seufzen, setzte ein interessiertes Lächeln auf und drehte sich zum Redner, ohne ihm richtig zuzuhören. Er faselte etwas von modernen Schulformen, der Aufgabe der Gesellschaft, sich um die Schwachen zu kümmern, und anderem Unsinn.

Die Rede wurde vom dröhnenden Motor eines sich nähernden Hubschraubers unterbrochen. Anfänglich eine Lästigkeit wurde das Geräusch immer lauter, bis selbst der Sitznachbar des Redners kein Wort mehr verstehen konnte. Schließlich sah die Menge empört in den Himmel, konnte aber in der Dunkelheit nichts erkennen.

Dann gingen zwei gleißende Scheinwerfer an. Sie waren an der Unterfläche eines Hubschraubers befestigt, der keine sechzig Meter von der Terrasse in der Luft schwebte. Er wirbelte die Dekoration von den Tischen auf, die unglücklicherweise aus weißem Sand bestand.

»Ferdinand von Ladeck«, hallte eine Stimme aus einem der Hubschrauber. »Hier spricht die Polizei von Berlin. Sie sind festgenommen. Bitte kommen Sie mit erhobenen Händen nach vorne.«

Über das Grün des Golfplatzes stürmten vier schwer bewaffnete Männer. Sie trugen kugelsichere Westen, schwarze Gesichtsmasken und einen Helm. Im Anschlag hatten sie kleine Maschinenpistolen.

Panik entstand. Die Gäste erhoben sich. Manche drückten sich zur Seite, andere blieben ängstlich stehen und hoben ihre Hände. Von Ladecks Tischnachbarn rückten von ihm ab.

Die Bewaffneten schoben sich an einem Büfett vorbei, über umgefallene Stühle, bis sie von Ladeck erreicht hatten.

Der Industrielle gönnte sich einen Schluck Champagner, als ahnte er, dass es der letzte für lange Zeit sein könnte. Dann stand er auf und hob seine Hände.

Während ihm einer der Männer Handschellen anlegte, schob sich Klaus Bergman durch die geschockten Teilnehmer des Dinners. Der Kripo-Chef gab sich keine Mühe, seinen Triumph zu verbergen.

»Ferdinand von Ladeck«, sagte er laut. »Ich verhafte Sie wegen des Verdachts auf Steuerhinterziehung, Körperverletzung, Entführung und des Auftrags zur Tötung in mehreren Fällen.«

Von Ladeck enthielt sich einer Erwiderung. Er hoffte, dass seine Anwälte das Geld wert waren, das er ihnen die letzten Jahre gezahlt hatte.

Alle in der Kripo anwesenden Personen standen vor dem großen Fernseher im Flur und beobachteten live, wie Ferdinand von Ladeck abgeführt wurde. Bergman hatte es sich nicht nehmen lassen, die Presse zu informieren. Mit jedem anderen Mann hätte Jan Mitleid gehabt, als er in Handschellen durch die Meute der drängelnden Fotografen geschoben und vor auf ihn gerichteten Fernsehkameras mit Fragen bombardiert wurde. Doch von Ladeck hatte das Leben vieler Menschen zerstört und hätte weiter gemordet, nur um seine Firma zu retten. Nachsicht war nicht angebracht.

Die Kollegen hoben ihre Bierflasche, als sich der lächelnde Klaus Bergman vor die Kamera stellte und ein ausführliches Interview zu den Gründen der Verhaftung gab. Selbst wenn sie keine erdrückenden Beweise gegen Ladeck Pharma gehabt hätten, nach diesem Abend war es um die Firma geschehen.

Sein Handy klingelte. Jan wandte sich von den feiernden Kollegen ab und ging auf den Gang.

»Hi, Patrick«, meldete er sich. »Schade, dass du die Verhaftung nicht mitfeiern kannst.«

»Ich werde es verschmerzen, denn ich habe von Ladecks Schatzkiste gefunden.« Jans Kollege war der Triumph in der Stimme anzuhören. »Trotz später Abendstunde haben wir damit gerechnet, dass bei Ladeck Pharma noch gearbeitet wird, daher sind wir überfallartig hineingestürmt, direkt zum Büro der Geschäftsführung. Unsere Spezialeinheit hat einen seiner Assistenten erwischt, wie er einen Code in das Schloss eines Aktenschranks eingeben wollte. Dieser hätte einen Mechanismus aktiviert, der den ganzen Schrankinhalt vernichtet hätte.«

»Einen Mechanismus?«

»Es ist wohl eine Art Brandkapsel, die bei Eingabe eines falschen Codes explodiert.«

»Woher wisst ihr davon?«

»Nachdem ihn ein Kollege der Spezialeinheit zu Boden geworfen und ihm eine Maschinenpistole an den Kopf gehalten hat, wurde von Ladecks Assistent sehr redselig.«

»In dem Schrank werden wohl keine alten Zeitungen aufbewahrt werden«, sagte Jan.

»Davon gehe ich aus. Ich habe das Bombenkommando gerufen, die den Mechanismus entschärfen werden. Was immer wir finden, wird sehr ergiebig sein, wenn es mit einem Selbstzerstörungs-Mechanismus gesichert war.«

Jan hob seine Bierflasche. »Darauf trinke ich.«

»Gib mir eine Stunde. Dann stoßen wir zusammen auf Ferdinand von Ladecks Ende an.«

Nachdem die Reporter gegangen waren, von Ladeck auf dem Weg ins Gefängnis war und die Mitglieder der Spezialeinheit sich ihrer kugelsicheren Westen entledigten, spürte Bergman die Spannung von ihm abfallen. Das erste Mal konnte er an den Firmenbesitzer denken, ohne dass sich sein Puls beschleunigte. So sehr er versuchte, den Erfolg der ganzen Kripo anzurechnen, war es doch Jans Hartnäckigkeit und seinen Helfern zu verdanken, dass sie einen der schlimmsten Kriminellen der letzten Jahre zu Fall gebracht hatten.

Als ihn der Polizeipräsident genötigt hatte, einen berüchtigten Geldeintreiber, einen vorbestraften Hacker und eine exzentrische Rechtsmedizinerin in Jans Team zu lassen, hatte er an dessen Verstand gezweifelt. Dabei war er nicht der Einzige gewesen, und doch hatten sie wieder ihren Wert bewiesen. Zum dritten Mal. Er würde dies allerdings niemals vor Jan zugeben, zu viel Lob tat dem nicht gut.

Bergman wandte sich von den Kollegen ab und marschierte über den Golfplatz, dessen gepflegter Rasen fast zu schade für einen Spaziergang war. Er wählte die Handynummer seiner Frau. Er hatte die kleinen Dinge vermisst, wenn er nach Hause kam und sie schon im Bett lag, ohne jedoch sein Essen vergessen zu haben, die Gespräche am Frühstückstisch über seine Arbeit, selbst die Diskussionen mit seiner Tochter über den Wert einer soliden Ausbildung.

Als sie das Telefon abnahm und er ihre Stimme hörte, schloss er die Augen und lächelte. Sie erzählte vom Wetter, von Spaziergängen am Strand und dem Büfett mit genug Essen für eine Kleinstadt. Nichts davon handelte von Mord, barbarischen Experimenten an Menschen oder der unstillbaren Gier nach Reichtum.

Als er wieder am Parkplatz angekommen war, stand nur noch sein Auto vor Ort, so lange hatte er mit ihr gesprochen. Zu Hause würde er ruhig schlafen können, ohne Wut, mit der Freude im Herzen, bald wieder mit seiner Familie vereint zu sein.

Jan hatte alle Zeitungen gekauft. Er blätterte sich genüsslich durch den Stapel und seufzte zufrieden, als er ein unvorteilhaftes Bild Ferdinand von Ladecks in Handschellen sah. Jan hatte seine Beine auf den Schreibtisch gelegt und nippte an einer Kaffeetasse. Die Nacht war kurz gewesen. Sie hatten bis zwei Uhr gefeiert und um sieben hatte sein Wecker geklingelt, aber er würde den Schlafmangel aushalten. Es gab noch viel aufzuarbeiten, doch die stressige Zeit war vorüber. Das Geheimnis um PERV9 war gelüftet.

Während er gemächlich in seinem Kaffee rührte und an die bevorstehende Verabredung mit seiner Nachbarin dachte, klingelte sein Handy. Jan legte die Zeitung zur Seite.

»Hier spricht Bernard Durand«, sagte der Anrufer.

Jan nahm die Füße vom Tisch.

»Und bevor Sie in unnötige Hektik verfallen«, fuhr Durand fort, »das Handy ist geklaut, hat keine GPS-Ortung und ich befinde mich in einer großen Menschenmenge, in der Sie mich unmöglich finden werden.«

»Sie wissen, dass wir nach Ihnen fahnden«, sagte Jan. »Wegen Beihilfe zum Mord, schwerer Körperverletzung und Einbruchs, um nur die schwerwiegendsten Anklagepunkte zu nennen.«

»Das ist in Ordnung. Ich benötige nur ein paar Minuten Ihrer Zeit, um Ihnen alles zu sagen, was ich zu PERV9 weiß.«

»Warum tun Sie das?«, fragte Jan. »Wenn ich Sie zu fassen bekomme, stecke ich Sie ins Gefängnis.«

»Aus Dankbarkeit«, sagte Durand. »Sie haben nicht nur Ferdinand von Ladeck überführt, Sie haben auch den Toten ihre Würde zurückgegeben. Menschen, die vielleicht am Rande der Gesellschaft gelebt haben, aber trotzdem waren es Menschen.«

»Das ist meine Aufgabe«, sagte Jan. »Für mich macht es keinen Unterschied, ob es Obdachlose oder Geschäftsleute sind.«

»Da würden Ihre beiden korrupten Kollegen widersprechen.«

»Dafür bekommen sie die Strafe, die sie verdient haben.«

»Das ist das Schöne an Ihnen, Kommissar Tommen. Sie wissen nicht einmal, dass Sie etwas Besonderes sind.«

»Ich habe den Fall nicht alleine gelöst.«

»Aber Sie sind das Zentrum dieser Ermittlungen gewesen. Jeder andere wäre Ferdinand von Ladeck unterlegen gewesen. Und glauben Sie mir, es haben schon viele versucht.«

»Seine Zeit war gekommen«, bemerkte Jan mit grimmiger Zufriedenheit.

»Im Laufe des Tages wird ein Umschlag in der Kripo abgegeben«, wechselte Durand das Thema. »In diesem steht alles, was ich über die Toten weiß. Sie sollten mit ihren Namen bestattet werden. Sie haben Besseres verdient als ein anonymes Grab.«

»Erfahre ich darin etwas über Lauretta?«

»Nein«, antwortete Durand. »Aber ihre Geschichte ist ein guter Punkt, um anzufangen.« Durands Stimme wurde leiser, als fiel ihm die Erinnerung an die Geschehnisse noch schwer. »Ich erzählte Ihnen von meiner Liebe zu ihr, und dass ich zu schwach war, um sie gegen Siegfried zu verteidigen.«

»Er hat sie Ihnen entrissen, in das Labor verschleppt und für Experimente an PERV9 missbraucht.«

»Ja.«

»Wir haben keinen weiblichen Körper unter den Toten gefunden. Also muss ihr die Flucht gelungen sein.«

»Lauretta befreite sich aus ihrer Gefangenschaft. Fragen Sie mich nicht wie, aber eines Nachts stolperte sie in unsere Unterkunft in einem verlassenen Gebäude. Sie zitterte, hatte hohes Fieber und Blut lief aus ihrer Nase. Sie hatte ihre ganze Kraft zusammengenommen, um zu mir zurückzukehren. Dann nahm sie meine Hand und wurde ohnmächtig.«

»Haben Sie Lauretta nicht ins Krankenhaus gebracht?«

»Sofort. Die Ärzte haben sich gut um sie gekümmert, doch sie war bereits ins Koma gefallen.« Durand atmete hörbar aus. »Ihre Arme waren von Einstichen übersät, daher schoben die Ärzte ihren Zustand auf Drogenmissbrauch, doch ich wusste es besser. Sie hat weder getrunken noch hat sie sich irgendetwas gespritzt.«

»Die Einstiche stammten von den Experimenten.«

»Wir warnten jeden Obdachlosen vor Siegfried und hielten die Augen nach ihm offen. Schließlich gelang es einem unserer Leute, ihn bis zu einem Treffen mit Isak Neumann zu verfolgen. Ich konfrontierte Neumann mit den Vorwürfen. Natürlich hatte ich nicht den kleinsten Beweis. Mögliche Zeugen waren meist Alkoholiker, und wir konnten keinen Zusammenhang zwischen dem Entführer und Neumann belegen.«

»Wie hat er reagiert?«

»Er hat mich ausgelacht und schimpfte mich einen widerlichen Penner.«

»Dann haben Sie ihn angegriffen, was Sie schließlich ins Gefängnis gebracht hat.«

»Keine kluge Entscheidung, aber ich fühlte mich so hilflos«, erklärte Durand. »Er steckte hinter alledem und doch konnte er mich mit einem verächtlichen Grinsen stehenlassen.«

»Wie sind Sie auf Ludwig Mentzel gestoßen?«

»Eines Tages erhielt ich über meinen Pflichtverteidiger einen Brief von ihm. Er hatte von dem Fall in der Presse gelesen.«

»Also schmiedeten Sie beide Pläne, um sich an Neumann zu rächen und Ferdinand von Ladeck zu Fall zu bringen.«

»Wir hatten genug Zeit«, erklärte Durand. »Trotz seiner Behinderung hielt Ludwig Verbindung zu meinen Freunden auf der Straße, die im Laufe der nächsten Monate jeden Schritt Neumanns beobachteten. Wir kannten seine Gewohnheiten und wussten, wie wir in seine Wohnung hineinkommen würden.«

»Also haben Sie der Putzfrau den Schlüssel gestohlen und sind bei Neumann eingebrochen.«

»Ja.«

»Und der Diebstahl der Lebensmittel und das Blenden der Kamera in der Tiefgarage diente der Verwirrung.«

»Ebenso wie Ludwigs Fingerabdrücke in der Wohnung«, ergänzte Durand. »Er hat sich unter einem Vorwand mit Neumann getroffen und alles berührt, was er in die Finger bekommen hat.«

»Wieso haben Sie Neumann am Leben gelassen?«

»Ludwig hatte den auf Profit ausgerichteten Manager nie gemocht, aber was ihn wirklich abgestoßen hat, waren seine Ansichten über lebenswertes Leben. Wenn es nach Neumann gegangen wäre, hätte er alle Babys mit Anzeichen einer Behinderung direkt nach der Geburt töten lassen, ebenso wie Menschen, die keinen Nutzen für die Gesellschaft haben.«

»Wie Obdachlose.«

»Aus seiner Sicht war es vertretbar, diese ›missratenen Individuen‹ für Experimente zu entführen.«

»Um eine Möglichkeit zu finden, Schweine-Organe auf den Menschen zu übertragen«, ergänzte Jan.

»Ludwig war von Neumanns Plänen entsetzt und drohte, an die Öffentlichkeit zu gehen, doch Siegfried fingierte einen Unfall. Erst nach monatelanger Reha konnte Ludwig wieder seine Hände benutzen. Bis dahin war das Projekt PERV9 schon gestartet, aber Ludwig hatte keine Beweise mehr. Seinem Wort alleine schenkte niemand mehr Glauben. Neumann hatte ihn nicht nur zum Krüppel gemacht, sondern auch seine Reputation als Wissenschaftler zerstört.«

»Also wollten sie beide Neumann nicht töten, sie wollten ihn leiden lassen.«

»Natürlich spielte Rache eine Rolle«, erklärte Durand. »Ich fand es gerecht, Neumann das Rückgrat zu brechen und ihn so zu einer Art von Menschen zu machen, die er immer verachtet hat. Ich hätte nicht geglaubt, dass er so konsequent ist und sich vom Dach stürzt.«

»Das war der einzige Grund?«

»Wir hatten gehofft, mehr über PERV9 zu entdecken, Details zu den Experimenten, vielleicht den Standort des Labors, aber Neumann hatte keine Unterlagen in seiner Wohnung, also mussten wir den Fall weg von Mord, hin zu einer Ermittlung über die illegalen Experimente von Ladeck Pharma lenken.«

»Die Videoaufnahmen der jungen Männer kamen Ihnen dabei gelegen.«

»Ich muss zugeben, dass die beiden nicht zufällig auf dem Dach waren. Ludwig hatte das Verhalten Neumanns vorausgeahnt, daher haben wir sie dort platziert. Wir haben ihnen gesagt, sie sollen einen skrupellosen Manager bei einer wilden Party filmen, um seinen Ruf zu beschädigen. Von unseren wahren Plänen wussten sie nichts.«

»Mit dem Tod Neumanns hatten sie ihr Ziel erreicht. Ferdinand von Ladeck war aufgeschreckt.«

»Es war ein Etappensieg«, korrigierte Durand. »Unser Ziel war, die Hintergründe zu PERV9 aufzudecken und Ladeck Pharma zur Strecke zu bringen. Mit dieser heftigen Reaktion hatten wir nicht gerechnet.«

»Welche Reaktion?«

»Dass von Ladeck einen Polizisten angreifen würde.«

»Schade um mein Auto, aber das war der entscheidende Fehler«, sagte Jan. »Hätte von Ladeck nach Neumanns Tod stillgehalten, wäre er vielleicht davongekommen, doch mich ausschalten zu wollen und Grein zu töten, war zu viel.«

»An Greins Tod waren wir nicht schuldlos«, sagte Durand.

»Haben Sie ihn ermordet?«

»Nein. Das war Siegfried«, rechtfertigte er sich.

»Wie stecken Sie mit drin?«

»Ludwig wusste von einem Reporter einer großen Tageszeitung, der auf von Ladecks Gehaltsliste stand. Dem haben wir im Namen von Hagen Grein einen Brief mit gefälschten Unterlagen geschickt. Darin haben wir ein paar Sachen über PERV9 angedeutet, und dass Grein alles enthüllen wollte.«

»Greins Todesurteil.«

»Wir waren sicher, dass der Reporter von Ladeck sofort davon berichten würde. Wir wollten ihn nur nervös machen und nicht zu einem Mord drängen.«

»Wenn man von Ladeck kennt, war diese Tat vorhersehbar.«

»Aus unserer Sicht nicht, aber es war nicht schade um Grein«, sagte Durand. »Er war der Forschungsleiter von PERV9. Der Einzige, den wir nicht lebend davonkommen lassen wollten, war Siegfried, hatte er doch unsere Freunde geraubt.«

»Sie wissen, wie ich dazu stehe.«

»Sie mögen Selbstjustiz verachten, aber sie war gerechtfertigt.«

»Der Fall ist abgeschlossen«, sagte Jan. »Ferdinand von Ladeck wird im Gefängnis verrotten und die Toten haben einen Namen. Einzig die Fahndung nach Ihnen läuft noch.«

»Danke, Kommissar Tommen.« Durands Stimme wurde wieder leiser. »Sie haben mir den Glauben zurückgegeben, dass es noch Menschen gibt, die wissen, was richtig und falsch ist. Die Jahre auf der Straße haben mich das vergessen lassen.«

»Was machen Sie jetzt? Sie werden nicht ewig davonlaufen können.«

»Ich habe noch ein Versprechen einzulösen«, sagte Durand. »Dann müssen sie sich keine Sorgen mehr um mich machen.«

Das Gespräch brach ab.

Nachdenklich legte Jan das Handy zur Seite. Obwohl er dessen Vorgehen nicht gutheißen konnte, war es Durand zu verdanken, dass sie die Hintergründe zu PERV9 aufgedeckt hatten. Nicht auszudenken, wenn von Ladeck die Experimente wieder aufgenommen hätte.

Was immer für ein Versprechen er einlösen musste, Jan glaubte nicht, dass er Durand jemals wiedersehen würde.

Als der Zug in den Bahnhof einfuhr, schlang Zoe die Arme um Marla und hob sie hoch. Das kleine Mädchen quietschte vergnügt und gab ihrer Tante einen Kuss auf die Wange.

»Wann kommst du wieder?«, fragte Marla.

»Bald«, sagte Zoe. »Deine Tante muss ein paar Dinge in Berlin regeln, dann kauft sie sich eine BahnCard und besucht dich so oft sie kann.« Marla zeigte ein breites Lächeln und nickte. Dann lief sie zu Chandu und schloss ihre kleinen Arme um seine kräftigen Beine. Während der große Mann Marla im Kreis drehte, trat Lisa zu ihr.

»Glaubst du, dass Tony aus unserem Leben verschwunden ist?«

»Jan hat die Unterlagen an die Abteilung für organisiertes Verbrechen weitergegeben. Die arbeiten mit ihren Mannheimer Kollegen an einem internationalen Haftbefehl und bereiten eine Durchsuchung von Renatos Restaurant vor. Tony wird sich die nächsten Jahre nicht mehr in Deutschland blicken lassen können, und Maurice wird lange im Gefängnis sitzen.«

»Es ist ungewohnt, sich nicht ständig umdrehen zu müssen, wenn wir gemeinsam unterwegs sind. Die Angst vor der Entdeckung war immer Teil meines Lebens.«

»Die wird verschwinden«, sagte Zoe. Sie umarmte ihre Schwester. »Pass auf meine Nichte auf.«

»Rauch nicht so viel«, antwortete Lisa.

Mit einem letzten Winken sprangen Zoe und Chandu in den Zug. Sie sah Lisa und Marla hinterher, bis sie aus dem Bahnhof gefahren waren. Sie kamen vorbei am großen Schloss, an einem grünen Park und dem breiten Strom des Rheins. Sie sog jedes Detail in sich auf, bis sie Mannheim hinter sich gelassen hatten. Dann setzte sie sich auf ihren Platz und schloss die Augen. Nach drei Atemzügen war sie eingeschlafen.

Mit einem Lächeln auf ihrem Gesicht.

Schwester Yvonne war seit zwölf Jahren auf der Station, aber so aufgeregt hatte er sie noch nie erlebt. Sie stürmte regelrecht in den Pausenraum und hätte beinahe eine Kollegin über den Haufen gerannt.

»Doktor Roper.« Sie keuchte, als wäre sie gerannt, was bei ihrer kräftigen Konstitution schwierig gewesen sein musste. »Die Frau aus Zimmer 102 ist weg.«

»Was meinen Sie mit weg?«

»Ich wollte gerade ihr Bett machen. Sie ist nicht im Zimmer.«

»Unmöglich«, sagte der Mann. »Lauretta liegt seit zwei Jahren im Wachkoma. Selbst wenn sie zu sich gekommen wäre, wären ihre Muskeln zu verkümmert, als dass sie nur einen Schritt gehen könnte.«

»Schauen Sie selbst.«

Roper folgte Schwester Yvonne in das Zimmer. Das Bett war leer. Die Laken umgeschlagen, also hatte sie heute Nacht im Bett gelegen. Die Nachtschicht hatte von keinen besonderen Vorkommnissen erzählt, also musste Lauretta innerhalb der letzten Stunde verschwunden sein.

»Haben Sie im Aufenthaltsraum nachgesehen und in den Toiletten?«

Schwester Yvonne nickte. »Ich bin sogar in die Cafeteria im Erdgeschoss gegangen.«

»Haben Sie die Kollegen befragt?«

»Niemand hat sie gesehen.«

Roper kratzte sich verwirrt am Kopf. Er war seit siebzehn Jahren Leiter dieser Station und hatte noch nie einen Patienten verloren. Bis heute.

»Was machen wir jetzt?«, fragte die Krankenschwester.

»Ich habe keine Ahnung«, antwortete der Doktor.

EPILOG

Als die letzten Spaziergänger den Strand verlassen hatten, ging Bernard zum Boot. Seine Füße hinterließen Abdrücke im feuchten Sand. Er schloss die Augen und sog den Geruch des Meeres ein. Das Geräusch der Brandung war so schön wie in seiner Erinnerung an die Ferientage an der Côte d'Azur. Lauretta lag in seinen Armen, den Blick in den Himmel gerichtet.

»Wir sind am Meer«, sagte er zärtlich. »Wie ich es versprochen habe.«

Seine Gedanken kehrten in die kalte Dezembernacht zurück, als sie eng beieinander gelegen hatten, eingepackt in feuchte Decken, im Schutz einer verlassenen Unterführung. Er war die ganze Nacht wachgeblieben, aus Angst, dass sie erfrieren könnten. Immer wenn die Dunkelheit endlos zu sein schien, träumten sie sich an einen anderen Ort, weg aus den schmutzigen Gassen der Stadt, hin zu einem besseren Platz. Damals hatte er versprochen, ihr das Meer zu zeigen, hatte geschwärmt von der Schönheit des Wassers, das über den Horizont reichte und der Einsamkeit am Strand. Zwei Tage später hatte von Ladecks Schläger ihm alles genommen.

Er legte Lauretta behutsam in das kleine Boot, eine Decke unter ihrem Körper und ein Kissen für den Kopf. Seinen Rucksack stellte er an den Bug. Er zog seine Schuhe aus und entledigte sich seiner Jacke. Dann startete er den Außenborder und steuerte das Boot auf die untergehende Sonne zu.

Zwei Minuten später schaltete er den Motor aus. Er kletterte über den Bootsrand ins Wasser, beugte sich zu Lauretta und zog sie vorsichtig hinein. Er legte ihren Kopf auf seine Brust und hielt sie mit dem Arm über den Wellen. Ihre langen schwarzen Haare umgaben sie wie ein Kissen aus Samt.

»Wunderschön«, flüsterte er und drehte sie zur untergehenden Sonne, die das Meer in ein dunkles Rot färbte. Seit sie ins Wachkoma gefallen war, hatte sie die hellen grünen Augen offen, zeigte aber keine Reaktion mehr und doch schien sie die Mundwinkel nach oben gezogen zu haben, nur eine Winzigkeit, aber er vermeinte, ein Lächeln zu erkennen. Er genoss den Moment mit ihr in den Armen und küsste ihre Stirn. Dann holte er den Rucksack aus dem Boot und zog ihn über die Schulter. Das Gewicht der Steine zerrte an ihm. Mit einem letzten Blick auf ihr Gesicht hörte Bernard mit den Schwimmbewegungen auf und schloss beide Arme um Lauretta.

Und das Meer nahm sie in seinen Schoß.

DANKSAGUNGEN

An alle Leser von »Bis alle Schuld beglichen« und »Vor deinem Grab« für das Interesse und die zahlreichen Rückmeldungen.

An Franz, Lena, Sarah, Sarah Jane, Dominic, Jeff, Bryn und Gabi sowie all die anderen bei Amazon Publishing und AmazonCrossing, die ich noch nicht persönlich kennengelernt habe, aber hoffentlich bald kennenlernen werde. Es ist mir eine Freude, mit euch zusammenzuarbeiten.

An Andreas Hartel für seine unersetzliche Hilfe und die Smileys in der Korrektur.

An Steve Anderson für die fantastische Übersetzung sowie Martin L. Schäfer und Jeff Cummings, zwei großartige Sprecher.

Made in the USA
San Bernardino, CA
25 April 2020

69708510R00178